三条西家本 狭衣物語注釈

学習院大学平安文学研究会［編］

勉誠出版

はじめに

本書は三条西家旧蔵、学習院大学文学部日本語日本文学科現蔵の『狭衣物語』（巻一のみ現存。以下、三条西家本とする）の注釈である。三条西家本の書写者は三条西公条と考えられ、書写年代は室町末期頃と推定される。多数の諸本と膨大な異文をかかえる『狭衣物語』という作品において三条西家本がどのような本文をもち、そこにみえる特徴は何かを探ったものである。

本書の構成は、『狭衣物語』の冒頭部分に着目した神田龍身氏の論文を導入とし、校訂本文及びその参考資料、翻刻本文から成る。校訂本文は物語の内容ごとに一から五十四まで区分し、梗概と注、本文考を付した。梗概及び注は物語内容の読解を促し、本文考は三条西家本を中心とした特異な異同を取り上げ、その本文の特徴がわかるようにした。諸本間の異同の多い『狭衣物語』ではあるが、三条西家本で読むとどうなるのか、ということを分かりやすく伝えることを目標とした。加えて、三条西家本の本文の特徴や物語内容に関わる二十のコラムを配し、読解の便を図った。翻刻本文は、原本をもとに今回改めて翻刻をし直した。これにより、すでに紹介されている翻刻本文の見直し、及びその修正につながったといえよう。

三条西家本は残念ながら巻一しか現存しない。巻四まで揃っていたら、どのような物語であったのかを想像したくなるが、巻一だけであっても、そこには単純に書写しただけで終わったのではないことが見受けられる。物語内の和歌の上に付箋が添付されており、何らかの形で和歌を享受していたことが推測されるからである。残念ながら、その意図までは追究できなかったが、本書はそうした細かな部分も校訂本文内で明示した。本書をきっかけに、室町時代の『狭衣物語』享受の一端が少しずつでも明らかになればと願う。

そもそもこの本が作成されることとなったきっかけは後書きに記しているが、携わったメンバーの多くは『狭衣物語』を専門に研究しているわけではない。それゆえの錯誤もあろうかと思うが、専門領域の多様なメンバーが関わったことにより、幅広い見方をすることもできたのではないだろうか。少しでも多くの人に『狭衣物語』の魅力を伝えることができれば幸いである。

編集委員一同

目次

目　次

目　次

【凡例】

一　本文は学習院大学文学部日本語日本文学科蔵三条西家本『狭衣物語』（現存巻一のみ）を底本とし、校訂本文・梗概・注・本文考・コラムで構成した。

一　校訂本文は底本本文をできるかぎり尊重したが、底本に誤脱や意味不通が認められる箇所は他本などによりこれを改め、本文考に示した。

一　本文は、読解の便宜のため、次のような操作を加えた。

1　内容ごとに一〜五十四の区分に分け、番号と小見出しを付し、さらに小段落をつけて適宜改行した。

2　句読点・濁点を加え、心内語と会話の部分には「　」を付した。心内語については主体を（　）内に示したが、文脈上明らかな場合は省略した。会話については話者を（　）内に示すと共に改行した。

3　仮名遣いは、歴史的仮名遣いに統一した。

4　適宜仮名に漢字をあて、漢字を仮名に改めた。

5　漢字の当て字・異体字などは、通行の字体に改めた。

6　反復記号は、漢字の場合は「々」を用い、仮名の場合はもとの文字にもどして表記した。

7　補助動詞として用いられた「給ふ」「侍り」「奉る」などの語は仮名書きに統一した。

8　底本の送り仮名が不足で読みにくいと思われる場合は、これを補った。

9　読み誤りやすい語には振り仮名を付した。

10　本文中の和歌について、『源氏狭衣百番歌合』、『風葉和歌集』にも収載されているものは、和歌の後にそれぞれ百・風で示し、歌番号を付した。異同がある場合は＊を付した。また、底本には二種類の付箋が添付された和歌があり、白紙の付箋を[白]、茶褐色の付箋を[茶]として和歌の後に示した。

一 梗概・注・本文考・コラムの解説は、簡潔・平易であることを心がけたほか、次のような配慮のもとに執筆した。

1 表記は、新漢字・現代仮名遣いによったが、原文の引用および記述上必要と思われる箇所については、歴史的仮名遣いを用いた。

2 難字、読み誤りやすいと思われる漢字には適宜振り仮名を付した。

3 『狭衣物語』の引用は巻一は本書翻刻本文または校訂本文を使用し、巻二～四の内容引用には新潮日本古典集成『狭衣物語』を用いた。三条西家本『狭衣物語』本文を引用した場合は、その後の（ ）内に「校訂本文」当該頁数を付した。

4 『狭衣物語』以外の本文の引用は、『新編日本古典文学全集』（小学館）所収のものはそれにより、『新全集』未収録作品の場合は通行本によった。また、和歌の場合は『新編国歌大観』（角川書店）により適宜漢字をあて、歌集名、歌番号、詠者名を記した。詠み人知らずの場合は詠者名を省略した。

5 注における和歌の掲載は引歌と判断されるものを中心とし、すでに他の諸注釈書で指摘されている参考歌は省略した。ただし、読解に必要な場合は解説と共に掲載した。

6 本文考における異同は中田剛直『校本狭衣物語』巻一（桜風社　一九七六）により、諸本の名称もこれによった。ただし、宝玲本については古典文庫の影印で異同を確認した。なお、読解の便を図るため、異同には濁点を付した所がある。

7 作中人物の呼称については、本書収載の「略系図」によったが、巻によって呼称・官名が変わる場合などのまぎれやすいものは、当該場面の呼称によって示した。

8 作品名や人名などの表記と読みについては、『日本古典文学大辞典』（岩波書店）、歴史的事項の表記については『国史大辞典』（吉川弘文館）をそれぞれ参照した。

9 年を明示する場合、和暦（西暦）の形式で示すが、一つの項目の中で、同じ和暦名が繰り返して記される場合には、二回目以降は西暦を記入していない。

10　作品名には原則として『　』を用いた。
11　引用する漢文は、原則として書き下し文とし、必要に応じて原文を付した。
12　参考文献は発行年の古い順に挙げたが、何度かにわたって刊行、または単行本に収録された論文は、最新の文献を挙げることを原則とした。
13　書籍は出版社名と刊行年を、論文掲載雑誌は巻号数と発行年月を記した。
14　文庫、新書等、シリーズ名のあるものはそれで示し、出版社名は割愛した。
15　単行本は、著者名「論文名」(『書名』発行所　発行年)の順に示した。また、その単行本全体が参考文献となる場合は、個別の論文名を省略した。
16　雑誌論文は、著者名「論文名」(『雑誌名』巻号数　発行年・月)の順に示した。
17　論文集や雑誌の別冊などは、単行本の例に準じた。
18　その他、文献を挙げる場合は、その所在がわかるように配慮した。

一　校訂本文等作成にあたり、左記の注釈書を参考にした。
日本古典全書　松村博司・石川徹校注『狭衣物語　上』朝日新聞社　一九六五)
日本古典文学大系　三谷榮一・関根慶子校注『狭衣物語』(岩波書店　一九六五)
新潮日本古典集成　鈴木一雄校注『狭衣物語　上』(新潮社　一九八五)
新編日本古典文学全集　小町谷照彦・後藤祥子校注・訳『狭衣物語①』(小学館　一九九九)
狭衣物語研究会編『狭衣物語全註釈Ⅰ　巻一上』(おうふう　一九九九)
狭衣物語研究会編『狭衣物語全註釈Ⅱ　巻一下』(おうふう　二〇〇七)

一　各項目解説内容についての最終的責任は編集委員会が負う。

『狭衣物語』の言葉
――物語冒頭部を手掛かりとして

神田龍身

一

『狭衣物語』冒頭部の解釈については、研究史の分厚い蓄積があり、引歌・引詩・引物語等の所在が逐一指摘されている。それにより個々の解釈上の問題点は明らかとなり、適切な現代語訳がほどこされるようになっている。しかし、そもそも『狭衣物語』ならではともいえるこの引用過多の表現とは何か、そのもっとも重要な点がいたって明らかでない。また、この冒頭部全体が『源氏物語』「胡蝶」巻の影響をうけているとの指摘もあるが、それにしても双方の世界がどのように重なり、また離反しているかもはっきりしない。以上を考えるにあたって、ここではまず諸注釈や先行研究を踏まえつつ、冒頭部の注釈を再確認することから始めたい。三条西家本『狭衣物語』の冒頭部を紹介しておく（1）。

少年の春を惜しめどとまらぬものなりければ、三月の二十日あまりにもなりぬ。御前の木立、何となく青みわたりて、木暗き中島の藤は、松にとのみも思はず咲きかかりて、山ほととぎす待ち顔なり。池のみぎはの八重山吹は井手のわたりにことならず見わたさるるを、「光源氏の『身もなげつべき』とのたまひけんもかくや」など、ひとり見たまふも飽かねば、侍童のをかしげなるして一枝づつ折らせたまひて、源氏の宮の御方に持て参りたまへれば、中納言、中将などやうの人々候ひて、宮は御手習、絵などかきすさみて添ひ臥させたまへる。「この花の夕映こそ、常よりもをかしう見えて。東宮の、『盛りには必ず見せよ』とのたまはするものを」とて、「いかで御覧ぜさせてしがな」とて、うち置かせたまふに、宮少し起き上がりたまひて見やらせたまへるまみ、頭つき、うつくしさは、花のにほひ藤のしなにもこよなくまさりて見えたまへれば、例の胸うち騒ぎて、花には目もとまらず、つくづくとまもられたまへる。取りわき、「花こそ春の」とのたまふ。山吹を手まさぐりにしたまふ御手つき、いとどもてはやされて言ひ知らずうつくしげなるを、人目も知らず我が身にひき添へまほしう思さるるさまぞ、いみじきや。「くちなしにしも咲きそめけん契りこそ口惜しき。心のうち、いかに苦しからむ」とのたまへば、中納言の君は、「さるは言の葉は多く侍るものを」と言ふ。

いかにせむ言はぬ色なる花なれば心のうちを知る人もなし

と思ひ続けられたまへど、げに人も知らざりけり。「立つ苧環《をだまき》の」とうち嘆かれて、母屋の柱に寄りゐたまへる御かたちぞなほ類なく見えたまふに、よしなきことにより、さばかりめでたき御有様を「室の八島の」とのみ思ひ焦がれたまふさまぞ、いと心苦しきや。さるは、この煙のたたずまひ、知らせたてまつらんことも及びなく「いかならむたよりにても」など、思しわづらふにはあらず。

物語の語り起こしの言葉として、これがいかに、「今は昔、竹取翁といふものありけり」、「いづれのおほん時にか、女御更衣あまたさぶらひたまひけるなかに……」という語り口調とは異質な言葉であるかを確認されたい。『竹取物語』や『源氏物語』にあっては、まがりなりにも語り手の口吻を再現しようとする方法意識があったが、ここにあるのは、自身がそもそも物語であることを忘却してしまっているかのような、純粋エクリチュールとでもいうべき美文である。

「少年の春を惜しめどとまらぬものなりければ、三月の二十日あまりにもなりぬ」は、『白氏文集』巻十三「春中ニ盧四周諒トトモニ華陽観ニ同居シテ」と題する律詩中の、「燭ヲ背ケテハ共ニ憐レム深夜ノ月　花ヲ踏ンデハ同ジク惜シム少年ノ春」という対句が原典拠である。ここには時の過酷な流れへの詠嘆があり、そして留意すべきは、白詩の方法をふまえて『狭衣物語』が、晩春から四月へという季節の推移と狭衣の大人への成長という人生の時間とを重ねあわせている点である。つづく、「御前の木立、何となく青みわたりて、木暗き中島の藤は、松にとのみも思はず咲きかかりて、山ほととぎす待ち顔なり」という箇所では、「夏にこそ咲きかかりけれ藤の花松にとのみも思ひけるかな」（『拾遺和歌集』夏、源重之）、「我が宿の池の藤波咲きにけり山ほととぎすいつか来鳴かむ」（『古今和歌集』夏、よみ人知らず）がふまえられている。春から夏という微妙な時期を描写するにあたり、「夏」に咲きかかった「中島の藤」に焦点があてられ、それが「待ち顔なり」とすることで、「山ほととぎす」の鳴き声への期待感を表す。さらに、「池のみぎはの八重山吹は井手のわたりにことならず見わたさるる」では、「藤」に続いて、「池のみぎは」の「八重山吹」がとりあげられており、ここでは、「かはづなく井手の山吹散りにけり花の盛りにあはましものを」（『古今和歌集』春下、よみ人しらず）が想起される。もちろん、『狭衣物語』では山吹の名所「井手」に紛うばかりの見事な山吹が咲いているのだが、この『古今和歌集』の歌により、いずれそれは散るであろう時の流れが含意されている。

狭衣はその藤と山吹とを一房ずつ手折って、源氏の宮方に贈り、その反応を確かめる。東宮の、「盛りには必ず見せよ」という発言が紹介されていることからも、源氏の宮の入内が既定路線であると知れるが、そのような状況下で、狭衣は源氏の宮との今後をどうするか考えあぐねた末に、藤と山吹を贈ったのである。この花々には単に自然の景物というにとどまらず、人事的意味が込められている。藤の意味するものは、「光源氏の『身もなげつべき』とのたまひけんもかくや」というように、『源氏物語』の一節が引用されることで、「禁忌破りの恋」ということになる。『源氏物語』「胡蝶」巻に、螢宮が玉鬘への恋を成就するためには、「淵」に身投げしても惜しくないと詠歌したのに対して、源氏が、「淵に身を投げつべしとやこの春は花のあたりを立ち去らでみよ」（四・三六）[2]と応じている箇所、もしくは、「若菜」上巻、同じく三月二十余日、朧月夜と源氏との久方ぶりの逢瀬が語られていて、昔の藤の花の宴を想起しながら、「沈みしも忘れぬものをこりずまに身も投げつべき宿の藤波」（五・七四）と源氏が詠んだ箇所がふまえられている。また山吹についての人事的意味となると、やはり『源氏物語』「真木柱」巻の、「思はずに井手の中道隔つとも言はでぞ恋ふる山吹の花」（四・二四四）という、髭黒の掌中に帰した玉鬘への源氏の歌がふまえられていよう。この源氏の歌からすると、既に「井手（ゐで）」の山吹という昔から「いはで…」がひきおこされ、山吹には「言はで忍ぶの心」が暗喩されることになる。

源氏の宮は藤ではなく、山吹を「花こそ春の」と口ずさみながら選ぶ。これについては、「あしひきの山の端よりは出でねども花こそ春の光なりけれ」（某年三月十余日『六条斎院禖子内親王歌合』中務）がその引歌であるとの指摘がある。[3]典拠となっているのは、『古今和歌集』『源氏物語』等のスタンダードなテクストだけではなく、狭い仲間内で流通していたテクストもあり、『狭衣物語』の言葉がいかなる言語圏に向けて発せられていたものかが解る。しかも、この『六条斎院歌合』の歌を引用しているのが、禖子内親王の面影を濃厚に帯びる源氏の宮自身であるという点は極めて示唆的である。

さて、源氏の宮が山吹を選んだことに狭衣は愕然とせざるを得ない。なぜ源氏の宮の選んだのが山吹なのかははっきりしない。しかし、少なくとも狭衣にとっては、「くちなしにしも咲きそめけん契りこそ口惜しき。心のうち、いかに苦しからむ」というように、自身の思いを表出するチャンスが無残にも潰えたことを意味しよう。そして、「いかにせむ言はぬ色なる花なれば心のうちを知る人もなし」というように、自身の孤絶感を嘆く独詠歌を心中吐露せざるを得ない。そしてこの場面は、「「立つ苧環の」とうち嘆かれて、母屋の柱に寄りゐたまへる御かたちぞなほ類なく見えたまふに、よしなきことにより、さばかりめでたき御有様を「室の八島の」とのみ思ひ焦がれたまふさまぞ、いと心苦しきや」として閉じられる。歌語「立つ苧環の」の引歌は不明であるが、巻三冒頭部に、「谷深く立つをだまきは我なれや思ふ心の朽ちてやみぬる」(下・三・九)という狭衣の歌があり、それは枝も葉もない枯木を意味しており、源氏の宮への思いが知られず、そのまま朽ちはてるしかない自身のことを狭衣が自嘲的に表現したものである。「室の八島の煙」は、「いかでかは思ひありとも知らすべき室の八島の煙ならでは」(『詞花和歌集』恋上、藤原実方)を引歌とし、思いをうったえる術のない絶望がいわれる。

狭衣は難しいところにいる。「少年の春は惜しめどもとまらぬものなりければ」という冒頭部の意味性がすべての表現の根底にしかれている。時間の流れを引き受け、大人への脱皮を一挙に企てんとするならば、「藤」に込められた禁忌破りの恋をするしかないであろう。しかし、源氏の宮が「山吹」を選んだことで、彼は出鼻を挫かれてしまったかのようである。

二

従来の注釈的研究に依拠しつつ、解釈を試みてきたわけだが、問題はこのような引用表現を支えるものとは何かという一点に尽きる。多量のプレ・テクストをここに認め得るが、そのことごとくにおいて、典拠との対話関係がない点をまず確認したい。プレ・テクストに対しての、ずれ・いなし・揶揄・反転・批評・否定……がなく、引用による多義的・多声的・重層的な解釈の可能性ははなから望むべくもないのである。あるのはプレ・テクストを肯定する引用ともいえそうだが、とはいえ、『狭衣物語』の行文とプレ・テクストとが共鳴し、奥行を形成しているというのでもない。

例えば、「少年の春を…」は、同じく六条斎院宣旨作である『玉藻に遊ぶ権大納言』の冒頭が、「親はありくとさいなめど」という催馬楽からの引用で新機軸をうちだしたように、和歌ではなく、漢詩句による起筆という斬新な試みのものではある。しかし、「少年」という漢語使用に、狭衣による『法華経』朗詠場面と同様に、硬質な味わいを認め得るものの、それ以上ではない。そもそも白詩は春の華陽観に盧周諒と同居した際のものであり、先の「燭ヲ背ケテハ共ニ憐レム深夜ノ月　花ヲ踏ンデハ同ジク惜シム少年ノ春」という対句は、盧周諒が詩文と徳に秀でているにもかかわらず、官に恵まれないことを、朝廷相手に嗟嘆した内容の詩句へとつながっている。全体として大志を抱く若者たちの青春がいたづらに過ぎゆくことを惜しむという内容の詩であり、そのような社会的メッセージは『狭衣物語』にはない。既に『和漢朗詠集』がこの対句を掲載しており、おそらく『狭衣物語』は白詩からでなく、こちらからの間接引用ではあるまいか。というより、原詩にかえる必要がないということを私はいいたいのである。さらには、『源氏物語』「胡蝶」巻や「若菜」巻からの引用にしても、藤には禁忌の恋が暗喩されているというだけのことである。ここにみる引用は、典拠における複雑な文脈をも一切顧みることなく、そこから一義的意味を暴力的に汲みあげて、それを直接に本文に埋めこんでおり、プレ・テクストと格闘することで新たな意味が生成されるというメカニズムではない。

対話関係がないのはプレ・テクストとの関係にとどまらない。ここでの自然表現の裏には人事的意味が暗喩されていたが、この双方にも対話関係が認められない。「少年の春を惜しめども……」には、自然表現の裏に人事的意味が込められていて、物語冒頭部がそうあることで、この二重性は以下の行文の在り方をも規定する。「藤」は「夏」に咲きかかり、「山ほととぎす」を待ち顔とし、「山吹」は「井出」の辺りを想起させるとしたうえで、「藤」は禁忌の恋を、「山吹」は忍ぶ恋を暗喩していることは述べたし、「立つ苧環」で狭衣の孤独な姿を、「室の八島の煙」で、その鬱屈した恋の心情を表現していることも述べた。

自然表現の裏に人事的意味を込めるのは、その限りで珍しいことではない。しかし、『狭衣物語』にあっては、何かが根本的に異なる。例えば、藤と禁忌の恋という結びつきにしても、『源氏物語』では、螢宮と源氏、源氏と朧月夜の前には藤の花があり、それら嘱目の景に託しながら彼らの恋の心情が立体化されていた。いわば、自然が人事を象り、人事が自然を象り、双方の関係は本質的に不即不離のものとしてある。

しかし、『狭衣物語』の言葉は、引用という既存表現でいわれていることを、一つの約束事としてそのまま無批判に踏襲しているにすぎないために、人事的意味と自然的意味とは乖離して、双方の関係はみえなくなっている。藤が禁忌の恋を、山吹が忍ぶ恋を暗喩しているといわれても、それらの人事的意味は、藤や山吹という景物から自ずと導かれた意味内容ではなく、典拠によって保証された意味以外ではない。また、藤が「山ほととぎす」を呼びこみ、山吹が「井手のわたり」を連想させるのも、夏を目前にひかえた自然の蠢きがそのような想像力を自ずと発動させているのではなく、引歌表現に便乗しての連想でしかない。

かくして、『狭衣物語』の自然は生気のない、あたかも死した自然のようにみえてくるのである。中島の藤や池の汀の山吹という景物が語られても、その背後の人事的意味が明かされると、そちらに焦点が移ってしまうために、その景物の方は途端に色褪せてしまう。自然はそれ自体としての存在価値を喪失し、肉付けを欠いた、空虚な記号的自然と化してしまう。双方が不即不離の濃密な関係にあるならば、たとえ人事的意味が明かされようと、それがもともと自然なるものにより象徴されているのだから、その当の自然なるものが後退するはずもない。

断片化された引用が大挙動員され、その集合体でこの場面が形成されている点も重要である。この引用に典拠との対話関係、さらに自然描写と人事との対話関係がないことは述べたが、のみならずこの集積された切片同士にも対話関係は認められない。それらは同一平面上に併存しているだけのことである。それらの切片をしかるべきところに配置し、場面全体を管理構成している立場、いうならば物語マニアらしきものの趣味嗜好をそこに認め得る。それは引用断片へのフェティシズムとでも評すべきものであり、コレクターの倒錯した欲望がすべてを統御しているのだ。確かに狭衣の眼前には美しい晩春の景が広がっている。しかし、ここにある美しさとは、厳密には自然の美ではなく、美しいピースを適宜はめこんだモザイク模様のごとき綾錦の美なのである(4)。

もちろん、『狭衣物語』のみならず、和歌の言葉というものが元来そういうものではある。掛詞や縁語を介して、自然と人事との二重構造が構えられ、しかも先行歌の表現を約束事として和歌は無限に拡大再生産されていく。しかし、和歌の言葉は三十一文字においてあくまで完結しているという点において、根本的に異なる。『狭衣物語』にあっては、引用の断片が幾重にも織り重ねられて、一つの大きな場面全体を構築していくことによって、自然と人事との乖離、そして死した自然という実相が露呈してしまっているのである。

三

ここでもう一例、すぐれて『狭衣物語』的な引用過多の美文（?）を紹介しておこう。

「これより隔てなうとまでは思ひたまへずなむ。ただかばかりにても、『今一度聞こえさせてこそは』と、憂きを知らぬさまにて過ぐしはべりつるを、ただ心やすくおぼしめせ。身にしたがはぬ心の悔しさも、ここらの年ごろ皆思うたまへ知りわたれば、またおぼしめしうとまるばかりの心の程はよもつかひはべらじ」とて、かの思ひかけざりし槙の戸の心ばへよりうち始め、今宵まで思ひ嘆く心の中を、泣く泣くしめじめと言ひ続けたまへる、まねび尽くすべうもあらず。「かばかり物思ふ人の、生ける例にはげにしつべうぞ聞こゆる中にも、故宮の、『峰の若松』と人知れずおぼし祝ひけむを、ほの聞きて伝ふる人のありしを聞きつけたりし」心の中を、えも言ひやりたまはぬぞ、「かくれば」とはまことにや。恥ずかしさも同じ涙に流れ出でぬべし。また、「思ひわびて、かしこうたづね参りたりし雪の夜の、枕の下の釣舟に思ひこがれて立ち帰りしに聞きつけたりし田鶴の一声ののちは、『いかさまにして雲居のよそにはなさじ』と思ひし験にや、今は憂き世の絆にて、かくかけとどめられはべるほどに、心より外なることも侍りて、『見しにも似たる』とありし反故を見はべりしは、人やりならず、生ける心地もしばべらねど、そののちにも、『ただかやうにもや』と、まづ心をかけはべりつれば、今ぞ心のうちすこし涼しくなりて、年ごろの本意も遂げはべりぬべかめる」など、すべてまねびやるべくもあらぬことどもを、言ひもやらずむせかへりたまふには、過ぎにしかたの憂きもつらさも忘られて、千世経る末もかたぶきぬべし。されど、宮は「夢にだにかばかりの気近きほどにては、また聞かじ」とおぼされしに、いともの恐ろしうて、いかにもいかにもえ動かれさせたま

はぬを……　（下・巻三・一六一～一六二）

引用は狭衣が勤行に励む尼姿の女二の宮に、性懲りもなく再接近する場面からのものである。仏間に逃れた女二の宮と狭衣とは襖一枚を隔てて対座している。ここには、「まねび尽くすべうもあらず」、「すべてまねびやるべくもあらぬことどもを」という語り手の口上が定位されている。このような口上は、賀茂斎院に卜定されて二年になる源氏の宮が、宮中の初斎院から紫野の本院へと渡御する場面、さらに斎院御禊や賀茂祭当日の場面でも頻出するものであり（下・巻三・一三〇～一四一）、これが語り手がもっとも力を込めて語ろうとしている場面であると知れる。[5] 語り手は狭衣が女二の宮を口説かんとするこの場面をなんとか再現せんとして腐心するも、なかなかそれが適わないとして苛立っているのである。狭衣が自分を拒絶しつづける女二の宮に接近できたのは千載一遇のチャンスに違いなく、狭衣の必至の口説き文句がここに披露されるであろうと期待されもする。言葉の力なるものが発揮されるに最適な場面でこれはある。

しかし、ここで狭衣から発せられた言葉は我々が予想だにしない質のものである。なんと狭衣の口から放出される言葉は、悲恋に咽ぶ生身の男の叫びではなく、モザイク模様に織りなされたようなエクリチュールの言葉なのであった。「槙の戸」は、女二の宮と初めての逢瀬の際に、別れ際に狭衣が詠んだ後悔の歌、「悔しくもあけてけるかな槙の戸をやすらひにこそあるべかりけれ」（上・巻二・一四四）に拠る。「峰の若松」は、女二の宮所生の狭衣の子を、自身の子として育てることを決意した大宮の歌、「雲居まで生ひのぼらなむ種まきし人もたづねぬ峰の若松」（上・巻二・一八一）を受けており、中納言典侍がそれを立ち聞きし、狭衣に伝えていた。「かくれば」の箇所は狭衣の発話ではなく、地の文であり、かつそれは物語内自己引用ではなく、「わが思ふ人は草葉の露なれやかくれば袖のまづそぼつらむ」（『拾遺集』恋二、よみ人しらず）に拠る表現である。語り手は狭衣にとっての女二の宮とは、思いをかけると草葉の露のように真っ先に袖が濡れてしまうような女ではないかとしている。「枕の下の釣船」は、「片敷きにいく夜な夜なを明かすらむ寝覚めの床の枕浮くまで」（上・巻二・一九七）という狭衣の歌をふまえる。出家したばかりの尼姿の女二の宮に狭衣が接近した際に、彼女は衣を残して逃げのびる。その衣を独り抱きしめて、女二の宮のことを思いやっての狭衣の詠である。「田鶴の一声」は、自身の子を嵯峨院の子として遠くから見守るしかない狭衣の絶望の歌、「知らざりし葦の迷ひの鶴の音を雲の上にや聞きわたるべき」（上・巻二・一九九）に拠る。「見しにも似たる」は、女二の宮の手習歌、「夢かとよ見しにも似たるつらさかな憂きはためしもあらじと思ふに」（下・巻三・八七）をふまえており、これは、「折れかへり起きふしわぶる下荻の末越す風を人のとへかし」（下・巻三・八五）という一品の宮との不本意な結婚を嘆く狭衣の歌に対してのもの。女二の宮はこの手習歌を記した直後に細かく破って捨てたが、中納言典侍がそれら紙片を狭衣のもとに届け、狭衣は継ぎはぎして読んでいた。

このように狭衣と女二の宮との恋の物語の経緯が、幾つかの引用句を適宜拾い上げ、網羅的に纏めあげられているが、それ以上のものではない。確かに「峰の若松」や「鶴の一声」にしろ、これらは『狭衣物語』の内なる過去の場面から切りとった自己引用であり、その折々の出来事を極めて有効に摘出した言葉には違いない。しかし、この場にそれらの言葉が大挙押し寄せて、賑々しく引用されてくると、かえって逆効果であり、それらの言葉は意味生成の磁場を形成することなく、この場面、その場面、あの場面を指示する言葉以上のものではないのである。

まさに『狭衣物語』的と評すべきか、生々しい男の口説き文句の代わりに、モザイク模様のごとき美文が定位されており、逆説的ながら、これこそがこの物語における最高の口説きの文句なのであろう。女二の宮は狭衣に一切返答せず、これは狭衣が一方的に喋っているというモノローグ以外でなく、しかもその言葉がかくのごとき美文としてあるのだ。男がその意に従わない女を籠絡せんとする言葉として、これはかなり異様であり、要するにこの物語にとって、生身の人間による生身の言葉なるものはもっとも嫌悪すべき対象なのであった。先の引用文をみても、客観的に狭衣の心情を叙しているのか、狭衣自身の言葉なのか、いささかはっきりしないが、それというのも、狭衣の口説きを生の言葉として定位させたくとも、どうしてもそこからデタッチして、外側から引用句を散りばめた美文を以てしてそれを再現したくなるのが、この物語の特徴だからなのである。

私は冒頭部の言葉について、死んだ自然、自然のための自然という評し方をした。このようにみてくると、人事についても、そこに生身の言葉や生身の人間は存在しておらず、まさに死した人事としてそれはある。それでも物語冒頭部では、自然の景物を叙するにあたって、美しい引用のパーツを嵌めこんでいたのであり、その美文にはそれなりの説得力があった。しかし、ここでは人と人とが衝突するというもっとも人間臭いはずの場面において、引用過多のエクリチュールが男の口説き文句としてあり、いうならば、この物語の特性が極端にアンバランスなかたちで顕現してしまっているのだ。

四

再び議論を物語冒頭部に戻そう。それにしても、なぜ『狭衣物語』の言葉は以上のようなものとしてあるのか。ここであらためて、物語全体に目を転じた時に、『狭衣物語』が「回想」「後悔」の時空に軸心をおいた倒錯した時間構造の物語であることに注意が向けられる。そしてこの冒頭部にあっても、既にしてその姿勢が如実に現れていて、「少年の春を惜しめどとまらぬものなりければ、三月の二十日あまりにもなりぬ」とあることで、源氏の宮と何心もなく過ごした無垢な少年時代にこそ楽園があり、男女とりどりに成長していくことに躊躇わざるを得ないとされている。この冒頭部にして既に過去にこそ黄金時代があるという徹底して後ろ向きの姿勢の物語たることが強調されているのだ。

通常それは主人公論の問題として扱われ、回想し後悔する主人公像の誕生ということがいわれているし、実際にこの『狭衣物語』に限らず、「八千度の悔いの大将」を主人公とする物語等々が他にも存在するのである。とともに、これは主人公論での問題であるのと同時に、物語文学史の終焉の問題に翻訳することも可能である。思うに、これは物語文学史の爛熟の果てに、もはや新たに語るものは何もないという地平に、『狭衣物語』があることを意味するのではなかろうか。だからこそ新たな出来事を構築するのではなく、出来事の「意味」を探ることに語りの重心が移動したのであり、そして、その意義づけなるものが「回想」「後悔」の時空なのである。

そして、出来事の生成ではなく、その意味を探る『狭衣物語』というテクストにあっては、言葉は先を目指して意味を生成し、新たな状況や出来事を構えていくようなポジティブな作用をもたないということである。このような倒錯した時間志向の物語にあっては、既にある出来合いの状況、既にある言葉に全面的に依拠するがゆえに、言葉は言葉それ自体を、そして過去のテクストの引用それ自体を目的化し、それらが何重にも織り重なった引用過多の自家中毒的症状を呈することとなる。自然についても、自然それ自体ではなく、自然のための自然であり、かくして美しくあるも生気のない空虚な自然と化してしまう。引用も引用のための引用であり、かくして自然も人事も死相を帯び、豪奢な美文が織りあげられることとなる。『狭衣物語』の言葉とはこのような水準のものなのではなかろうか。

『狭衣物語』がこのような倒錯した時間構造の物語であることを、物語文学史の終焉の問題のみならず、さらにこの物語を生み落した六条斎院禖子内親王サロンの終焉という問題や、末法思想の到来という時代の終末感の問題に還元して考えることも可能である。これら諸観点からの言及は差し控えるが、末法思想の浸透とともに、未来の時間なるものが絶望視されて、終末的時間なるものにすべては暗く覆いつくされ、あとはひたすら過去なるものを絶対視して、それを渇望するしかないという精神状況がみえてくる。このあたりの説明はいかようにも可能だが、重要なのは、『狭衣物語』が倒錯した時間構造のテクストとしてあることは、かかる時代の終末観なるものの本質を鋭く感知した結果とも思われてくるのだ。『狭衣物語』の言葉は、『源氏物語』のような語りの言葉の多義性なり、創造性なりに可能性を賭けたテクストではない。しかし、まさにそうではないという点において、逆説的ながら、『狭衣物語』の時代に対する優れた批評性を認め得るのである。(6)

最後に『源氏物語』「胡蝶」巻との引用関係という点から、この冒頭部をみるとどうなるのか。「胡蝶」巻は、紫の上の春の御殿に、秋好中宮方の若い女房たちを招待するという極めたる盛儀を語ることから始まり、「乙女」巻以来の春秋争いの決着をつける巻である。それは、『狭衣物語』と同じく、「弥生の二十日あまりのころほひ」(四・三二)の六条院の「春の御前」を舞台に始まる。そこには「藤」「山吹」が配されて、その山吹も、「春の池や井手の川瀬にかよふらむ岸の山吹そこもにほへり」(三三)とあるように、「井手」の山吹に通うものとしてある。さらに紹介ずみだが、源氏と螢宮との、「藤」を介しての応酬もこの場面にはあり、『狭衣物語』冒頭部に埋めこまれていた諸モチーフ、という以上にその全体構図が、「胡蝶」巻の全面的影響下にあることが解る。しかし何かが根本的に異なる。

「胡蝶」巻冒頭部は、「弥生の二十日あまりのころほひ、春の御前のありさま、常よりことに尽くしてにほふ花の色、鳥の声、ほかの里には、まだ古りぬにやと、めづらしう見え聞こゆ」(三一)とあり、頃は晩春であるにもかかわらず、盛りの春がいつまでも続くがごときとしている。さらに、秋の御殿からこちらにやってきた中宮方の女房たちは、「ほかには盛り過ぎたる桜も、今盛りにほほゑみ、廊をめぐれる藤の色も、こまやかに開けゆきにけり。まして池の水に影をうつしたる山吹、岸よりこぼれていみじき盛りなり…まことに斧の柄も朽たいつべう思ひつつ、日を暮らす」(三二〜三三)と感嘆している。遊びに耽り時が経つのも忘れたという爛柯の故事が引用されているのも宜なるかなである。中宮方の女房たちは感激のあまり歌を詠むが、その一首として、「亀の上もの山もたづねじ船のうちに老いせぬ名をばここに残さむ」(四・三三)がある。「亀の山」の喩を招来することで、この春の御殿こそが、蓬萊山を凌ぐ不老不死の世界そのものといわれる。

ここではその爛熟の春を満喫し、その永遠化を願うという時間意識のもとに、可能な限り物語の叙述はひきのばされている。外の世界はいざ知らず、少なくとも春の御殿では時の流れは停止し、永遠の春を享楽するという幻想世界が言葉を尽くして現前せられている。しかも、中宮方女房という外の視線が導入されることで、この春爛漫の永続性が証明されるのはもとより、とくに彼らが船に乗りながらこの春を享楽している点が重要である。秋の御殿と春の御殿それぞれの南庭の池は、隔てに築山をおきつつ続いていて、そこを通って中宮方の女房たちは春の御殿にやってきたのだ。彼らは狭衣のように屋敷内から春の景色を遠望しているのではない。春の最中に身をおきながら、全身でこの春なるものを体感し、恍惚としているのであった。

『狭衣物語』がいかなる意味で、「胡蝶」巻のパロディであるかはもはや明らかである。そう、「胡蝶」巻のそのような時間構造を終末的時間相のもとに一挙に染めあげたのであり、ここにあるのはいかにも『狭衣物語』らしい力技である。「独り言」「噂」「神託」の方法、「形代」「密通」について、プレ・テクストたる『源氏物語』

世界を無効化・空洞化させてしまう『狭衣物語』の方法を確認されたい。(7) そして、その時、『源氏物語』では、「廊をめぐれる藤の色も、こまやかに開けゆきにけり」(三二)とあった「藤」が、『狭衣物語』にあっては、「松にとのみも思はず咲きかかりて、山ほととぎす待ち顔なり」となるし、『源氏物語』では、「池の水に影をうつしたる山吹、岸よりこぼれていみじき盛りなり」とあった「山吹」が、まさに散花の相を帯びてくるのであり、すべてが時間の推移のもとに染めなおされている。盛りの晩春を永遠化すべく言葉を尽くした豪奢な「胡蝶」の世界に対して、『狭衣物語』では、時間は一挙に加速して、瞬く間に流れ去り、人々も自然もその無常な流れに抗うことはできない。『狭衣物語』の世界の隅々にまで、終末観的時間なるものが浸透し、そこには自ずと死の影がしのびよることになる。

注

(1) 引用は本書校訂本文による。巻二以降は第三類本である新潮日本古典集成『狭衣物語』上下を使用する。
(2) 引用は新潮日本古典集成『源氏物語』一〜八による。巻数と頁数を記す。
(3) 森下純昭「『狭衣物語』冒頭部「花こそ春の」引歌考」(『岐阜大学国語国文学』二六、一九九九・三)。
(4) このような表現構造は文学論の用語でいえば、「シンボル」ではなく「アレゴリー」に該当しよう。アレゴリーについては、西洋レトリックの典型的な表現法であることから数多の研究があるが、ヴァルター・ベンヤミン『ドイツ悲劇の根源』第二部「アレゴリーとバロック悲劇」(浅井健二郎・久保哲司訳『ベンヤミン・コレクションⅠ』ちくま学芸文庫、一九九五)からもっとも多くの示唆を得た。
(5) これらの斎院神事の記事の重要性については、拙稿「『狭衣物語』と『栄花物語』についての一考察——賀茂斎院神事の記録」(高橋亨・辻和良編『栄花物語、歴史からの奪還』森話社、二〇一八)を参照されたい。
(6) 『狭衣物語』のような引用過多の冒頭文は他の物語にもあり、この時代一般化した冒頭部であった。しかし、

『狭衣物語』は、「少年の春…」というように終末的時間構造を明確に押し出しているという点において、もっとも批評的である。時代の終末感と美文とがどこかでつながっていることを『狭衣物語』は鋭く感知している。

(7)「独り言」「噂」「神託」「形代」「密通」等における『狭衣物語』固有のモノローグ構造については、拙稿「狭衣物語——物語文学への屍体愛《ネクロフィリー》=モノローグの物語」(井上眞弓・乾澄子・鈴木泰恵・萩野敦子編『狭衣物語文の空間』所収　翰林書房、二〇一四・五)を参照されたし。

校訂本文

一　物語の冒頭——狭衣、源氏の宮のもとを訪れる

【校訂本文】

[1][①]少年の春を惜しめどとまらぬものなりければ、[2]三月《やよひ》の二十日《はつか》あまりにもなりぬ。御前《おまへ》の木立、何となく青みわたりて、木暗《こぐら》き中島の藤は[3]松にとのみも思はず咲きかかりて、[4]山ほととぎす待ち顔なり。[5]池のみぎはの八重山吹は井手のわたりにことならず見わたさるるを、（狭衣）「[6][②]光源氏の『身もなげつべき』とのたまひけんもかくや」など、ひとり見たまふも飽かねば、侍童《さぶらひわらは》のをかしげなるして一枝づつ折らせたまひて、源氏の宮の御方に持て参りたまへれば、中納言、中将などやうの人々候《さぶら》ひて、宮は御手習、絵などかきすさみて添ひ臥させたまへる。

（狭衣）「この花の[7]夕映こそ、常よりもをかしう見えて。東宮の、『盛りには必ず見せよ』とのたまはするものを」

とて、

（狭衣）「いかで御覧ぜさせてしがな」

とて、うち置かせたまふに、宮少し起き上がりたまひて見やらせたまへるまみ、頭《かしら》つき、うつくしさは、花のにほひ藤のしなにもこよなくまさりて見えたまへれば、例の胸うち騒ぎて、花には目もとまらず、つくづくとまもられたまへる。取りわき、

（源氏の宮）「[8][③]花こそ春の」

とのたまふ。山吹を手まさぐりにしたまふ御手つき、いとどもてはやされて[④]言ひ知らずうつくしげなるを、人目も知らず我が身にひき添へまほしう思さるるさまぞ、いみじきや。

（狭衣）「[9]くちなしにしも咲きそめけん契りこそ口惜しき。心のうち、いかに苦しからむ」

とのたまへば、中納言の君は、

（中納言の君）「さるは言の葉は多く侍るものを」

と言ふ。

（狭衣）いかにせむ言はぬ色なる花なれば心のうちを知る人もなし⑤　百32・風1065＊

と思ひ続けられたまへど、げに人も知らざりけり。（狭衣）[10]「立つ苧環《をだまき》の」とうち嘆かれて、母屋の柱に寄りゐたまへる御かたちぞなほ類《たぐひ》なく見えたまふに、よしなきことにより、さばかりめでたき御有様を（狭衣）[11]⑥「室《むろ》の八島《やしま》の」とのみ思ひ焦がれたまふさまぞ、いと心苦しきや。さるは、この煙《けぶり》のたたずまひ、知らせたてまつらんことも及びなく（狭衣）「いかならむたよりにても」など思しわづらふにはあらず。

ただ二葉より露ばかり隔てなく生ひ立ちたまひて、親たちをはじめ、よその人々、帝、東宮「一つ妹背《いもせ》」と思したるに（狭衣）[12]「我は我」とかかる心の付き初《そ》めて、思ひわび、ほのめかしても、かひなかるべきものから、あはれに思ひかはしたまへるに、（狭衣）「思はずなる心のありけるよと思しうとまれこそはせめ、大殿、宮なども類なき御心ざしと言ひながら、この御事をば『さらば、さてもあれな』とも、よも任せたまはじ。世の人の聞き思はんことに、ゆかしげなくけしからずもあるべきかな」と、とざまかうざまに世のもどきとなりぬべければ、あるまじきことに深く思しつるに、いともあやにくに心は砕けまさりつつ、（狭衣）「ついにいかにか身なしてん」と心細き折がちなり。今はじめたることにはあらねど、なほ世の中に、さらでもありぬべかりけることよ。あまりよろづにすぐれたまひつらん女の御あたりに、まことの御兄人ならざらん男は、いみじうともむつましう⑦生ほし立てたまふまじきわざなり。

（大系二九－三二　新全集①一七－二二　全書上一八五－一八七　集成上九－一二）

梗概

物語は晩春、男主人公（以下、狭衣と呼ぶ）が源氏の宮と呼ばれる女性のもとを訪れる場面から始まる。美しい夕映の景色に、狭衣は小舎人童に藤と山吹を手折らせて源氏の宮の前へ持っていく。邸の美しい花々は、東宮からも「盛りには必ず見せよ」と言われているらしい。

源氏の宮は山吹を手に取った。くちなし（＝口無し）色の花に、狭衣は、人に言えない自らの恋心を重ね合わせる。源氏の宮とは兄妹同然に育った身だったが、狭衣はいつからか苦しい恋心を抱くようになっていたのだった。しかし、親や世間の目を気にする狭衣は、あってはならないことと思い乱れるばかりである。

【注】

1　少年の春を惜しめどとまらぬものなりければ―燭を背けては共に憐れむ深夜の月　花を踏んでは同じく惜しむ少年の春（『和漢朗詠集』27・白）参考資料①　2　三月の二十日あまり―この段落全体に『源氏物語』胡蝶巻からの影響が指摘されている。参考資料②　3　松にとのみも―夏にこそ咲きかかりけれ藤の花松にとのみも思ひけるかな（『拾遺集』83・源重之）　4　山ほととぎす待ち顔―我が宿の池の藤波咲きにけり山ほととぎすいつか来なかむ（『古今集』135）、我が宿の池の藤波咲きしより山ほととぎす待たぬ日ぞなき（『躬恒集』92）　5　池のみぎはの八重山吹は井出のわたりにことならず―「井出のわたり」は京都府綴喜郡井手町。山吹の名所。いとやらん方のなきかな池水のみぎはに咲ける八重の山吹（『夫木和歌抄』2045・祐子内親王家小弁）。　6　光源氏の『身もなげつべき』―『源氏物語』が直接引用されている。胡蝶巻「淵に身を投げつべしやとこの春は花のあたりを立ち去らで見よ」、若菜上巻「沈みしも忘れぬものをこりずまに身も投げつべき宿の藤波」。　7　夕映―『源氏物語』真木柱巻「三月になりて、六条殿の御前の藤、山吹のおもしろき夕映え」

と夕映えの藤、山吹の美しさが描写されている。8　花こそ春の―あしひきの山の端よりは出でねども花こそ春の光なりけれ（『某年三月六条斎院禖子内親王桜柳歌合』4・美作）9　くちなし―山吹の花色衣ぬしやたれ問へど答へずくちなしにして（『古今集』1012・素性法師）10　立つ苧環の―引歌と考えられるが、該当する和歌は確認できない。鎌倉時代成立の『僻案抄』は「をがたまの木」の注釈に、古歌「おく山にたつをだま木のゆふだすきかけておもはぬ時のまぞなき」を引き、その後に『狭衣物語』巻三冒頭の狭衣詠「谷深く立つ苧環は我なれや思ふ心の朽ちて止みぬる」も引用している。なお、『夫木和歌抄』には『狭衣物語』の影響下で詠まれたと思われる「くちねただおもひくらぶの山高みたつおだまきはしる人もなし」（『夫木和歌抄』13896・九条道家）などが見える。11　室の八島―下野国にある歌枕。いかでかは思ひありともしらすべき室の八島の煙ならでは（『詞花集』188・藤原実方）12　我は我―君は君われはわれともへだてねば心々にあらむものかは（『和泉式部日記』）、君は君我は我にて過ぐすべき今はこの世と契りしものを（『弁乳母集』85）

【本文考】

①少年の春を―為相本・宮内庁三冊本・松井三冊本・竹田本・為家本は底本と同じ。「少年の春は」とする本が多いが、底本と同系統といわれる四季本・宝玲本・文禄本は、深川本・蓮空本・大島本と同様に「少年の春」。②「光源氏の『身もなげつべき』とのたまひけんもかくや」など―為秀本・為相本・吉田本・鎌倉本・松浦本・鷹司本・元和古活字本・承応版本・前田本には見えない本文。③花こそ春の―「花こそ花の」などの異同がある箇所。四季本・宝玲本・文禄本・蓮空本・大島本は底本と同じ。④言ひ知らず―四季本・宝玲本・文禄本・蓮空本・大島本・武田本・東大本・竜谷本・中田本は底本と同じ。「世に知らず」「言ひしらずしろく」とする本もある。⑤人もなし―「人ぞなき」「人はなし」「人のなき」といった異同がある。四季本・宝玲本・文禄本・内閣文庫本・平出本・為相本は底本と同じ。蓮空本は「人もな

し」の「も」に「そ」、「し」に「き」と傍書。『風葉集』では「人ぞなき」。⑥室の八島の―「室の八島の煙ならでは」とする諸本がある一方、底本では「煙ならでは」を省略し、地の文の「この煙のたたずまゐ」がそれを補う役割を果たす。「煙ならでは」が省略されているのは他に四季本・宝玲本・文禄本・蓮空本・大島本・為秀本・為相本・鈴鹿本・雅章本・宮内庁四冊本・武田本・東大本・竜谷本・中田本・松浦本・押小路本・鷹司本・黒川本。⑦生ほし立てたまふまじきわざなり―内閣文庫本・平出本・蓮空本・大島本・鈴鹿本・雅章本・宮内庁四冊本・宮内庁三冊本・松井三冊本・武田本・東大本・竜谷本・中田本は「仲澄の侍従・宰相中将」といった他作品の引用を含んだ内容が続く。

二　登場人物の紹介――堀川の大殿

【校訂本文】

[1]この頃、[2]①堀川《ほりかは》の御子《みこ》と聞こえて関白したまふは、一条の院の当帝《とうだい》※②などの一つ后腹の③二の御子ぞかし。母后もうち続き帝の御筋にて、いづかたにもおしなべて同じ大臣と聞こえさすれば、いとかたじけなき御身のほどなれど、何の罪にか、ただ人になりたまひにければ、故院の御遺言のままに、うちかはり、帝はただこの御ままに任せきこえたまひて、いとあらまほしき御有様なり。二条堀川のわたりに四町築き籠めて、三方《みかた》に造り磨かせたひて、北の方三人をぞ住ませたてまつりたまふ。堀川二町には、やがて御ゆかり離れぬ故先帝《こせんだい》の御妹④斎宮おはします。洞院《とうゐん》には、ただいま太政大臣《おほきおとど》と聞こえさする御女《むすめ》、一条の院の后の宮の御妹《おとと》、東宮の御叔母、[3]世々のおぼえ、内々の御有様、はなやかに頼もしげなり。⑤今一所は、式部卿《しきぶきやう》と聞こえし御女、中に心細き御有様なりぬべけれども、女君の世に知らずめでたき、一人生みたてまつりたまへりけるを、内裏《うち》に参らせたてまつりたまひて、⑥最上、

一宮出[⑦]できさせおはしましたる御勢ひ、なかなか一の皇子をばすぐれて行く末頼もしき御有様なめり。かかる中にも、斎[4]宮は親ざまに預かりきこえさせたまひてしかば、やむごとなくかたじけなき御方にも、御かたち、心ざまもなべてならず、かくすぐれて、この世のものとも見えたまはぬ男君、ただ一人ものしたまふ。千人の中にも、いとかしこからむは、親の御目にもいかがはすぐれて思しかしづかざらむ。

（大系三一-三二　新全集①二一-二二　全書上一八七-一八九　集成上一二-一四）

〔校訂〕※など―底ほと

梗概

ここで狭衣の父親の紹介がなされる。「堀川の御子」と呼ばれる関白が狭衣の父親である。彼は一条院・今上帝（嵯峨帝）などと同腹で、后腹の第二皇子であるが、臣籍に降っていたのだった。二条堀川に広大な邸を造り、三人の北の方を住まわせている。ひとりは故先帝の妹で斎宮であった女性（堀川の上）。ひとりは太政大臣の娘で、一条院の后の宮の妹で、東宮の叔母にあたる（洞院の上）。もうひとりは、式部卿の宮の娘である（坊門の上）。坊門の上が生んだ女子は入内し、今上の第一皇子を生んでいる。堀川の上のもとには、この世のものとも見えない素晴らしいひとり息子がいる。彼こそがこの物語の主人公、狭衣である。

【注】

1　この頃―物語の第二の冒頭部といえる表現。ここから具体的な人物紹介が始まる。　2　堀川の御子―狭衣の父。故先帝の皇子で堀川大路に面した邸を構えていたため、「堀川の御子」と呼ばれる。　3　世々のおぼえ―「東宮の御叔母よ。世のおぼえ」と取ることが可能だが、『源氏物語』若菜上巻などにも「世々のおぼえありさま」の表現で代々にわたる信望や地位が示されている。太政大臣の娘である洞院の上の立場を考え「世々のおぼえ」とした。　4　斎宮―狭衣の母。堀川の上。一条院在位中の斎宮か。

【本文考】

①堀川の御子―「御子」とあるのは底本のみで、諸本「大臣」。　②など―底本「ほと」。意味不通のため校訂した。四季本・宝玲本は底本と同じ。　③二の御子―平出本・内閣文庫本・宮内庁三冊本・松井三冊本・押小路本・黒川本・為家本「五のみこ」、為秀本・京大五冊本「にの宮」。底本を含め他本「二の御子」。「二の御子」ならば、「五の御子」よりも堀川の御子（大殿）が帝位に即く可能性が高かったことになる。コラム1参照。　④斎宮―四季本・宝玲本・文禄本は底本と同じ。竹田本「さいくうそ」。その他の諸本は「前」または「さきの」斎宮となっている。　⑤今一所は―他本はここに「坊門に」「坊門には」とある。四季本・宝玲本・文禄本は底本と同じ。　⑥最上―底本は「冣《さい》上一宮」（冣は最の俗字）とあり、「冣」に「さい」と傍記。「今上一宮」と校訂する可能性も考えたが、底本が「さい」と傍記までしていることを鑑み、底本のままとし、第一皇子が生まれたことを素晴らしいと表現する語と取った。四季本・宝玲本・文禄本は「さい上」で「さい」は平仮名表記。宮内庁三冊本・松井三冊本「一の宮さへ」。なお、他本はここに「このころ中宮と聞こえさす」など、中宮になったことが示される。　⑦出できさせ―底本には「さ」の横に薄く「キ」の傍記が有り、他の傍記と異なり片仮名表記である。

コラム1

異同「二の御子」／「五の御子」と独自本文「堀川の御子」

物語冒頭において、狭衣と源氏の宮の関係が提示された後、まず紹介されるのは、主人公狭衣ではなく、その父堀川の大殿である。

　この頃、堀川の御子(1)と聞こえて関白したまふは、一条の院の当帝などの一つ后腹の二の御子(2)ぞかし。母后もうち続き帝の御筋にて、いづかたにもおしなべて同じ大臣と聞こえさすれば、いとかたじけなき御身のほどなれど、何の罪にか、ただ人になりたまひにければ

　この箇所は、文意が通らず解釈し難い。仮に解釈してみると、「この頃、堀川の御子と申し上げて関白をなさっていたのは、一条院や嵯峨帝などと同じ后の宮腹の第二皇子であるよ。母后も帝と引き続いた御血筋であり、どちらの血筋からも、（他の臣下と）横並びに同じように大臣と申し上げるので、（そう申し上げるのも）大変恐れ多い御身分ではあるが、どのような罪のためか、臣下におなりになったので」と現代語訳できる。

　この堀川の大殿の紹介文は、三条西家本の本文の特徴が大きくあらわれている箇所である。傍線部（1）の「堀川の御子」の「御子」は三条西家本以外の諸本ではすべて「大臣」となっており、堀川の大殿が「堀川の御子」と呼ばれているのは、三条西家本のみとなっている（↓本文考①参照）。また、傍線部（2）のように、三条西家本では「二の御子」すなわち第二皇子だったとあるが、この箇所にも異同がある。平出本・内閣文庫本・宮内庁三冊本・松井三冊本・押小路本・黒川本・為家本は「五のみこ」、一方、為秀本・京大五冊本は「にの宮」、三条西家本を含むその他の諸本は「二の御子」であり、「二の皇子」と「五の皇子」に分かれる（↓本文考③参照）。この本文異同は、漢数字の「二」と、仮名の「こ」の誤写により生じた可能性が考えられるが、仮に「二の御子」と「五の御子」のそれぞれの異同が、どのように解釈できるかを確認したい。

　三条西家本を含む諸本のように「二の御子」であれ

ば、次の【系図】で示したように、后腹の最初の皇子と思われる一条院の次に生まれた皇子だと推測でき、皇位に即く可能性も高かったといえよう。

【系図】

故院
　├一条院
　├堀川の大殿
　└嵯峨帝
母后

しかし、堀川の大殿は、実際には皇位に即いていない。「二の御子」とすることで、皇位に即く可能性の高い皇子がなぜ臣下なのかという疑問を読者に抱かせ、その疑問の答えを「何の罪にか」と曖昧にしたまま物語は進行する。「二の御子」とする本文は、狭衣の父堀川の大殿が皇位を継承するはずであったことを強調する本文となっている。一方、「五の御子」という本文であれば、堀川の大殿が第五皇子となり、堀川の大殿の皇位継承順位は下がる。

特に、三条西家本は、傍線部（1）のように、堀川の大殿が臣下に降った後もなお、「御子」と呼ばれていたとする本文である。「おしなべて同じ大臣と聞こえさすれば」と、堀川の大殿が大臣であることを語りながら、「堀川の御子」という帝の皇子であったことを思い出させる呼称を三条西家本のみが語っている。

この「堀川の御子」という呼称は、巻四において狭衣が帝になることとも関連があろう。平井仁子は「堀川家が帝位を奪回することが『狭衣物語』の裏のひとつのテーマ」であると論じている[①]。残念ながら三条西家本は、巻一しか残っていないために巻四の狭衣即位の場面はなく、狭衣の即位との関連性を断定することはできない。しかし、巻四があったと想定することが可能ならば、三条西家本は、本来父堀川の大殿が継承すべきだった皇位を息子の狭衣が継承するという構図がより鮮明に浮かび上がる本文だといえるのではないか。

「二の御子」という異同は他本にも多い。また、「堀川の御子」という独自本文だけで三条西家本の特徴を指摘するのは難しい。だが、この二つの本文が重なることで、三条西家本における皇位継承への意識の一端が垣間見えるように思われる。

【注】

①平井仁子「『狭衣物語』試論」(『物語研究』二 一九八〇・五)。

【参考文献】

井上眞弓「『狭衣物語』の構造私論――親子の物語より――」(王朝物語研究会編『研究講座 狭衣物語の視界』新典社 一九九四)/倉田実「狭衣物語の皇位継承」(高橋亨編『源氏物語と帝』森話社 二〇〇四)/後藤祥子「狭衣大将(狭衣物語)――栄耀を厭う潜在王権者の一人子――」(『国文学 解釈と教材の研究』三八―一一 一九九三・一〇)/スエナガ・エウニセ「狭衣の父――世俗的な堀川大殿が新たな論理を獲得するとき」(狭衣物語研究会編『狭衣物語が拓く言語文化の世界』翰林書房 二〇〇八)/三谷榮一「狭衣物語」(『体系物語文学史 第三巻 物語文学の系譜I 平安物語』有精堂 一九八三)

(富澤萌未)

三 登場人物の紹介――狭衣

【校訂本文】

この頃、御年二十にいま二つばかりぞ足りたまはざらむ。[①]二位の中将とぞ聞こえさする。なべての人にてだに、かばかりにては中納言になりたまふべきぞかし。されど、この御有様のこの世のものとも見えず、めでたきに、よろづ思し怖《お》ぢたるなめり。これをだに、母宮は、「児《ちご》のやうなるものを」と、あえかにいまいましきまで思しめしたれど、おしなべての殿上人にてまじらひたまはんが、なほいと心苦しさに、内裏の[※②]せちになさせたまへるなるべし。

帝をはじめたてまつりて、世の中の人高きも下れるも「この御顔かたち、身の才《ざえ》、御年のほどにも過ぎて、まして盛りにねびととのほりたまはん行く末もゆかし。などあまりなるわざかな」と驚きあさみ「この世の光のために、③阿弥陀仏《あみだぼとけ》の仮に、稀有のことをなして、仮初《かりそめ》に出でたまへるにぞ」と、天の下のめで種《ぐさ》になりたまへる。言ひ知らぬ賤《しづ》の男《を》なども見たてまつりては、我が身の憂へもみな忘れて思ふことなき心地しつつ、あさましげなる顔の行方も知らず笑みひろごり、あるは拝みたてまつり涙を流せば、まして※④殿宮などは雨風の荒きにも月日の光にあたりたまふもいまいましう[1]覆ふばかりの袖の暇《いとま》なく、あまりこちたき御もてなしを、憂きは頼まれぬべく苦しきを、いかでかはさのみも従ひきこえたまはん。夜なども、いづくともなくまぎれたまふ夜々は、二所ながらうちもまどろまずうしろめたがりきこえさせたまふ。されども向かひきこえさせたまひぬれば御心のままにもえ諫めきこえさせたまはで、ただうち笑みて見たてまつりたまへる気色ども言ひ知らずあはれげなり。

見苦しくあるまじきことをし出でたまへりとも、この御心に少しも苦しう思しぬべからむことは、違《たが》へ制しこえたまふべきにもあらず。夢ばかりもあはれをかけたまはん人をば、賤の女《め》なりとも玉の台《うてな》にはぐくまんと思しおきつれど、いかなるにか、御身のほどよりもいといたうしづまりて（狭衣）「この世は仮初にあぢきなきもの」と思して、ありてふ人は知らまほしげにも思したたず、おぼろけならぬことに御目も耳もとどめたまふべくもあらねば、少しものすさまじう心やましきを口惜しう心もとなきものに思ひきこゆる人々もあるべし。

まれまれ一行《ひとくだり》も書き流したまふ水茎の流れをば、めづらしう置きがたきものに、かばかりのゆく手の一言葉をも身にしみてをかしういみじと心にしみて、まして近きほどの御気配などは[2]千夜《ちよ》を一夜にもなさまほしう、[3]鳥の音《ね》つらき暁の別れ消えかへり、[4]入りぬる磯の嘆きいかでかはなからむ。それにつけても、恨みどころなくすさまじきことのみまさりたまへれども、いとどなべてならぬわたりには、なだらかに情《なさけ》を見せたまひて、折につけたる⑤花紅葉ども、雪・雨・風の荒きまぎれ、もしはあはれまさりぬべき夕暮れ、[5]暁の鴫《しぎ》の羽風《はかぜ》につけて、思ひかけず訪れたまふ折々も、なかなか[6]いな淵の滝騒ぎまさりつつ、⑥いたのいそ心をつくしたまふなめり。さこそまめだちたまへども、なほこの悪世に生まれたまへばにや、ただ過ぎたまふ道のたよりにも、すこしゆゑづきたる[7]山賤《やまがつ》の垣根の撫子は、おのづから目とまらぬにしもあらぬほどに、おのづから野をなつかしう旅寝したまふ折もあるとかや。

いかなる折にか、[8]梵網経《ぼんまうきやう》にや「一見《いつけん》於《お》女人《によにん》」とのたまへることを思し出でつれど、車の簾《すだれ》うち下ろしつれど側《そば》の広らかに開きたるをば、隔てたまはぬにこそあんめれ。

（大系三二-三五　新全集①二二-二六　全書上一八九-一九一　集成上一四-一七）

〔校訂〕※せちに—[底]せち　※殿宮—[底]故宮

梗概

狭衣はいま二十歳に二つほど足りない歳で、二位中将である。容姿も才も並外れて素晴らしく、阿弥陀仏の化身ではないかといわれるほどである。そのため夜に外出しようものなら、両親は寝ずに心配している有様だ。とはいえ面と向かえば諌めることもできず、ただ微笑んで見守るのみである。どんなことをしたところで咎められることもなさそうだが、狭衣はこの世を仮初のものと思って慎ましくしている。それをもの足りないと思う人々もいるようだが、それなりに女のもとに通うというようなこともあるようだ。

【注】

1　覆ふばかりの袖—大空に覆ふばかりの袖もがな春咲く花を風にまかせじ（『後撰集』64）　2　千代を一夜—秋の夜の

千夜を一夜になせりともことば残りて鳥や鳴きなむ（『伊勢物語』二二段）　3　鳥の音つらき暁の別れ―恋ひ恋ひてまれに逢ふ夜の暁は鳥の音つらきものにざりける（『古今六帖』2730）　4　入りぬる磯の―潮満てば入りぬる磯の草なれや見らく少なく恋ふらくの多き（『万葉集』1394）　5　暁の鴫の羽風につけて―暁の鴫の羽掻き百羽掻き君が来ぬ夜は我ぞかずかく（『古今集』761）、暁の鴫の羽掻き百羽掻きかき集めてぞわびしかりける（『古今六帖』4474）　6　いな淵―『枕草子』「淵は」にその名が見える。引歌は未詳。『下紐』『文談』は「年をふる涙よいかに逢ふことはなほいな淵の滝まされとや」（『続古今集』1099・源具氏）を挙げる。　7　山賤の垣根の撫子―あな恋し今も見てしが山賤の垣ほに咲ける大和撫子（『古今集』695）　8　梵網経にや「一見於女人」―梵網経は『盧舎那仏説菩薩心地戒品』の略。現存の梵網経にこの「一見於女人」は見えない。

【本文考】

①二位の中将―底本含め諸本は「二位」であるが、底本と同系統とされる四季本・宝玲本・文禄本は「三位」とする。②せちに―底本「せち」であるが、「に」を補った。四季本・文禄本は底本と同じ。③阿弥陀仏の仮に、稀有―四季本・宝玲本・文禄本は底本と同じ。為相本「あみだ仏のかたにけふ」、鈴鹿本・雅章本・宮内庁四冊本「あみだ仏のかりにせう」。他本は多く「第十六我釈迦牟尼仏」。このあたり諸本の異同が多いが、底本と表現が近いのは四季本・宝玲本・文禄本・為秀本・為相本・鈴鹿本・雅章本・宮内庁四冊本。④殿宮―底本では「故（補入）宮」とあるが、「故」は小さな字で「殿」のくずし字のようにも見える。宝玲本等に鑑み校訂した。四季本・文禄本は底本と同じ。宝玲本・為秀本・為相本・鈴鹿本・雅章本・宮内庁四冊本「殿宮」。⑤花紅葉ども―他本「花紅葉霜」、為秀本「花紅葉にも」。四季本・宝玲本・文禄本は底本と同じ。⑥いたのいそ―四季本・宝玲本・文禄本は底本と同じ。他本「いそのいけふり」、「いその

いそふち」「いそふり」、「いそのいそふ」などの異同がある。コラム2参照。

コラム2

過剰な引歌を持つ場面
――「いたのいそ」をめぐって

狭衣は「この世は仮初にあぢきなきもの」と思い、女たちにつれない態度を取る人物とされるが、それでも関係を持つ女もあるという。この場面では、そういった女たちの狭衣への思いが、大量の引歌で飾り立てられ描写されていく。三谷榮一が「狭衣文学としては最高の表現」①と評した箇所である。しかしここに、問題となる表現がある。

注にも示したが、ここは『伊勢物語』二二段にはじまり、『古今六帖』の「こひこひて」詠、『万葉集』および『拾遺集』の「しほみてば」詠、『古今集』の「暁のしぎのはねがき」詠と引歌が連続していく。そして、その最後に「いな淵の滝騒ぎまさりつつ、いたのいそ心をつくしたまふなめり」という表現がある。「いな淵」に関しては引歌が判然としないが、三谷は、『枕草子』「淵は」に「いな淵」が挙げられていることを指摘し、「否」に通じる歌枕として、狭衣の訪れに「否」と言えず恋心が高ぶっていく様を象徴していると解釈している。しかし、続く「いたのいそ心をつくしたまふなめり」となると大きな異同があり、解釈の上でも問題となる。

校本によれば、同様の本文を持つものは四季本・文禄本・宝玲本である。他本の多くは、元和古活字本などのように「心をつくし給ふなめりかし」だけで「いたのいそ」に当たる箇所がないものと、深川本「いそのいけふりともなりたまふめり」などのように「心をつくし」ではなく「なり」とする表現を持つものに分かれている。わずかに武田本・東大本・竜谷本・中田本が「いそふりに心をつくし給なめりかし」と、やや似た表現となっている。

いずれにせよ解釈の難解な箇所である。三条西家本とは別の系統に分類される諸本でもそれは変わらない。校本によれば深川本は「いそのいけふりともなりたまふめり」、平出本・内閣文庫本は「いそのいそふちにもなり給めり」となっている。そのため、内閣文庫本を底本にする大系も、深川本を底本にする新編全集や全註釈も、「いそのいけふり」・「いそのいそふち」を、鈴鹿本などをもとに「磯の磯ぶり」と校訂しているのだ。三谷も、ここは元来意がよくわからなくなっていたものではないかとの見解を示し、「いな淵」からこまでを、

女は「否」ともいえず狭衣への恋慕の情が却ってたかまって、滝の奔流となって流れ落ちるように情熱がわきたつ意を象徴しているに相違ない。従って、その滝の所在が不明で意味する象徴性をよく理解できなかった改作者が、第一系統にあった次の「磯の磯ぶり」を、第二系統や第三・第四系統では省略してしまったと見るべきではあるまいか。(中略)「磯の磯ぶり」の「磯ぶり」と磯に触れる意から、岸に打ち寄せる荒波をいう。『土佐日記』一月一八日の条に「いそぶりの寄する磯には年月をいつともわかぬ雪のみぞふる」などがある。あまり用例にぶつからない語だが、歌言葉としては女房サロンでは享受されていたものであったため、サロン以外の人々には段々とわからなくなったのではなかろうか。この語の前の「いな淵の瀧も騒ぎまさ」るように女たちの奔流する激情は、はげしく狭衣の君の心情にぶつける意となる様相を示し、それが「磯の」は「磯ぶり」と表現されて、心の激情を強調したのではあるまいか。

としている。ただし、三谷はこの論において、第三系統の本文をもつ本として「三条西本・雅章本・宝玲本」と挙げているものの、例としては雅章本を用いている。しかし、雅章本は鈴鹿本と同じように「いそのいそふり」という本文を持つため、三谷説は「いたのいそ」には触れていないのだ。

三条西家本の「いたのいそ心をつくしたまふなめり」は「いたのいそ」を未詳とするほかないが、「いそ」は「磯」で、三谷の解したような荒波による激情の表現だったのであろう。直前の「いな淵」と同様に、「いたの磯」という地名かもしれない。そうであると

断定はできないが、たとえば伊豆半島の北西、現在の静岡県沼津市に井田という地名がある。仮に地名として解するならば、「いた（井田？）の磯の波のような激しい物思いの限りを尽くしていらっしゃるようである」となろうか。

過剰なほどの引歌で飾り立てられてきた場面の最後を明快に解釈できないのはもどかしいが、それだけ凝った表現方法が取られている場面なのだともいえる。だから解釈が困難で、本文異同も一筋縄ではいかないものとなる。そういった意味でも、ここはきわめて『狭衣物語』らしい場面なのかもしれない。

【注】

①三谷榮一「狭衣物語巻一冒頭部分の文学的特質」（『狭衣物語の研究〔異本文学論編〕』笠間書院　二〇〇二）。以下、三谷説はこれに拠る。

（千野裕子）

四〈落丁〉登場人物の紹介——源氏の宮

※底本はここに落丁が存在する。他本から推測される該当箇所の梗概を載せる。コラム４参照。

梗概

（前区分の末には、牛車の脇までは閉められないに違いない、という描写があった）それぐらいの女への関心は狭衣にもあるのだった。男というのは身分の低い者でも、身の程を知らぬ恋をするもののようなのだ。

狭衣は容姿が美しいだけでなく、性格や学才にも優れ、筆跡も名筆と比べても当世風である分、評価が高かった。音楽の腕も並大抵ではなかったが、天地をも動かしかねない不吉さから、両親が過度に好むことのないようにさせたため、狭衣自身も人前では演奏しようとしなかった。そのため風流心がないと思われることもあったが、それでもたぐいない魅力を持つ人物としてもてはやされるので、堀川の大殿などは、「天稚御子が天降ったのだろうか。今日にも天の羽衣の迎えが来るのではないか」と気が静まらないのだった。

　源氏の宮は、故先帝が晩年に中納言御息所との間に儲けた女宮である。三歳のときに両親を亡くしたため、堀川の上のもとに引き取られ、狭衣とともに育てられた。その高貴さのため、堀川の大殿も、実の娘より大切に世話をしている。十四、五歳で、どんな武士であったとしても心を動かしてしまうに違いない美しさなので、狭衣が思慕するのももっともなことである。（以下、はじめは「源氏の宮に匹敵する人もいるだろう」と思っていたが、という狭衣の様子を描く場面に続く）

コラム3　三条西家本の落丁

三条西家本には、本文の脱落と考えてよい部分がある（区分四）。他本では、源氏の宮を紹介する部分である。

　一般に本文の欠落理由は、目移りによるものや、親本になかった場合などを考えるが、この三条西家本の本文の脱落は、丁の欠落によるものと思われる。

　そもそも、三条西家本は折帖五括からなる。第一括と第五括は、九紙を重ね二つ折りにして一八丁とし、第二括～第四括は、十一紙を重ね二つ折りにして二二丁としている。第一括は、当初は十一紙を重ねて二つ折りにしたものではなかったか。その理由は以下の三つである。
①脱落している源氏の宮紹介本文の欠落は、第一括の九丁と一〇丁の間で発生していて、丁の途中で発生しているわけではない。
②他本を参考にすると、脱落本文の分量は三～四丁分に相当すると思われる。

③第二括〜第四括が十一紙からなっている。

脱落した部分は第一括の二紙に本来は書かれていた。その二紙とは、二つ折りにする前の最初の二紙で、それが何らかの理由で落丁したのだろう。つまり現在「一〇丁」としている丁は、当初は「一四丁」だったということになる。

ちなみに、最後の括である第五括が九紙なのは巻一の本文分量に合わせた、最初からのものであったと思われ、第一括とは無関係と考えてよいだろう。

（鈴木幹生）

五　登場人物の紹介――狭衣と源氏の宮

【校訂本文】

（ここまで脱）なる人さりともありなん」と頼まれたまひしに、[1]①よしかた隠れ蓑を添へたまはねど、おのづから高きも下れるも尋ね寄りつつ、[※2]②板田の橋は崩るれど、いと気近きほどぞあらねど、立ち聞き垣間見などはかしこく御心に入りたるままに、おぼつかなきは少なけれど（狭衣）「この御かたち、有様に並ぶはありがたげにぞ」と思さるるに、人知れず心のうちは思ひ焦がれたまふさま、いとほしう、[3]③たまとやつひになり果てんと見ゆるを、さすがに忍びまぎらはしたまふに、晴れ晴れしからずむすぼほれたまふ御気色も、大人びたまふままに人の御癖、[4]忍ぶ捩摺《もぢずり》、誰もえ知りたまはぬなるべし。

太政大臣の御方にぞ、いかにもいかにもかやうの人おはせで、いとつれづれに思さるるままに、（洞院の上）「さるべからん人の女《むすめ》をがな。預かりかしづかん」と明け暮れうらやみたまふめる。

源氏の宮の御かたち、かくて名高く、東宮いとゆかしう思ひきこえさせたまへるを、（堀川の大殿）「げにそれこそはつひのこと」と思したり。内裏の上も昔の御遺言をおぼし忘れず、あはれに聞こえさせたまふに、（嵯峨帝）「さやうにて内裏住みもしたまへかし」と大殿にも聞こえさせ驚かさせたまへり。されどいとどしき御有様を（堀川の大殿）「いま少しねびととのほりたまひてこそ」など、おぼろけならず思しおきつる④御いそぎなるべし。

（大系三六―三七　新全集①二八―三〇　全書上一九三―一九四　集成上一九―二〇）

〔校訂〕※板田―底いたら

梗概

狭衣は源氏の宮のような心惹かれる女性を身分に関係なく探し求めるが見つけられず、あらためて源氏の宮のすばらしさを認識し、源氏の宮を恋い焦がれている。その恋心を心の奥にしまい物憂げな様子なのだが、周囲はそれが源氏の宮への恋心であることに気が付いていない。

洞院の上は、堀川の大殿の他の妻と違い、狭衣のような子がいないことを寂しく感じている。源氏の宮のような女性を養育したいと思い、源氏の宮を養育している堀川の上を羨ましく思うのだった。源氏の宮はその美貌から、東宮が関心を示しており、堀川の大殿もいずれは東宮妃になるだろうとは思っているものの、帝の東宮妃にという催促にはすぐに応じず、いましばらく成長してからとの考えを持っているのだった。

【注】

1　よしかた隠れ蓑―隠れ蓑は、身にまとうと姿が消せるという衣で、『枕草子』「淑景舎、春宮にまゐりたまふほどの事など」や「隠れ蓑隠れ傘をも得てしがなきたりと人にしられざるべく」(『拾遺集』1192・平公誠)にも用例が見える。『隠れ蓑』(十世紀後半から十一世紀前半に成立か)という散逸物語もある。「よしかた」は『隠れ蓑』の登場人物か。2 板田の橋—小墾田の板田の橋のこぼれなば桁よりゆかむな恋ひそ吾妹(『万葉集』2652) 3 たまとやつひになり果てん—引歌未詳。「たま」は「魂」か。本文考③参照。 4 忍ぶ捩摺—陸奥のしのぶ捩摺誰ゆゑに乱れむと思ふ我ならなくに(『古今集』724・源融、『伊勢物語』初段)

【本文考】

①よしかた隠れ蓑—底本では脱落のためはっきりしないが、この前後に深川本・平出本・内閣文庫本・蓮空本・大島本には、狭衣が源氏の宮を幼い頃から人知れず恋い慕っていたことを示す内容がある。また、「よしかた」の部分、「よそこのとう宮のすけ(平出本・内閣文庫本は「よそか」)」「よしたゝ」「よしたか」「かしかた」などの異同がある。 ②板田の橋—底本「いたらのはし」。「ら」は「ゝ」の誤写と考えられ、校訂した。③たまとやつひに—四季本・宝玲本・文禄本は底本と同じ。他本多く「をとなしのたきとや」。 ④御いそぎ—深川本・平出本・内閣文庫本・鈴鹿本・雅章本・宮内庁四冊本「御ありさま」。底本は「いそぎ」とあることですでに入内準備の心づもりがあることを示す。

六　五月四日、あやめ売りを見る狭衣

【校訂本文】

かくいふほどに、四月《うづき》も過ぎて五月四日にもなりにけり。夕つ方、中将の君、内裏よりまかでたまふ道すがら

見たまへば、あやめ引き下げぬ賤の男なく、往き違《ちが》ひもて扱ふさまなども、(狭衣)「げにいかばかり深かりける十市《とをち》の里のこひぢならん」と見ゆる足もとどもの、いみじげなるも(狭衣)「いかに苦しからん」と目とまりたまひて、

(狭衣)「うき沈みねのみながるるあやめ草かかるこひぢと人も知らぬに」 白

とぞ言はれたまふ。玉の台《うてな》の軒端に掛けて見たまへば、をかしうのみ思さるるを、御車の先なるをおどろおどろしき御随身《ずいじん》の声に追ひとどめられて、身のならんやうも知らずかがまりたるを御覧じて、

(狭衣)「さばかり苦しげなるをかく言ふ」

と制せさせたまへど、

(随身)「慣らひにて、かくばかりの者は何か苦しと思ひさぶらはむ」

と申すを、恋の持夫《もちぶ》は我が御身に慣らひたまへば(狭衣)「心憂くも言ふものかな」と聞きたまふ。大きなるも小さきも、端《つま》ごとに葺《ふ》き騒ぐも、車よりのぞきつつ過ぎたまふに、言ひ知らず小さくあやしき家どもにただ一筋づつ置き渡すを(狭衣)「あはれのさまどもや、何の人真似ともすらん」と見つつ過ぎたまふままに、①笛を吹きたまひつつほの見たまふ。夕映《ゆふばえ》まことに光るやうなるを、[1]半蔀《はじとみ》に集まり立ちて見たてまつりける人々ありけり。御車など今はおとなしうなりたまへれど、御供の雑色《ざうしき》、随身などはいと若くをかしげに、なべてならず見ゆるを、

(人々)「あれらが身にてだにあらばや。思ひことなげなる」。

若き人々めで惑《まど》ひて、過ぎたまひぬるが飽かねば、軒のあやめ一筋引き落として、ものいささか書きつけて端下《はした》者《もの》のをかしげなるして追ひたてまつる。遅れて走る随身にとらせて帰るを、

(狭衣)「いづくよりぞ。やがて参らせたまへ」

とて、とらへて参らせたるを見たまへば、

（女）しらぬまのあやめはそれと見えずとも蓬《よもぎ》が門《かど》は過ぎずもあらなん　百20・風160＊

とぞ書きたる。（狭衣）「いかなるすき者ならん」と微笑みたまひて使に問はせたまへば、心疾《と》き随身、そのわたりに筆求めて参りたるして、懐紙《ふところがみ》に片仮名に、

（狭衣）見も分かで過ぎにけるかなおしなべて軒のあやめのひましなければ　風161　[白]

（狭衣）「今わざと参らむ」

と言はせたまひて、

（狭衣）「童の入らん所、確かに見よ」

とのたまへば、

（随身）「半蔀など上げわたして透影あまた見えさぶらひつれ」

と申せば、（狭衣）「何人なり」と（狭衣）「見つるにや※②」とばかり思せど、さやうのうちつけ懸想などはわざと御心に入らで、あるまじきことをぞいかなることも御心とめたまふめる。

（大系三八-三九　新全集①三〇-三三　全書上一九四-一九六　集成上二〇-二三）

〔校訂〕※見つるにや―[底]みしつるにや

梗概

五月四日になった。夕方、内裏からの帰路、狭衣は重い荷を背負うあやめ売りに自らの恋を重ね合わせつつ、端午の節句の支度をする人々を眺める。すると軒端のあやめにつけた文を、端下者を介して寄越した女がいる。狭衣は懐紙に片仮名で返歌を書いて渡した。文を寄越した女のことは気になるが、行きずりの恋よ

りも心を占めるのは、やはり源氏の宮のことなのであった。

【注】

1　半蔀─半蔀は蔀戸（格子を張り付けた板戸）の上半分を指す。このあたり、『源氏物語』夕顔巻における夕顔邸の描写を想起させる。

【本文考】

①笛を吹きたまひつつ─四季本・宝玲本・文禄本は底本と同じ。底本のように笛を吹いているとするものと、元和古活字本「扇をふえにふき給へる」などのように扇で笛を吹く真似をしているとするものに分かれる。底本と同様に笛を吹く描写となるものは平出本・内閣文庫本・為秀本・為相本・鈴鹿本・雅章本・宮内庁四冊本・吉田本・鎌倉本・京大五冊本・松浦本・押小路本・鷹司本。②見つるにや─校本では底本・四季本・文禄本を「みつるにや」と取る。しかし底本は「みしつるにや」であり、文法上誤りであるため校訂した。

七　五月五日、宣耀殿や一条院女一の宮への消息

【校訂本文】

またの日は、さるべき所々に御文奉りたまふ。色々の紙の下絵などえならぬに取り散らして、少しこまやかに押し磨りつつ書きたまふ。御手は、などかは少しもの思ひ知らん人の、いたづらに返さんと見ゆる①手、歌などぞ

なべて人の口付きにまさりてをかしとも見えぬは、まねびたまへるにや。

左大将の女《むすめ》、1宣耀殿《せんえうでん》と聞こえて東宮にいみじうときめきたまふを、いかなる風のたよりにかほの見たまひてけり。されど、いかでかは誰も思ひ2②ざまにあらん。おぼろけならでは御消息などだに通ふこと難くぞありける。あまり待遠《まちどほ》になりけるも恋しう思ひて、聞こえたまひて、

(狭衣) 恋ひわたる袂《たもと》はいつも乾かぬに今日はあやめのねさへながれて　百44詞書＊

3一条院の姫宮の御気配ほのかなりしかばにや、なべてならぬ御心地せしを、(狭衣)「いかで御かたちなどよく見たてまつらん」と心にかかりて、4少将の命婦《みやうぶ》のもとに例の細やかにて、中に、

(狭衣) 5思ひつつ岩垣沼《いはがきぬま》のあやめ草水籠《みごも》りながら朽ち果てねとや　百40＊・風1974

などやうにぞあまたあめれど、③同じ筋ならねば、皆とどめつ。

かやうに折につけたる言の葉などは散らしたまへど、心のうちには(狭衣)「いつまでかは」とのみ、この世は仮初《かりそめ》にもすさまじう思さる。丁子《ちやうじ》に黒むまで注《そそ》きたる御単衣《ひとへ》に紅の袴を着たまひて、頬杖《つらづゑ》つきて池の菖蒲《さうぶ》の心地よげに茂りたるをながめたまひて、

(狭衣)「④一定仏三す」

と誦《ずん》じたまふ御声は類なく、ありつる御返りはいづれもをかしきなかに、宣耀殿の御手はまことにをかしげにて、

(宣耀殿) うきにのみ沈む水屑《みくづ》となり果てて今日はあやめのねだになかれず　百44

とある気色なども、なびきたまへる心地して、らうたげにあはれ浅からねば、少し涙ぐまれたまひぬ。

(大系四〇-四一　新全集①三三-三五　全書上一九六-一九八　集成上二三-二五)

梗概

その翌日（五月五日）、狭衣は様々な女性のもとへ文を贈る。左大将の娘で東宮に寵愛されている宣耀殿や、一条院の姫宮など、多くの相手がいるようだ。こうした折々の文をやり取りする狭衣だが、内心ではこの世を仮初のものと思っている。返事はいずれも趣深いものが届くが、宣耀殿からの文にはいじらしいものを感じて少し涙ぐんだのだった。

【注】

1　宣耀殿―春宮（後の後一条院）の女御の一人　2　思ひざま―「思ふさま」に同じ。「思ひざま」は室町期に用例が見られる。　3　一条院の姫宮―一条院の皇女で春宮の姉。後に一品の宮として登場する。　4　少将の命婦―一条院の姫宮付き女房の一人。　5　「思ひつつ」詠―奥山の岩垣沼の水隠りにこひや渡らむあふよしをなみ（『拾遺集』661・人麿）

【本文考】

①見ゆる手―「手」を筆跡の意味として取った。四季本・宝玲本・文禄本は底本と同じ。　②思ひざま―底本「思ひさま」。四季本・宝玲本・文禄本・押小路本では「思ふさま」。　③同じ筋ならねば―四季本・宝玲本・文禄本は底本と同じで、この四本のみ打消表現。他本「同じ筋なれば」など。　④「一定仏三す」と―底本・四季本・文禄本・宝玲本にのみ見られる表現。古活字本「音羽の山にはなと」、深川本「めくりくるなと」、内閣文庫本・平出本「みくりやなと」、蓮空本・大島本「一方二三天」など異同が多い。

八　五月五日夜、狭衣と両親の会話

【校訂本文】

その夜さりは（狭衣）「①隙《ひま》もや」と内裏わたりに出で立ちたまふに、いとど召しさへあれば参りたまふ。まづ殿の御前《おまへ》に参りたまへれば、今日見えたまはざりければにや、めづらしきにほひ添ひたまへる御心地して、うち笑みてぞつくづくとまもられさせたまふ。

（狭衣）「内裏より召しあれば参りさぶらふに、宮の御方に御消息や」

と申したまへば、

（堀川の大殿）「けさ、例ならぬ御さまになん聞きまゐらせつれば、参らんとしつるを、風邪にや、心地も悩ましうて暮らしはんべりぬる。今、つとめてのほどにためらひて参らん。暑きほどは、しばし出でて休みたまへかしと思ふを、例の御暇《いとま》やありがたからむ」

などぞ語らひきこえさせたまへば、御答《いら》へして立ちたまひぬ。

（狭衣）「まだしきに、暑さところせき年かな。何しに常に召すらん」

とつぶやきたまふ。母宮、

（堀川の上）「苦しうおぼえたまはば、何かは参りたまふ。団扇などしてものしたまへかし」

など心苦しう見やりきこえさせたまふ。象眼《ざうが》の紅の御単衣、御直衣《なほし》のいと濃きに、唐撫子《からなでしこ》の②浮線綾《ふせんりょう》の御指貫《さしぬき》の裾までたをたをと、いとあてになまめかしう着なしたまへり。ものの色など、なべて着る同じ色とも見えぬを、（堀川の上）「などかくあまりゆゆしう生ひなるらん」と涙を浮けて、せちに見送らせたまふを、御前《おまへ》なる人々「こと

わりぞかし」とあはれに見たてまつる。（大系四一‐四二　新全集①三六‐三七　全書上一九八‐一九九　集成上二五‐二七）

梗概

その夜、狭衣は参内の前に両親のもとに寄り、堀川の大殿から中宮への伝言を預かる。暑いなか参内しようとする狭衣を、堀川の上は心配し、涙を浮かべながら見送るのだった。

【注】

1　御暇やありがたからむ―御暇（里下がり）が許されないのは、帝の寵愛が深いことを示している。

【本文考】

①隙もや―他本多く「もしさりぬべき隙もや」。「隙もや」のみは、底本・四季本・宝玲本・文禄本。②浮線綾の御指貫の～生ひなるらん―深川本・前田本などには、ここに狭衣の姿に関するより詳細な記述がある。底本では堀川の上の心内語も「などかくあまりゆゆしう生ひなるらん」と短い。

九　宮中での管絃――嵯峨帝、若上達部に演奏を求める

【校訂本文】

内裏には[1]わざと節会もなくつれづれにおぼしめさるるに、雨雲さへ立ちわたり、ものむつかしき慰めに、東宮

渡らせたまひて御物語などあるなりけり。御前《おまへ》の広廂《ひろびさし》に太政大臣の権中納言、兵衛督、宰相中将などやうの若上《かん》達部《だちめ》あまた候ひたまふに、[2]源中将の参りたまはぬは、いとどしき五月雨《さみだれ》の空の光なき心地して召すなりけり。（嵯峨帝）「※①今宵の宴には、候ふかぎり、一の才《ざえ》どもを手のかぎりを惜しまで、一づつこころみん」と思ふを、東宮も、

（東宮）「②げにあること」

とのたまひて、様々の御琴※③ども奉りわたす。中納言には琵琶、兵衛督には箏《さう》の琴、右大将の宰相中将に和琴《わごん》、中務宮《なかつかさのみや》の少将笙《しゃう》の笛、源中将横笛賜はす。ただ今のいみじきものの上手どもなるべし。

（嵯峨帝）「おのおの、今宵のものの音は手をつくして聞かせよ」

と仰せらるるを、誰も、「一つにかきまぜてこそ、あやしさもまぎらはして仕うまつらめ」と、いとわりなきわざなど承りにくくわびたまふに、中将は、

（狭衣）「さらによろづよりも、戯《たはぶ》れにだにまねびさぶらはぬものなり」

と奏したまふを、

（嵯峨帝）「ただその知らざらんことを、今宵は始むべきなり」

とのたまはするを、

（狭衣）「教ふる人だに候はば、たどるたどるもつかうまつるべきにこそ。おのおの手をつくしさぶらはんなかに、たどたどしう始めさぶらはんは、げに例なき世のためしにやなりさぶらはむ」

とて、ことのほかに手も触れたまはねば、

（嵯峨帝）「かばかりの御心ばへとは思はず※④こそありつれ。ことのほかにこそありけれ。年ごろ、大殿の思ひたるにも劣らずぞ思へど、かばかりのことをだに言ふままにあらざりければ、まして推し測られぬ。よしよし言はじ」

とまめだたせたまふに、いとわびしうて、かしこまりて取り寄せたまひて、

（狭衣）「もし、ものにまぜば、おのづから形《かた》のやうにもまねびさぶらひなん。※⑤一人はいとわりなきわざかな」

と悩める気色にぞ、恨み果てさせたまふまじく御覧じける。他人《ことひと》も「なかなか心ことなる夜の御遊びかな」と心づくろひして、手も触れたまはず、

（権中納言）「中将の四[3]、五の才ばかりだに候はぬものの音を。かぎりなく弾きあらはしさぶらはん、⑥おもしろからむ。よろづの人の代はりに琴を替へて仕うまつらせばや」

と権中納言奏したまへば、

（嵯峨帝）「一つをだにさばかり心強《こは》からんに、まして人の⑦代はり任ずべくもあらざんめり」

と責めさせたまへば、おのおの心づかひして弾き出でたまふものの音どもおもしろし。

（大系四二―四三　新全集①三七―四〇　全書上一九九―二〇一　集成上二七―二九）

〔校訂〕※今宵の宴―底こよひのはん　※御琴―底御事　※思はず―底思ひはす　※一人は―底ひしりは

梗概

内裏では帝（嵯峨帝）のもとに東宮や若上達部たちが集まっていた。帝は上達部らにそれぞれ管絃の技を披露するように言う。狭衣には笛が渡されたが、彼はひとりで吹こうとしない。他の上達部たちも演奏をためらっていたが、帝の強要により、やがてそれぞれが技を披露していった。

【注】

1 わざと節会もなく―この年は公事としての節会（端午の節）を予定していないことを表す。史上では村上帝や後三条帝の忌月であったため、宮廷行事としては行われない年が平安時代からあった。 2 源中将―ここで初めて狭衣に「源中将」という呼称が用いられる。 3 四、五の才―四番目か五番目に得意とするもの（ここでは楽器）。「一の才」に対しての表現。

【本文考】

①今宵の宴―底本「こよひのはん」。意味不通のため「は」を「え」に校訂した。為秀本・四季本・宝玲本・文禄本は底本と同じ。 ②げにあること―宝玲本・文禄本は底本と同じ。吉田本・鎌倉本「いとけふあること」、他本は「けふあること」。「に」と「ふ」の誤写、または、「げに興あること」から「興」の脱落などが考えられるが底本のままとした。③御琴―底本「御事」であるが、「事」は同音の「琴」の意と判断し校訂した。 ④思はず―底本「思ひはす」。諸本多くが「思はず」であることを鑑みて校訂した。 ⑤一人は―底本「ひしりは」。諸本多くが「ひとりは」であることを鑑み校訂した。 ⑥おもしろからむ―四季本・宝玲本・文禄本・蓮空本・大島本は底本と同じ。為秀本・鈴鹿本・雅章本・宮内庁四冊本・武田本・東大本・竜谷本・中田本「はづかしさよ」、京大五冊本・黒川本「おもてはづかしさ」、他本「おもてはづかしさよ」などの異同がある。底本では権中納言が自らの演奏技術を謙遜し狭衣の演奏は良いと発言することにより、狭衣の演奏を求める形になっているが、他本は、権中納言が演奏を拒む意を表すことに終始している。 ⑦代はり任ずべくも―四季本は底本と同じ。諸本多く「かはりはすべくも」。なお、宝玲本「かはりすべくも」、文禄本「かはりよむすべく」とある。

コラム4

管絃の場面に見る狭衣への意識
――権中納言と嵯峨帝の会話をめぐって

天稚御子降臨のきっかけとなる管絃の場面である。嵯峨帝は内裏に集まった上達部たちに様々な楽器を行き渡らせ、独奏を命じる。横笛を賜った狭衣は何度も拒むが、嵯峨帝は強く要求する。この場面は、諸本の異同と描かれる順番の違いにより狭衣への意識に差が生じている。これを考えるにあたり、権中納言と嵯峨帝のやり取りを挙げてみたい。

権中納言「中将の四、五の才ばかりだに候はぬものの音を。かぎりなく弾きあらはしさぶらはん、おもしろからむ。よろづの人の代はりに琴を替へて仕うまつらせばや」

嵯峨帝「一つをだにさばかり心強からんに、まして人の代はり任ずべくもあらざんめり」

『狭衣物語』を系統別に見たとき、このやり取りが行われる位置に違いが見られる。三条西家本を含む第三・四系統と第一系統を比較してみたい（第二系統は内容が大きく変わることのない程度に削られた描写であるため省略する）。まず、三条西家本を例に第三・四系統の流れを示すと、次のようになる。

1　各々に楽器を配る。嵯峨帝「今宵のものの音は手をつくして聞かせよ」

2　上達部たち「一つにかきまぜてこそ、あやしさもまぎらはして仕うまつらめ」

3　狭衣「さらによろづよりも、戯れにだにまねびさぶらはぬものなり」嵯峨帝「ただその知らざらんことを、今宵は始むべきなり」

4　狭衣「おのおの手をつくしさぶらはんなかに、たどたどしう始めさぶらはんは、げに例なき世のためしにやなりさぶらはむ」と楽器に手も触れない。嵯峨帝「年ごろ、大殿の思ひたるにも劣らずぞ思へど、かばかりのことをだに言ふままにあらざりければ、まして推し測られぬ」と不機嫌になる。

5　狭衣「一人はいとわりなきわざかな」と悩む様子、嵯峨帝も疎むことは出来ない。

6　上達部たち「なかなか心ことなる夜の御遊びかな」と心づくろいし、手も触れない。

7　権中納言「中将の四、五の才ばかりだに候はぬものの音を。かぎりなく弾きあらはしさぶらはん、おもしろからむ。よろづの人の代はりに琴を替へて仕うまつらせばや」嵯峨帝「一つをだにさばかり心強からんに、まして人の代はり任ずべくもあらざんめり」

8　上達部たちの独奏の後、狭衣の横笛。

第三・四系統では、独奏の所望と辞退の押し問答が繰り返された後に7のやり取りが入り、すぐに上達部たちの独奏・狭衣の独奏と続く。満を持して狭衣の演奏のすばらしさが語られ、注目度がより高まったところで演奏が始まるため、狭衣の演奏に対する期待感も高まっていく。対して、第一系統では、2の発言（第一系統では狭衣の発言と推測される）の直後に7のやり取りが入り、その後は3～6、8と続く。つまり、7のやり取りから実際に独奏が始まるまでの間で所望と辞退の押し問答が繰り返されるのである。狭衣が注目された後になって話が引き延ばされていくため、狭衣のすばらしさを語った権中納言の発言の印象は次第に薄れてしまう。

この位置の違いに関しては、片岡利博によって既に指摘されているところであるが、①ここでは、この異同により前述のような効果があるということを述べておきたい。

次に、発言内容について、諸本の異同を見ていきたい。

まず、先に挙げた7の権中納言の発言であるが、ここは特に第三系統の本文中に異同がある。

「中将の四、五の才ばかりだに候はぬものの音を。かぎりなく弾きあらはしさぶらはん、おもしろからむ。よろづの人の代はりに琴を替へて仕うまつらせばや」

この「おもしろからむ」の部分は、多くの本では「はづかしさ」という言葉が用いられている。

「おもしろからむ」――三条西家本・四季本・宝玲本・文禄本・蓮空本・大島本

「はつかしさ」――為秀本・鈴鹿本・雅章本・宮内庁四冊本・武田本・東大本・竜谷本・中田本・京大五冊本・黒川本

三条西家本と同様なのは、四季本・宝玲本・文禄本という同系統本のほか、蓮空本・大島本である。発言内容は、狭衣の演奏のすばらしさを述べ、彼一人に全ての演奏を求めるものであるが、この異同により「かぎりなく弾きあらはしさぶらはん」の主語が変わることとなる。三条西家本ほかの「おもしろからむ」を用いた本では主語は狭衣となるため、上達部たちが演奏を拒否したのちの、狭衣の演奏のすばらしさが強調される。対して、「はつかしさ」を用いた本では主語は上達部たちとなり、狭衣のすばらしさよりも、自らが演奏を拒否する意の方が強調されるのである。

そして、権中納言に返答した嵯峨帝の発言である。

「一つをだにさばかり心強からんに、まして人の代はり任ずべくもあらざんめり」

この「代はり任ずべくも」の部分に以下のような異同が見られる。

「かはりにむ（ナシ宝・よむ文）すへくも」――三条西家本・四季本・宝玲本・文禄本

「かはりともは（と蓮・とも鈴）すへくも」――為秀本・蓮空本・大島本・鈴鹿本・雅章本・宮内庁四冊本

「かはりにはすへうも」――竹田本

「かはりすへうも」――武田本・東大本・竜谷本・中田本

「かはりをはよもせし」――為家本

三条西家本と同様なのは同系統本のうちでも四季本のみであり、これは、「人の代わりの演奏をさせることはできない」という嵯峨帝の狭衣に対する意思を含む表現となっている。しかし、他本では「狭衣は人の代わりの演奏はしない」という想定される事態を述べるのみに留まってしまうのである。

最後に、演奏の拒否という行為からも考えたい。『うつほ物語』の仲忠に類似の行動が見られ、狭衣への影響が考えられる。仲忠は、秘琴・秘曲を伝承する家の生まれであり、帝からの弾琴の所望が何度となくある。仲忠は決まって拒否したのちに弾き始め、その腕のすばらしさを表すために奇瑞が描かれる。一方、狭衣もその演奏には誰もが敵わないことが語られる上、拒否したのちの演奏で天稚御子降臨という奇瑞が起こるのである。音楽が目に見えないものである以上、演奏のすばらしさを描く手法は限られる。それを奇瑞によって表し、また、すばらしい演奏は簡単に披露されるものではないということを演奏の拒否によって表した『うつほ物語』の手法は、狭衣を音楽の名手として描く際に参考にされたのではないだろうか。そして、仲忠と重なるその描写は、やはり狭衣の印象を引き立てるのに成功している。

　以上、狭衣への意識に差について考えてきた。権中納言と嵯峨帝のやり取りは狭衣という人物をより際立たせるものであり、ここから狭衣に対する二人の意識の強さがうかがえる。さらに、この意識の強さは登場人物のみならず、物語を外側から見る読者・制作者の側にも存在していたことが、会話の位置の異同や『うつほ物語』の影響からうかがえるのではないだろうか。


【注】
①片岡利博「宮中管弦の遊び場面のヴァリアント――『狭衣物語』異文の形態学的研究――」（『物語文学の本文と構造』和泉書院　一九九七）

（瀬野瑛子）

十　宮中での管絃――狭衣、笛を吹く

【校訂本文】

中将の笛になりて、

（嵯峨帝）「さていかに。仕うまつるまじきにや」

と、まめやかになりて責めさせたまへば、わびしう（狭衣）「かく知らませば、参らざらましものを」とくやしけれど、逃るべき方なくて、笛を初々しげに取りなして、ことに人の聞き知らぬ調子、一つばかり吹き鳴らしたまへるを、上、音《おと》には聞きつれど、いとかくまでは思しめさざりつるを、今まで耳慣らさせたまはざりける①ことさへひき返し仰せられて、めで仰せらるるさまどもいとこちたく、聞く限りの人々、さらにこの世のものの音とも聞

こえぬに涙もとどめがたければ、なかなかなるほどにて止みたまひぬるを、

(嵯峨帝)「いと口惜しうこそ」

とせめてのたまへば、

(狭衣)「ただ、かばかりなん、②大殿の戯れに教へさぶらひし。これより外には、すべておぼえさぶらはず」

と申したまふを、(嵯峨帝)「いとうたて。虚言《そらごと》をさへ、つきづきしくも言ふかな」と、

(嵯峨帝)「[1]大殿の笛の音にもあらざめり。『すべてかからば苦し』と思はすとも、さらに思はじ。今宵は、なほ、恨み※③とくばかり」

と、あながちなる御気色に、かたじけなうおぼさるれば、いとわびしうて、[2]皇太后宮の姫宮たちなど、上の御局《つぼね》におはします頃なれば、(狭衣)「心にくき御あたりには、何事も残りなくは聞かれたてまつらじ」と思ふに、かくさへいとどしきなるべし。


月もとく入りて、御前《おまへ》の灯籠《とうろ》の火ども、昼のやうなるに、火影《ほかげ》に御かたちは光まさりて、柱隠れに寄り居て、まめやかにわぶわぶ吹き出でたまへる笛の音、雲居を響かしたまへるに、帝をはじめたてまつりて九重《ここのへ》のうちの賤の男まで驚き、涙を流さぬはなし。「[3]五月雨の空のむつかしげなるに、ものや見入れん」とまづゆゆしうあはれに、誰も御覧ずるに(嵯峨帝)「大殿参りて見たまはましかば、いかにせきかねたまはん」と我が御心にも劣らせたまはず、御袖もしぼるばかりにならせたまひぬ。

(大系四三-四五　新全集①四一-四二　全書上二〇一-二〇三　集成上二九-三二)

〔校訂〕※とく―底とて

梗概

狭衣の笛の番になった。もはや逃げられないと、狭衣は笛をほんの少しだけ披露する。堀川の大殿が戯れに教えてくれたのはこれだけだと言い訳する狭衣だが、帝は、それが堀川の大殿由来の音ではないことを指摘する。美貌と見事な笛の音に、みな不吉なものを感じ、涙を流して狭衣を見るのだった。

【注】

1　大殿の笛の音にもあらざめり―『うつほ物語』『源氏物語』では楽の音は親から子に伝えられている。狭衣の父子関係は親から子への伝授という関係が断ち切られており、続く本文を考えると狭衣の出自が天上にあることを想像させる。コラム5参照。　2　皇太后宮―当帝嵯峨帝の后を指す。物語前史にて中宮であったのが、堀川の大殿の娘の立后により皇太后になったことが想定される。史上では後冷泉帝の中宮章子内親王が藤原歓子の皇后立后により皇太后宮になっている。　3　五月雨の空のむつかしげなるに―神代より忌むといふなる五月雨のこなたに人を見るよしもがな（『信明集』56）。

【本文考】

①けることさへひき返し仰せられて～思ひ絶え、帝（区分十一、61頁）―この箇所、「この写本は、表表紙と本体が分離しており、その表表紙に一丁だけ付されている。これは、十八ウと十九オの間にあるべきものと思われるのでそこに挿入して翻刻した」（鈴木幹生「三條西家旧蔵本『狭衣物語』巻一翻刻(1)」）によった。コラム5参照。　②大殿の戯れに教へさぶらひし―底本はじめ多くの諸本では堀川の大殿が戯れではあるが実際に笛の演奏を教えたことになっているが、鈴鹿本・雅章本・宮内庁四冊本は堀川の大殿からの笛の伝授はなく、堀川の大殿の演奏を狭衣自らが聞き覚えたという本文をも

つ。

③とく―底本「とて」。文禄本は底本と同じ。四季本・宝玲本「とく」に鑑み校訂した。

コラム5
狭衣の吹笛の伝授

三条西家本は、鈴木幹生が述べているように、

> この写本は表表紙と本体が分離しており、その表表紙に一丁だけ付されている。これは十八ウと十九オの間にあるべきものと思われるので①……

という大きな特徴を持っている。また、数か所において認められる補入・ミセケチ部分は、全てが第四系統本にて校合されており、両者の深い関係が窺える一方で、諸本間の異同が激しい部分でもある。三谷榮一も、

> 当区分は次（区分[一四]）に展開する有名な天稚御子の天降りに続く、管弦の遊びの場面であることから、多くの享受者が関心を抱いたのであろうことは想像に難くないが、はたして極めて多くの改変・改作が行われている。②

と説明しており、さらに、

> 第一・二系統は大殿からの笛の伝授はなかったが、大殿を真似て、狭衣自らが聞き覚えたことになっており、これに対する第三・四系統は、帝の強引な責めに吹笛して後、『ただかばかりなん、大殿の戯れに教へ侍りて、これよりほかには、すべて覚え候はず』と奏し給ふを、『いとうたて。空言をさへ、つきづきしくも言ふかな、大殿の笛の音に、似るべくもあらざめり。……』というように、大殿が戯れではあるが実際に教えたことになっている。

と言及しており、大変興味深い部分である。

狭衣の吹笛について、三条西家本の記述を冒頭より追ってみると、まず、落丁と思われる大きな脱から始まる。同系統の宝玲本で補うが、

> 又、琴笛の音につけても雲居を響かし、この世の外まですみのぼりて天地もうごかしたまへるべきを、親たちはゆゆしうおぼして、何ごともあながちに好みせさせ給はぬに、我が心殊に心と

どめて、人の耳慣らさずなどあれば、……

と、狭衣の笛の素晴らしさを不吉と思った両親は、狭衣に笛を吹かせないようにし、また、狭衣自身も、自らの笛の音を人に聞かせないように配慮している様子が描かれる。

その後、五月の夕刻、宮中から退出する場面で、

ただ一筋づつ置き渡すを「あはれのさまどもや、何の人真似ともすらん」と見つつ過ぎたまふままに、笛を吹きたまひつつほの見たまふ。夕映まことに光るやうなるを……　(区分六)

と、牛車の中での狭衣の吹笛の姿が描写される。

続いてその数日後、帝は自らの命で参内させた狭衣に、吹笛を所望する。それに対して狭衣は、

「さらによろづよりも、戯れにだにまねびさぶらはぬものなり」　(区分九)

と、笛を習っていないことを理由に断ろうとするのである。しかし、帝の強い要求により、狭衣は仕方なく笛を吹き、その素晴らしさによって演奏継続を要求されることになるのだが、その際、

「ただ、かばかりなん、大殿の戯れに教へさぶらひし。これより外には、すべておぼえさぶらはず」と申したまふを……　(区分十)

と、狭衣はそれまでとは一転して、父から伝授があったと語り、帝の要求を断ろうとするのである。結局、断り切れず、引き続き演奏を試みることになるのだが、その音色の素晴らしさに魅せられた天稚御子が天上界より降り、狭衣を連れていこうとする事件に発展してしまう。最終的に天稚御子は狭衣を残し帰っていくわけだが、話を聞きつけ息子狭衣の安否を確かめに参内した父堀川の大殿は、

何事も言ひ知らせ教ふることも侍らず、公に仕うまつれ、私の身のため、男のむげに無才なるはいと口惜しうはべれば、その方ばかりは『形のやうに見明かすばかりもはべれかし』とや言ひ知らせはべりけむ。殊に笛の方は『戯れにもまねぶらん』とこそ思ひかけざりつれ。『いかにしてかく世のためしになりぬべき音をさへは吹き伝へはべりけるにか』とめづらかにも思ひたまへるかな。　(区分十四)

と、息子へ吹笛の伝授はしていないことを、帝に奏上

するのである。

このように三条西家本において、「吹笛の伝授」に関する狭衣の言動は一貫せず、堀川の大殿の言葉とも一致しない。だが、これらの記述を諸本間に見られる吹笛に関する記述と比較することで、三条西家本の狭衣像をより鮮明に捉えることが可能となる。

特に第一系統本に分類される深川本は、三条西家本同様、狭衣の笛の素晴らしさを不吉と思った親が、狭衣に演奏はさせず、狭衣自身も演奏はしないように努めるという記述から始まるが、その後は、牛車内での狭衣は笛の代わりに扇を口に当てて吹くというように、吹笛することはない。そして、帝の命で参内し吹笛を所望された狭衣は、「父に習っていない」ことを理由に断り、帝の再度の要求に対しても、変わらず「父に習っていない」という理由で断ろうとする。また、天稚御子が天上界へ戻った後に参内した大殿の言葉も「息子への吹笛の伝授はない」というものである。このように、深川本は一貫して「父に習っていない」ことを主張することで、親の思いに配慮し、真面目で実直、たとえ、帝の要求であっても、冷静に対処する狭衣を描いているのである。

一方、三条西家本では親の思いを知り、それに沿って行動しながらも、時によって吹笛の姿を見せ、帝からの強い要求に対しては、笛吹の伝授が「なかった」と言いながら、再度の要求に対しては「あった」と答えるという、その場その場での自身の気持ちが優先してしまう、人間味溢れる狭衣を描いているのではないか。見方を変えれば、深川本の狭衣が精神的な強さを持つことに対し、三条西家本の狭衣は人間の弱さが垣間見られるのである。

また、この「笛吹伝授」に関しての記述については、深川本が物語の一貫性を重視しているのに対し、三条西家本は登場人物の心情を描写することを重視し、人物像を丁寧に描こうとしているのではないか。

以上のように、狭衣の吹笛の伝授の記述を物語冒頭から通して見ると、諸本による狭衣の描き方の違いに迫ることが可能になる。しかし、その一方で三谷の、

……『狭衣物語』は、前述の如く古代信仰から続いている横笛による神秘性を強く意識して、堀川の大殿が我が子の身の上に重大なことが起こるこ

とを怖れて笛を学ばせず、伝授ということがなされなかったに相違ないのである。

しかしながらこの部分は、天稚御子天降りの伏線として、どうしても狭衣の中将一人による吹笛が必要であり、しかも帝から無理強いに吹奏させられる設定でなければならない。狭衣の中将が拒否すればする程、帝が強引に吹奏を要求すればする程、後に続く場面で天稚御子天降りという一大事件の持つ意味は深まり、それに対する帝の自責の念も一層強烈なものとなってくるのである。という視点は大変重要なものである。書写者はこれらの点を外さない範囲で、各自の思う狭衣像を自由に描こうとしたのであろう。諸本の記述を比較し、書写者の思い描いた狭衣像を想像することも、『狭衣物語』を読むうえでの大きな魅力に繋がるように思われる。

【注】

①鈴木幹生「三條西家旧蔵本『狭衣物語』巻一　翻刻(1)」（『学習院大学国語国文学会誌』四五　二〇〇二・三）。

②狭衣物語研究会編『狭衣物語全註釈　巻一上』（おうふう　一九九九）。以下、三谷説はこれに拠る。

（今戸美絵）

十一　宮中での管絃——天稚御子降臨

【校訂本文】

宵過ぐるままに、雲[1]のはたてまで響き昇る心地するに、稲妻[2]のたびたびして雲のたたずまひ例ならぬを、雷《かみ》の鳴るべきにやと見るに空いたう晴れて、星いと明かくなりぬ。星の光ども月に異ならず。この御笛の音の同じ声を、さまざまの琴、笛弾き合はせて、言ひ知らずおもしろき楽の声近く聞こゆるに「[①]いかなることぞ」と帝、東宮をはじめ、あさみ合はせたまふ。中将の君ももの心細げにて「天人もいかでかめでざらん」とあまりあさましきに、誰々もあきれたるやうなり。[3]楽の声近くなりて、紫の雲に乗りて遊ぶもいと近く見ゆるを見騒ぎたるに、中将の君の見やりたまひて、もの心細うなりて、いたく惜しみたまふ音をやや残す隈《くま》なく吹き澄まして、

(狭衣)稲妻の光にゆかん天の原はるかに渡せ雲のかけはし　百198

と音の限り吹き立てたまへるに、え忍びあへたまはぬにや、[4]紫の雲たなびきて、鬢《びん》づら結ひ、言ひ知らずをかしげなる童の装束うるはしくしたるが、ふとおりくだるままに、[5]いとゆふ何ぞと見ゆるいと薄き衣を中将にうち着せたまひて、袖を取りて引きたまふに、我もいみじうもの心細うて立ち止まるべき心地もせず、めでたくいみじき御さまの引き離れにくくて、笛を吹く吹く誘はれぬべき気色に、帝、御心騒がせたまひて「[6]世の人の言種《ことぐさ》に、『この世のものにはあらず、天人の天降れるにこそ』とのみ言ひ合ひたるは、げにこそありけれ。大殿の、かやう事をも絶えせさせず、『月日の光にもあてじ』とあやふくいまいましき物に思ひたるを、この人を、かくて目にみすみす雲の果てに迷はしては」、我が御身もこの世に過ごさせたまふべき御心地もせさせたまはねば、いといみじき御気色にて引きとどめさせたまふを、かなしう見たてまつらせたまふに、帝の御前にさし寄りて参らせたまふ。

(狭衣)[7]②九重《ここのへ》の雲の上まで昇りなば天つ空をや形見とは見ん　百120

まいて大殿、母宮などの聞きたまはんことも思し出づるに(狭衣)「いとはしう思さるるこの世なれども、振り捨て難《がた》きに」と、かかる御迎へのかたじけなきにひとへに思ひ絶え、帝の御袖を控へて惜しみかなしみ、親たちのかつ見るをだに、うしろめたく思ひたるを、行方《ゆくへ》なく聞きたまひて、むなしき空を形見とながめたまはんかなしさに、言ひ知らずかなしうおもしろう作りて、笛を持ちながら、涙ぐみたまへる御顔かたちは、天人並びたまへる。

[8]天稚御子《あめわかみこ》涙を流して、何事もこの世にすぐれたまへるによりて誘ひつれど、かく[9]十善《じふぜん》の君の泣く泣く惜しみかなしみたまへば、ひたすらに、今宵率《ゐ》て昇らずなりぬるよしを、ことわりにめでたくかなしき笛の心ばへ、口惜しさを作りかはして、雲の輿《こし》寄せて乗りたまひぬる名残のにほひばかりとまりて、空の気色も変はりぬるを、あさましなども、世の常のことをこそ言へ。「めづらかなり」と見る際の人、夢の心地したまひけり。

（大系四五-四七　新全集①四三-四六　全書上二〇三-二〇五　集成上三一-三四）

梗概

やがて天から楽の音が聞こえてきた。天人が降りてきたと知った狭衣は、自らも昇天しようと笛の音を惜しみなく披露する。降りてきた天稚御子は狭衣に衣を着せ、天へ導こうとする。しかし、帝はそれを引きとめる。天稚御子は狭衣を連れていくことを止め、天へ帰っていった。

【注】

1　雲のはたて―「はたて」は極、果て。夕暮は雲のはたてに物ぞ思ふ天つ空なる人を恋ふとて（『古今集』484）。　2　稲妻のたびたびして~月に異ならず。―狭衣の演奏により空の様子に異変が起こる。『うつほ物語』における琴《きん》の演奏による奇瑞の表現と類似する。　3　楽の声近くなりて、紫の雲に乗りて遊ぶも―聖衆来迎を思わせ、狭衣の死を予感させる表現。　4　紫の雲たなびきて―『うつほ物語』俊蔭巻において、天人は紫の雲に乗って登場する。　5　いとゆふ何ぞと見ゆるいと薄き衣―天の羽衣こと。「いとゆふ」は陽炎で、そのように見える透明な衣。天の羽衣は天人の資格を表す。　6　世の人の言種に―どこまでを嵯峨帝の心中思惟として取るか難しい。　7　「九重の」詠―自らの昇天を死と結びつける歌。大空は恋しき人の形見かはもの思ふごとにながめらるらむ（『古今集』743・酒井人真）　8　天稚御子―天人の一人。コラム6参照。　9　十善の君―帝のこと。帝が「十善」をなしていると天人が認めたことになる。

【本文考】

①いかなることぞ―このあたりから諸本の異同が著しい。底本同様「稲妻の」詠の前の描写が比較的詳細で楽の声と紫の雲が先に登場するのは、四季本・宝玲本・文禄本・為秀本・為相本・蓮空本・大島本・武田本・東大本・竜谷本・中田本。②「九重の」詠―この和歌がこの位置にあるのは、底本と四季本・宝玲本・文禄本・蓮空本・大島本のみ。同じ和歌を持つ他本はもう少し前に位置し、和歌がない本もある。この区分全体を通して、諸本間で記述順序が大きく異なる。

コラム6

天稚御子降臨場面と他作品との関わり

『狭衣物語』巻一における重要な場面に、天稚御子の降臨場面がある。では、この天稚御子とはいったい何者であるのか。これまでの先行研究においても、音楽との関連や天若日子との関連は示しながらも、残念ながらその素性は明確には示されていない①。では、三条西家本での天稚御子はどのように登場しているのか、確認したい。

狭衣の笛の演奏中、「この御笛の音の同じ声を、さまざまの琴、笛弾き合はせて、言ひ知らずおもしろき楽の声近く聞こ」えてくる。帝をはじめ周囲の人々が驚く中、「天人もいかでかめでざらん」と狭衣が感じていると、「紫の雲に乗りて遊ぶもいと近く見ゆる」状況になる。そして、狭衣がさらに笛を吹き澄まして「稲妻の」詠を詠むと、次のように天稚御子が登場する。

え忍びあへたまはぬにや、紫の雲たなびきて、鬢づら結ひ、言ひ知らずをかしげなる童の装束うるはしくしたるが、ふとおりくだるままに、いとゆふ何ぞと見ゆるいと薄き衣を中将にうち着せたまひて、袖を取りて引きたまふに、我もいみじうもの心細うて立ち止まるべき心地もせず、めでたくいみじき御さまの引き離れにくくて、笛を吹く吹く誘はれぬべき気色に

傍線部にある通り、鬢づらを結い、壮麗な衣装を身につけた童こそ、天稚御子である。この登場場面については『竹取物語』のかぐや姫昇天場面での天人との類似が指摘されている。[2] この天稚御子から離れ難く思って連れて行かれそうになった狭衣を帝は必死にとどめ、狭衣もまた両親を思い出し、次のように漢詩を作り天稚御子はそれに応じる。

かかる御迎へのかたじけなきにひとへに思ひ絶え、帝の御袖を控へて惜しみかなしみ、親たちのかつ見るをだに、うしろめたく思ひたるを、行方なく聞きたまひて、むなしき空を形見とながめたまはんかなしさに、言ひ知らずかなしうおもしろう作りて、笛を持ちながら、涙ぐみたまへる御顔かたちは、天人並びたまへる。天稚御子涙を流して、何事もこの世にすぐれたまへるによりて誘ひつれど、かく十善の君の泣く泣く惜しみかなしみたまへば、ひたすらに、今宵率て昇らずなりぬるよしを、ことわりにめでたくかなしき笛の心ばへ、口惜しさを作りかはして、雲の輿寄せて乗りたまひぬる名残のにほひばかりとまりて、空の気色も変はりぬるを、あさましなども、世の常のことをこそ言へ。「めづらかなり」と見る際の人、夢の心地したまひけり。

狭衣の漢詩に対して、天稚御子は涙を流して狭衣を連れて行くことが出来なかった理由と笛の素晴らしさを漢詩に詠む。そして、雲の輿に乗って昇天する。狭衣と天稚御子が作り交わした漢詩は、後の本文で「朝廷にも日記の御唐櫃開けさせたまひて、天稚御子と作りかはさせたまひつる文どもは書きおかせたまひにけり。」とあり、書き残されたものが宮中で保管されるにいたる。

さて、物語文学史上、現存する作品の中で天稚御子

が最初に登場するのは『うつほ物語』である。俊蔭巻に次のように登場する。

世の父母、仏になり給ひし日、天稚御子下りまして三年掘れる谷に、天女、音声楽をして植ゑし木なり。（中略）阿修羅、木を取り出でて、割り木作る響きに、天稚御子下りましまして、琴三十作りて上り給ひぬ。かくて、音声楽して、天女下りまして漆塗り、織女、緒縒り、すげさせて、上りぬ。（俊蔭①二七〜二八）

桐の木の植樹の際に三年かけて谷を掘り、俊蔭のために三〇の琴の琴を作ったのが天稚御子とされるのである。ここには具体的な姿形の描写はない。楽器に関わることから音楽に関わる天人の一人として認識されるのみであろう。

この場面と『狭衣物語』を比較すると、後者のほうが天稚御子を具体的に描写していることが理解されよう。そこに仏教的影響を見る先行研究もある。③しかし、ここで注意しておきたいのは、狭衣の素晴らしさに降臨した天稚御子がしたことは、狭衣と漢詩を作り交わすことであった。森岡常夫はこの場面に『源氏物語』桐壺巻での高麗の相人と源氏が漢詩を作り交わした場面の影響を見、異郷の高麗の相人が天稚御子へと展開したとする。④この漢詩は前述のように書き残され、天稚御子が降臨したことの証拠としても保管されたのであろう。ここにおいて、天稚御子は単に音楽に関わる天人と簡単に片付けることはできないのではないだろうか。

『狭衣物語』以降の物語等においても天稚御子は登場する。『梁塵秘抄』には次のような今様がある。

奥山にしばひく音の聞こゆるは天稚御子の召す音ぞよ召す音ぞよ（巻二　五六一）

また、中世王朝物語の『小夜衣』にも次のようにある。

天稚御子のめで給ひけん琴の音も、かぎりあれば、これにはまさらじと、天の羽衣、今や、とおぼしやらるるに（『小夜衣』上　六五）

これらの用例では音楽との関わりが共通している。こうした天稚御子像は室町時代物語である『あめわかみこ』『七夕』に受け継がれるようである。もちろんこうした事例は『うつほ物語』や『狭衣物語』からの影響が考えられ、そこには音楽と関わるという共通性がある。

しかしながら、『狭衣物語』の天稚御子は単に音楽に関わるのみならず、狭衣を昇天させようとし、それが帝や東宮の必死の引き留めにより叶わないとなると、漢詩を作り交わして一人天に戻る。帝に対しては「九重の」の和歌を読みかけた狭衣は、童子姿ではあるものの男性の髪型である角髪を結った姿の天稚御子には昇天できない理由を漢詩に詠んで説明するのである。そこには地上の帝と天上の天稚御子への対応の違いということもあろうが、天稚御子の持つ男性性に起因していると考えられよう。そして、何よりもこの漢詩は公的文書に残される。狭衣を連れ去ろうとするのが単なる「天人」でも「天女」でもなく天稚御子であるのは、この漢詩の問題が深く関わっているのではないか。

天稚御子とは何者であるのか。その素性は不明ながらも、『狭衣物語』における役割は明確である。帝・東宮に対峙しつつも、狭衣昇天を断念し、その理由を漢詩に詠む。そして、狭衣と作り交わした漢詩は公的文書として、宮中に保管される。この保管された文書は狭衣を地上に留める理由書にもなった。和歌よりも一層公的意味合いの強い漢詩を作り交わす存在として、しかしながら、帝らの必死の引き留めに抗いきれず狭衣昇天を断念せざるを得ない不完全な存在として、天人ではあるもののまだ若い童子姿である天稚御子が選ばれたといえよう⑤。

最後に、『狭衣物語』諸本において、この天稚御子降臨場面は異同が激しい。注目された場面であるからこそ本文が流動的になったといえるだろうか。三条西家本における天稚御子降臨場面は帝に向けての和歌と天稚御子との漢詩がほぼ連続した形で出てくる。和歌と漢詩の対比からも三条西家本における天稚御子の意義は理解できるのではないだろうか。

【注】

①三谷榮一「天稚御子の物語と七夕物語」(『物語文学史論　新訂版』有精堂出版　一九六五)。神田龍身「天稚御子」(『別冊国文学　王朝物語必携』學燈社　一九八七)。勝俣隆「天稚御子の変遷に関する一考察――「天若日子」から「天稚御子」へ――」(『長崎大学教育学部人文科学研究報告』五五号　一九九七・六)。

プラウル アグネシカ「天人降臨事件――天稚御子のイメージとその意味――」(『立教大学大学院日本文学論叢』第三号 二〇〇三・六)。

②鈴木泰恵「天人五衰の〈かぐや姫〉――貴種流離譚の隘路と新生」(『狭衣物語/批評』翰林書房 二〇〇七)。

③木村朗子「来迎を象る――『狭衣物語』における天稚御子を想うかたち」(『国文学』第四八巻一号 二〇〇三・一)。ただし、第一系統の本文に拠った論のため、三条西家本の表現とは重ならない部分もある。

④森岡常夫「平安朝物語の浪漫的精神――特に天人を中心として――」(『平安朝物語の研究』風間書房 一九六七)。

⑤鈴木泰恵「天稚御子のいたずら――「紫のゆかり」の謎へ」『狭衣物語/批評』(翰林書房 二〇〇七)では、天稚御子が「聖なる童」として狭衣に幼き者・小さき者の聖性を発露させたとする。

【参考文献】

井上眞弓『狭衣物語の語りと引用』(笠間書院 二〇〇五。特にⅡの第二章・第四章、Ⅲの第八章)/田村良平「狭衣の宗教意識と物語世界――兜率天へのまなざしと弥勒菩薩信仰――」(『源氏物語と平安文学』第二集 早稲田大学出版部 一九九一)/中世王朝物語全集『小夜衣』(笠間書院一九九七)

(勝亦志織)

十二 宮中での管絃――嵯峨帝、女二の宮降嫁を考える

【校訂本文】

中将の君は御子の御有様の面影に(狭衣)「恋しうものあはれ」と思ひたる気色にて、空[1]をつくづくとながめたまへるさま、(嵯峨帝)「いとどこの世には心とどめずやなりたまひなん」とあやふくうしろめたくおぼしめされて

（嵯峨帝）「何事にて心を少しまぎらはさん」と思しまはすに、（嵯峨帝）「大臣になすとも、更にうけひかじ」と、かひなく思しめすに、皇太后宮の御腹の女二の宮、ことわりも過ぎて、御かたち心ばへもめでたくおはしますを、かしづきものにしたてまつらせたまひて、一の宮はこの頃の斎院にておはします、①この宮は類なく思ひかしづききこえさせたまひて、世の常の御ことなど、思しめしかくべくもあらねど、中将の今宵の笛の声に、天人だに聞き過ぐさでおりくだりたまひて逢ひたまふに、ただにて止ませたまはんことはあるまじきことなるに、（嵯峨帝）「二の宮の、この頃盛りにととのほりたまへる御有様、見たてまつりてはこの世にはえあくがれじ」と思ひなりたまひぬ。

（大系四七-四七　新全集①四六-四七　全書上二〇五-二〇六　集成上三四-三五）

梗概

天稚御子が去った空を眺める狭衣の姿に、帝は彼がこの世に心を留めなくなることを危惧する。また、天稚御子まで降りてきた笛の音に対して何もしないわけにもいかない。帝は、皇太后腹の女二の宮を娶せて、狭衣の心をこの世に留めようと思うに至る。

【注】

1　空をつくづくとながめたまへるさま―区分十一「九重の」詠（61頁）で「形見とは見ん」とした「大空」を、ここでは天稚御子を「恋しうものあはれ」と慕うようすがとして見ている。

【本文考】

①この宮は類なく思ひかしづき―このあたり異同が多く、他本では後述の通り女二の宮を「かしづく」人物を明示するものがある。なお、底本は敬語使用から「かしづく」人物は嵯峨帝と読み取れる。「かしづく」人物について、深川本・内閣文庫本・平出本・鈴鹿本・雅章本・宮内庁四冊本「うへは」、宮内庁三冊本・松井三冊本・吉田本・鎌倉本・竹田本・竜谷本・中田本・松浦本・元和古活字本・承応版本「后も」、京大五冊本「御母きさきも」、武田本・東大本「きさいの宮も」、押小路本・鷹司本・黒川本「母きさきも」とする。

十三　動転する堀川の大殿、内裏へ

【校訂本文】

大殿《おほいどの》には

（堀川の大殿）「中将の君、今宵は出でたまふまじきにや」

と尋ね聞きたまふに、蔵人所の人々声高にものを言ふ。

（堀川の大殿）「何ごとか」

と聞かせたまふほどに、[1]伊予守何某《いよのかみなにがし》の朝臣参りて、

（伊予守）「内裏にかかることなん候《さぶら》ひける」

と申すを聞かせたまふ御心地どもいかがはありけん。さらにうつつのこととも思されぬに、

（堀川の大殿）「昇りたまへる跡をだに見ん」

とのたまふよりほかにもの言はれたまはぬ御心地ながら、御装束など形《かた》のやうにしたまひて出でたまひぬるを見たまふ母宮は、御衣ひき被《かづ》きてぞ臥したまひぬる。世の中はいかになりぬるぞと見ゆるまで、殿の内、騒ぎなり。御前《ごぜん》、御車副《みくるまぞひ》なども参りあへず、乱りがはしき世の御歩《あり》きなりかし。道のほど思し続くるもいみじ。御車のうちより流れいづる御涙も[2]①千曲《ちくま》の川になりぬべく見えたり。道のほども例よりも遠く思されて、人に引かされて入りたまふに、九重《ここのへ》の内はもの騒がしき気《け》もなし。火焚屋《ひたきや》の②人も常よりも明かく見えわたりて、ここかしこのはざま、人の辻々のほどにもの言ふ声々(堀川の大殿)「このことなるべし、いかなるぞ」と思さるるに心もいと惑ひて倒れたまひぬべし。

(大系四八-四九　新全集①四七-四八　全書上二〇六-二〇七　集成上三五-三六)

梗概

内裏での出来事が知らされ、堀川邸は大騒ぎとなる。堀川の上は衣を被って臥せり、堀川の大殿は動転しながら内裏に向かう。堀川の大殿は車に乗っている間も涙を流し続け、宮中に入ると人々の噂する声を耳にして倒れそうになるのだった。

【注】

1　伊予守何某の朝臣―伊予国の長官。上国である伊予の国司を家司にしていることからも、堀川の大殿の権勢がうかがえる。『うつほ物語』では兼雅が俊蔭の娘・仲忠を引き取ったときの馬副のひとりを、その後に仲忠が尽力し伊予介に任官させている。『源氏物語』の空蝉の夫も伊予介。史上では源頼光や源頼義らが伊予守に任ぜられている。　2　千曲の川―信濃なる千曲の川のさざれ石も君しふみてば玉とひろはむ(『万葉集』3418)、水まさるちくまの川はわれならず霧も深くぞ立ちわたりける（『堀川百首』742・顕仲）など大河がイメージされる。

【本文考】

①千曲の川になりぬべく―蓮空本・大島本・鈴鹿本・雅章本・宮内庁四冊本は底本と同じ。四季本・宝玲本・文禄本は「千曲川になりぬべく」。深川本・内閣文庫本・平出本・前田本等には「千曲川」の表現がない。②人も―「火ども」と取る可能性もあるが、「人も」で意味が通るため、底本の表記のままとした。

十四　嵯峨帝、女二の宮降嫁を提案

【校訂本文】

「殿参らせたまふ」と人々立ち騒ぐに、中将聞きたまひて「このことによりてならんかし。いかさまにも惑ひ※①たまひつらん」といとほしうて殿上口にさし出でたまへるを、（堀川の大殿）「おはしけるは」と見たまふにぞなかなかいみじきや。（堀川の大殿）「いかなることぞ、おのれを捨ててはいづくへおはせん」と思ひ②やりたまはず、おぼれ惑ひたまふを、（狭衣）「げに、とまらずなりなましかば、限りあらん御命もいかがなりたまはまし」とあはれに見たてまつらせたまふ。ためらひて御前に参りたまへれば、ありつることども語らせたまふ。すべてうつつともおぼえず。

（堀川の大殿）「何事も言ひ知らせ教ふることも侍らず、公③に仕うまつれ、私《わたくし》の身のため、男のむげに無才[1]なるはいと口惜しうはべれば、その方ばかりは『形のやうに見明かすばかりもはべれかし』とや言ひ知らせはべりけむ。

殊に笛の方は『戯れにもまねぶらん』とこそ思ひかけざりつれ。『いかにしてかく世のためしになりぬべき音をさへは吹き伝へはべりけるにか』とめづらかにも思ひたまへるかな。いかにも、類《たぐひ》も候はねば、心に驚くことなくて、見たまはんのみぞ、この世のよろこびにては候はめ。あまりなる身の才などはすべてうれしくも思ひたまへられず。『かき乱り心地を惑はせたまふべきか』と、『かへりてはいとつらう』など思ひつること」とて、（堀川の大殿）「いとあやうくうしろめたし」と見やりたまへることわりに、今宵よりは見えたまへば、人々みな泣きたまひぬ。中将の君はかくこちたき御遊びの名残、ものはづかしうあやまちしたる心地して候ひたまふを、上、召し寄せて盃《さかづき》賜はするに、

（嵯峨帝）[2]「みのしろも我脱ぎ着せんかへしつと思ひなわびそ天の羽衣」　百200

と仰せらるる御有様、（狭衣）「さにや」と心うることもあれども（狭衣）「いでや[3]武蔵野のわたりの夜の衣ならましかば、げに替へまさりにやおぼえまし」と思ひ隈《ぐま》なき心地すれど、うちかしこまりて、

（狭衣）[4]「紫のみのしろ衣それならば少女《をとめ》の袖にまさりこそせめ」

とぞ言はれぬるも、何とかは聞かせたまはん、[5]いづれも向かひの岡は離れぬ御ことなれば、常よりものあはれげなる御気色にて、静まりて候ひたまふ用意かたちなど、おぼろけの女、帝の御女《むすめ》なりとも並べにくきを（嵯峨帝）「二の宮はけしうはおはせじ」と④思しめすをならひに。声に明くる心地すれば出でたまひぬ。

（大系四九-五一　新全集①四八-五二　全書上二〇七-二〇九　集成上三六-三九）

〔校訂〕※惑ひたまひ―底まとひたまひ給

梗概

狭衣の姿を見た堀川の大殿は心を鎮めて帝の御前に行き、事情を聞く。帝は狭衣に盃を賜らせ、姫宮の降嫁をほのめかす和歌を詠む。しかし、源氏の宮を想う狭衣は、表面的には帝の申し出に謝しつつも、源氏の宮への想いをそれと気づかれぬように詠み込んで返歌した。

【注】

1　無才―漢学の才能に欠けていること。　2　「みのしろも」詠―「みのしろ」は「身の代」と「蓑代衣」の掛詞。狭衣が着られなかった天の羽衣の代わりに、五月雨の季節なので蓑代衣を着せようということ。またそこには天稚御子に返した天の羽衣の代わりに愛娘の女二宮を降嫁させようの意が含まれる。　3　武蔵野のわたりの夜の衣―源氏の宮を指す。紫のひともとゆゑに武蔵野の草はみながらあはれとぞ見る（『古今集』867）をふまえ、武蔵野を血縁の意味で用い、続く「紫の」詠を導く。「紫の色濃き時はめもはるに野なる草木ぞわかれざりける　武蔵野の心なるべし」（『伊勢物語』四一段）。また、「夜の衣」は夜着のことで共寝を連想させるが、「武蔵野」と共寝が結びついた例としては、「ねは見ねどあはれとぞ思ふ武蔵野の露わけわぶる草のゆかりを」（『源氏物語』若紫）がある。　4　「紫の」詠―「紫のみのしろ衣」は表面上は紫冠紫衣の帝の娘である女二の宮、内心では源氏の宮を指す。　5　いづれも向かひの岡は離れぬ御こと―武蔵野の向かひの岡の草なればねを尋ねてもあはれとぞ思ふ（『小町集』85）。狭衣にとって女二の宮は父方の従妹、源氏の宮は母方の従妹であり、どちらも血縁である。

【本文考】
①惑ひたまひ―底本「まとひたまひ給」と「たまふ」が繰り返されているため、校訂した。②思ひやりたまはず―四季本・宝玲本・文禄本・蓮空本・大島本は底本と同じ。他本多くは「えいひやらず」など「言ふ」を用いている。「思ひやりたまはず」の場合、思うこともできない堀川の大殿の動転が強調される。③公に仕うまつれ―諸本多くは「公に仕うまつり」。四季本、文禄本は底本と同じ。この場合、逆接を表す已然形の用法で、「朝廷にお仕え申し上げるが」と解した。④思しめすをならひに。声に明くる心地すれば―四季本・宝玲本・文禄本は底本と同じ。「思しめすをならひに」を嵯峨帝が女二の宮を狭衣に釣り合うとお思いになるのはいつものことでの意とし、「声に明くる」は語句は一致していないが、後述の貫之の歌を引歌的に表現しているものと思われる。他本は「思しめすを」の「を」がなく、「ならひに声」が「なく一声」となっているため、「夏の夜の臥すかとすればほととぎす鳴く一声に明くるしののめ」（『古今集』156・紀貫之）を引歌とする。郭公ひところゑにあくる夏の夜の暁がたやあふごなるらむ（『後撰集』191）

十五　独詠「夜半の狭衣」

【校訂本文】

母宮の待ちたてまつりたまへる気色思ひやるべし。（堀川の上）「いかに困《こう》じたまひぬらむ」。御手づからまかなひ据ゑたまひて、そそのかしきこえたまへど、まことに苦しう悩ましうさへ思されて、

（狭衣）「今宵はいかにもいかにも不要にさぶらふ」

とて、

(狭衣)「休みさぶらはん」

とて、我が御方に渡りたまひぬるを、(堀川の上)「いとど今宵よりは、片時たち離れたまはんも、うしろめたくわりなし」と思したる気色にて、

(堀川の上)「今宵はこなたにものしたまへ」

とせちに聞こえたまへば、御座《おまし》など敷かせて寝たまひぬるやうなれども、めづらかなりつることどものみ、①まどろまれたまはず、なにとなく心もまことにあくがれて、ありつる御子の御かたち、面影恋しうおぼえたまへば、とみにも寝たまはず。殿も②今宵のことども語りたまひつつ、いとものゆゆしう思して明日より始まるべき御祈りのことどものたまはす。さるべき家司《けいし》ども召し集めて、やむごとなく験《しるし》ある人々召し集めて始めおかせたまふべき御祈りのさま、いとこちたげに思しおきつるを聞き臥しても、(狭衣)「などかくしも思すらん。かかる御心を知らず顔に、あぢきなくさるまじきことにより身をいかがしなさむずらん」と思すに、人やりならぬ[1]枕も浮きぬべし。(狭衣)「あるまじきこと」と返す返す思ひ返せど、明け暮れ差し向かひきこえたればにや、[2]わき返る心のうちの苦しさ嘆かしさは、さらに思ひ変はるべき心地もせず。上の、いみじき御心ざしと思しめして賜はせつるみのしろ衣は、いとかたじけなく面立たしけれど、③かつ返し憂く着替へまほしくも思されぬ。(狭衣)「紫のならましかば」と思ひ続けても、

(狭衣)「いろいろにかさねては着じ人知れず思ひそめてし夜半《よは》の狭衣」　百10　茶

とぞ返す返すも言はれたまひぬる。

(大系五一-五二　新全集①五二-五四　全書上二〇九-二一〇　集成上三九-四一)

梗概

邸に帰り、狭衣は心配する堀川の上のもとで休むが、天稚御子恋しさに眠ることができない。姫宮の降嫁をほのめかされたことは誇らしく思うものの、それが源氏の宮であればよかったと、源氏の宮を想うばかりである。自分の着たい衣は、人知れず心に決めた「夜半の狭衣」だけ――源氏の宮を想い、狭衣は、この物語の題の由来となった和歌を詠む。

【注】

1 枕も浮きぬべし―涙を流すことの誇張表現。独り寝の床にたまれる涙には石の枕も浮きぬべらなり（『古今六帖』3241）

2 わき返る心のうち―心には下行く水のわき返りいはで思ふぞいふにまされる（『古今六帖』2648）

【本文考】

①まどろまれたまはず―四季本・宝玲本・文禄本・蓮空本・大島本は底本と同じ。他本でこの直前にある「思ひ続けられて」などの表現が抜けたか。②今宵のことども語りたまひつつ―底本・四季本・宝玲本・文禄本を除く諸本には、この後に天稚御子と取り替えた文（または笛）を手に横になる狭衣の描写（為秀本・為相本）、又はこの世に長らえられない自らの宿命を心細く思う狭衣の描写が描かれ、その上で木幡の僧都を召すという文脈が入っている。③かつ返し憂く着替へまほしくも―深川本「かひがひしくもおぼされで」、内閣文庫本「うたてかひありともおぼされで」などの異同がある箇所だが、「返し憂く」と「着替へまほし」という表現が見えるのは底本のほかに四季本・宝玲本・文禄本・蓮空本・大島本。この表現についてはコラム7参照。

コラム7

女二の宮という「衣」
――「かつ返し憂く着替へまほし」をめぐって

天稚御子降臨事件の後、両親は狭衣を案じて祈禱の支度を始める。しかし、狭衣の心を占めるのは、源氏の宮へのあってはならない想いである。狭衣は横になりながら、嵯峨帝からほのめかされた女二の宮降嫁のことにも思いをはせ、ひたすら煩悶する。

　上の、いみじき御心ざしと思しめして賜はせつるみのしろ衣は、いとかたじけなく面立たしけれど、かつ返し憂く着替へまほしくも思されぬ。「紫のならましかば」と思ひ続けても、
　　「いろいろにかさねては着じ人知れず思ひそめてし夜半の狭衣」
　とぞ返す返すも言はれたまひぬる。

ここに、「かつ返し憂く着替へまほしくも思されぬ」（翻刻「かつかへしうくきかへまほしくもおほされぬ」）とあるが、これはきわめて特徴的な表現である。校本によれば、三条西家本と同様になっているのは、四季本・文禄本と、「きかへまほしう」と音便にしている蓮空本・大島本だけなのだ。元和古活字本では「かひ〳〵しくきまほしくも覚されず」であり、音便による細かな異同はあるものの、他本の多くは「かひ〳〵し」という語を用いている。また、「きまほしく」に関しては「きかへまほし」や「きかまほし」といった異同もある。いずれにせよ、他本は「甲斐のあることと思って（帝がくださる衣＝女二の宮を）着たいとはお思いにならない」、あるいは「甲斐のあることと思って（帝の仰せを）聞きたいとはお思いにならない」の意となる。

しかし、ここを「かつ返し憂く着替へまほしくも思されぬ」とすると、どうであろうか。「（光栄なことだが）一方では、返すのが気が重く、着替えたいともお思いになってしまう」の意となるのではないか。この場合、「返し憂」い衣は女二の宮、「着替え」たい衣は源氏の宮となろう。ここから狭衣のどのような意識が読み取れるだろうか。「返し憂く」とあるが、一度は自分のものとして受け取っておかなければ「返し」の対象とならないはずだ。つまり狭衣は、まだ降嫁をほのめかされただけなのに、既に女二の宮を自分のものと思っ

ていることになるのではないか。しかも、源氏の宮に「着替え」たいとする以上、狭衣は受け取るだけでなく、女二の宮という衣を着てしまっていることになる。

そもそも、女二の宮降嫁は、天稚御子降臨事件がきっかけで挙がった話であった。狭衣は降臨した天稚御子に「いとゆふ何ぞと見ゆるいと薄き衣」（区分十一）を着せられた。しかし、嵯峨帝が引きとめたこともあり、昇天は断念される。そして、嵯峨帝は狭衣を現世にとどめるため、

みのしろも我脱ぎ着せんかへしつと思ひなわびそ天の羽衣　（区分十四）

と、女二の宮降嫁をほのめかしたのだった。「天の羽衣」を天に返した狭衣に対し、嵯峨帝は「かへしつと思ひなわびそ」（「返してしまった」と思い嘆かないでくれ）と、代わりに自分の着ていた衣（女二の宮）を与えることを提案したのだ。天に返した衣の代わりが、女二の宮なのである。しかし、狭衣は、

紫のみのしろ衣それならば少女の袖にまさりこそせめ　（区分十四）

と詠む。嵯峨帝にその真意は伝わらないが、狭衣がいう「紫のみのしろ衣」は源氏の宮である。そして、帰宅したこの場面で、狭衣は女二の宮を「返し憂く」思う。狭衣の思いは「紫のならましかば」であり、源氏の宮ただひとりを望むのだ。

天の羽衣の代わりとして提案された「みのしろ衣」を「かひ〳〵し」く思えないとする他本には、嵯峨帝に対して向かう意識がある。しかし、ここを「返し憂く」とする三条西家本では、嵯峨帝への意識は薄まり、より衣へと焦点が合わされる。返すのが気が重く、源氏の宮に着替えたいというのが、狭衣にとっての女二の宮という衣である。もはや狭衣の意識の中で、女二宮という衣は受け取り済みのものであり、降嫁が決定事項となっているのだ。①

狭衣は「賜はせつる」――すでに受け取ってしまった「みのしろ衣」の処遇に思い悩む。では彼はどうしたいのか？　無論、源氏の宮以外は求めない。着たい「衣」は源氏の宮だけ。三条西家本で読むとき、そうした狭衣の思いはより切実なものとなって浮かびあがる。その思いのほとばしりこそが、「いろいろにかさねては着じ人知れず思ひそめてし夜半の狭衣」の絶唱だったのである。②

【注】
①なお、蓮空本・大島本・為秀本・為家本には、狭衣の退出時に女二の宮がわから衣装の贈与があるという特異本文がある（全註釈の二〇五頁【鑑賞・研究】欄によれば九条家旧蔵本も同じ）。三条西家本と同じ「かつかへしうくきかへまほしう」という表現を持つ蓮空本・大島本は「かへしう」い衣を、現物で実際に受け取っていることになる。
②井上眞弓執筆の全註釈【鑑賞・研究】欄は、衣装をめぐる表現の多出が「いろいろに」詠に呼応することを指摘し「出離の思いと女君への恋の思いという相反する思いにたゆたう狭衣の心を点綴するこの物語独自の衣表現である」（二〇四）とする。　（千野裕子）

十六　翌朝、狭衣を案じる両親

【校訂本文】

「[1]寝ぬに明けぬ」と言ひけん人もうらやましに①、からうじて明けぬる心地すれば、東《ひんがし》の渡殿の妻戸押し開けたまへれば、雨少し降りける名残、あやめの雫ところせけれど、雨雲晴れわたりて、[2]ほのぼのと明けゆく山際は春のあけぼのならねど心細くをかしきに、[3]花橘に宿るにや、ほととぎすの鳴きわたるに（狭衣）「音あらはれにけり」
と聞きたまふ。

（狭衣）「夜②もすがら嘆き明かしつほととぎす鳴く音をだにも聞く人もなし」　百110＊・風152＊　茶

とひとりごち、たたずみたまふままに、
（狭衣）「[4]身色《しんしき》如《にょ》金《こん》山《せん》端厳《たんごん》甚《じん》微妙《みめう》」

とゆるるかにうち上げてよみたまへる、心細く尊きを、母宮、大殿など聞きたまひて「なほさまざまにあまりなる御有様かな」と、(堀川の上)「かくしも言ひ出でけん、またこそ天の迎へや得たまはむ」とゆゆしう思されて、ゐざり出でたまひて、

(堀川の上)「などかく夜深く出でたまへる。5五月《さつき》の空はおそろしきものあんなるものを」

とのたまふままに少し鼻声になりたまひぬなり。殿も起きたまひて、

(堀川の大殿)「なほこの頃ばかり内裏にもな参りたまひそ。今日より七日ばかりと始めたる祈りのほどは、同じ心に仏も念じたまひてものしたまへ」

など聞こえたまふ。戯れの口ずさみもこちたうむつかしう思さるれば、

(狭衣)「いづちかまかり出でむ」

と申したまひて対へ渡りたまふ。

その頃の事には、ただ天《あめ》の下にはただこの事を言ひののしりけり。朝廷《おほやけ》にも日記の御唐櫃《からびつ》開けさせたまひて、天稚御子と作りかはさせたまひつる文《ふみ》どもは書きおかせたまひにけり。③その夜候はれける道の博士ども、高きも卑しきも、めで惑ふをば、この頃の役にはしたり。

(大系五二-五四　新全集①五四-五六　全書上二一〇-二一二　集成上四一-四三)

梗概

翌早朝、狭衣は外を眺めながら経の一節を読みあげる。その姿を両親はますます不吉なものと思い、心配を口にする。狭衣はわずらわしさを感じて自室に戻った。世の中はこの事件のことで持ち切りである。朝廷

でも、狭衣と天稚御子が交わした漢詩文を日記に記録した。

【注】

1　寝ぬに明けぬ―夏の夜を寝ぬに明けぬと言ひおきし人はものをや思はざりけむ（『和漢朗詠集』153）。卯の花の咲ける垣根に宿りせじ寝ぬに明けぬとおどろかれけり（『拾遺集』1072・重之）など夏の夜の短さを表す表現。　2　ほのぼのと明けゆく山際は春のあけぼの―『枕草子』初段に通じる表現。　3　花橘に宿るにや～「音あらはれにけり」―今朝来鳴きいまだ旅なるほととぎす花橘に宿はからなむ（『古今集』141）、葦引の山郭公けふとてやあやめの草のねにたてて鳴く（『拾遺集』111・延喜御製）　4　身色如金山端厳甚微妙―『法華経』序品第一。参考資料③　5　五月の空はおそろしきものあんなるものを―区分十の注3（56頁）参照。

【本文考】

①うらやましに―四季本・宝玲本・文禄本は底本と同じ。他本の多くは「うらやましきに」。　②「夜もすがら」詠―深川本・内閣文庫本・平出本のみ、この前に天稚御子を思い出し『法華経』普賢菩薩勧発品を唱える狭衣が描かれ、底本にある「身色如金山端厳甚微妙」はない。加えて、深川本・内閣文庫本・平出本は「夜もすがら物をや思ふほととぎす天の岩戸をあけがたに鳴く」（内閣文庫本・平出本は第二句「物や思ふと」）・「ほととぎす鳴くにつけてぞ頼まるる語らふ声はそれならねども」の二首を、為家本は「夜もすがら物をや思ふほととぎす天の岩戸をあけがたに鳴く」を載せる。底本とほぼ同じ和歌を載せる諸本でも「嘆き明かしつ」に「嘆き明かして」、「聞く人もなし」に「聞く人もがな」の異同がある。底本と四季本・文禄本・蓮空本・大島本は底本と同じ。宝玲本は結句「聞く人もなく」。　③その夜候はれける道の博士ども―

四季本・宝玲本・文禄本は底本と同じ。「道の博士」が「候はれける」と、その場の目撃者という設定になっている。同様の表現を持つものは蓮空本・大島本・鈴鹿本・雅章本・宮内庁四冊本。

十七　源氏の宮への告白――在五中将の日記

【校訂本文】

暑さのわりなき頃は、[※1][①]水恋鳥《みずこひどり》にもおとらず、心ひとつには焦がれまさりたまへど、知る人もなし。昼つ方、源氏の宮に参りたまへれば、[②]白き羅《うすもの》の単衣を着たまひて、色は御単衣よりも白く透きたまへるに、額髪《ひたひかみ》のゆらゆらこぼれかかりて、裾《すそ》はこちたくたたなはれ、削ぎたる裾の削ぎ末、いくらを限りと生ひゆかん。所狭《せ》げなるものから、なまめかしう見えたまふ。隠れなき御単衣に、御髪《ぐし》のひまひまより見えたる御腰つき、腕《かひな》などのうつくしさの、人にも似たまはぬは(狭衣)「あまり思ひしみにたる我が目からにや」とまぼられて、胸はつぶつぶと鳴り騒げどよくしのび隠して、つれなくぞもて隠したまへる。

(狭衣)「いと暑きほど、いかなる御文御覧ずるぞ」

と聞こえたまへば、

(源氏の宮)「斎院より絵ども賜はせたる」

とて、隈《くま》もなき日の気色に、はなばなとにほひ満ちたまへる御顔つき、まばゆげに思して、少しうち赤みて、この文にまぎらはしたまへる用意、気色、まみなど言ひ尽くすべくもあらず、めでたく見えたまふに、涙さへ落ちぬべきまぎらはしに、この絵どもを見たまへば、[2]在五中将の日記をかきて、[③]目とどまる所もあるに、

（狭衣）「これはいかが御覧ずる」
とてさし寄せたまへるままに、
（狭衣）「よしさらば昔の跡をたづね見よ我のみ惑ふ恋の道かは」　百16＊　[茶]
言ひもやらず涙のほろほろとこぼるるをだに（源氏の宮）「あやし」と思さるるに、御手をとらへて袖[3]のしがらみせきもやらぬ気色なるを、宮いとあさましうおそろしうなりたまひて、やがてとらへたる腕にうつぶし伏したまひぬる気色の、言ひ知らぬものなどにとらへられたるやうに思したるに、いとど心騒ぎして、思ひつる心のうちを片端《かたはし》だにうち出づべくもなく涙におぼれたまへり。

（大系五四-五六　新全集①五七-五九　全書上二一二-二一三　集成上四三-四五）

〔校訂〕※水恋鳥―[底]水こひとも

梗概

源氏の宮を訪れた狭衣は、源氏の宮の姿を見て思いを抑えきれなくなる。源氏の宮が見ていた「在五中将の日記」に寄せて自らの思いを吐露する和歌を詠む。狭衣に手をとらえられた源氏の宮は恐ろしく思いうつ伏し、その様子を見て狭衣は涙にくれる。

【注】

1　水恋鳥―カワセミ科の赤翡翠《あかしょうびん》のことを指す。夏の日の燃ゆる我が身のわびしさに水恋鳥の音をのみぞ鳴く（『伊勢集』21）

2　在五中将の日記―『伊勢物語』のこと。この場面、『源氏物語』総角巻で女一の宮が『伊勢物語』の絵を見ていたところに匂宮が訪れる場面を踏まえていよう。ただし、「在五が物語」とある『源氏物語』を引用しつつ、『狭衣物語』は「在五中将の日記」とする。コラム8参照。　3　袖のしがらみ―涙川落つる水上はやければせきぞかねつる袖のしがらみ（『拾遺集』876・貫之）

【本文考】

①水恋鳥―底本「水こひとも」。「水恋ども」という可能性も鑑みたが、「水恋」だけで水恋鳥を指す用例は見当たらないため、「も」を「り」に校訂した。四季本・宝玲本は底本と同じ。蓮空本・大島本「水こひにも」。②白き羅の単衣―『源氏物語』蜻蛉巻に描かれる「白き薄物の御衣」姿の今上帝女一の宮を彷彿とさせる。深川本・内閣文庫本・平出本はこの後に「薫大将」と「女一の宮」引用がある。また、ここの源氏の宮描写に他本では「いと赤き紙なる文」を見ていたとある。赤い紙の文であることが示されないのは底本・四季本・宝玲本・文禄本・蓮空本・大島本。③目とどまる所もあるに―他本には「ひとつ心なる心地して」「同じ心なる心地して」といった表現がある。この表現がないのは底本・四季本・宝玲本・文禄本・蓮空本・大島本。そのため、『伊勢物語』のどの章段を見ていたかを限定する情報が少なくなる。

コラム8　「在五中将の日記」

「在五中将の日記」は『伊勢物語』の異名だとされる。『源氏物語』では「伊勢物語」（絵合巻）の他に「在五が物語」（総角巻）とあり、『更級日記』では「在中将」と呼ばれている。他作品では『平中物語』や『多武峰少将物語』、『篁物語』も「日記」として記される場合があり、「物語」が「日記」とされることは珍しくはない。反対に『和泉式部日記』は「物語」として表記される場合がある。しかし、『伊勢物語』を「日記」と表現するのは『狭衣物語』のみである。内閣文庫本、鈴鹿本、雅章本、宮内庁四冊本では「在五中将の恋の日記」とするが、『狭衣物語』諸本すべて「日記」となっている。

他作品への言及としては、「光源氏の『身もなげつべき』とのたまひけんもかくや」（区分一）と物語冒頭で狭衣が思う場面や、東宮が「仲澄の侍従の真似したまふなめりな」（区分二十三）と発言するなど、『狭衣物語』以前の『うつほ物語』や『源氏物語』の登場人物の名前が呼ばれることがある。光源氏や仲澄と「在五中将」の違いは、「在五中将」と呼ばれる在原業平は実在人物ということである。「日記」と呼ぶ点には、『狭衣物語』の世界において作り物語ではなく、過去の人物の日記という意味があるのではないか。

『狭衣物語』には『伊勢物語』の引用が質量ともに多いことを指摘する井上眞弓は、以下のように述べる。①

物語のなかの物語である「在五中将の日記」は、狭衣によってさまざまに切り取られ、身に添えて語られている。しかし、物語という同じ枠内で在五中将に身を準え、自身を語ることは、自分に自分を重ね合わせるどうどうめぐりの自己矛盾を孕んではいないだろうか。狭衣の幻想の中でのみ彼は在五中将なのである。

示唆的な指摘である。「在五中将の日記」を見たことを契機に、狭衣は源氏の宮への秘めた恋情を吐露する。ここは、『源氏物語』総角巻で「在五が物語」の絵を見ていた女一の宮に匂宮が戯れる場面と踏まえていると考えられるが、匂宮が見た場面が『伊勢物語』第四九段の妹に恋情を打ち明ける話であったため、『狭衣物語』でも「在五中将の物語」の妹に恋する心情と重ね合わせるという解釈が多い。

それは「ひとつ心なる心地して」「同じ心なる心地して」という表現をとる本が多いからだが、三条西家本では、そうした在五中将の心情に狭衣が自身の状態を重ね合わせる表現がなく、「在五中将の日記」のどの場面を見ていたのか特定できない。

また、区分一の最後に三条西家本にはないが、「仲澄の侍従・宰相中将」の引用が続く本が多いことについて触れておきたい。この箇所の異同について、平出本、内閣文庫本は「宰相（中将）」、蓮空本、大島本、鈴鹿本、雅章本、宮内庁四冊本は「さいしょうの（中将）」、であるが、宮内庁三冊本、松井三冊本は「さいこ（中将）」、武田本、東大本、竜谷本、中田本は「さい（中将）」である。

『源氏物語』の薫の呼称として「宰相中将」が不審であることから、後藤康文は「呼称表記のありかた自体、官職名のみを記した「宰相中将」より名前＋官職名の形をとった「在（五）中将」の方が「仲澄の侍従」という書き様とよく対応する」点と、『うつほ物語』の仲澄と『伊勢物語』第四九段の主人公「男」の両者は妹に恋情を抱いた点で共通することなどから、「在（五）中将」が第一系統独自異文の本来的な形であったことを述べる。②

もし「仲澄の侍従」と並べられる人物が「在（五）中将」であるならば、当該箇所の「在五中将の日記」として狭衣が目にする『伊勢物語』の場面は、妹に恋情を打ち明ける第四九段であるという伏線にもなるだろう。しかし、三条西家本では、「仲澄の侍従」以降の文章もなく、どの場面を見たのか不明である。そのため、「在五中将の日記」という言葉自体が、狭衣の詠む和歌である「よしさらば昔の跡をたづね見よ我のみ惑ふ恋の道かは」の「昔の跡」としてより大きな意味を担うことになる。

【注】

①井上眞弓『『狭衣物語』の書物――「行為」と「記憶」のメディア――』（『狭衣物語の語りと引用』笠間書院二〇〇五）。

②後藤康文「もうひとりの薫」（『狭衣物語論考　本文・和歌・物語史』笠間書院　二〇一一）。（近藤さやか）

十八　源氏の宮への告白――室の八島

【校訂本文】

(狭衣)「いはけなくはべりしより心ざしことに思ひ初《そ》めまゐらせて、ここらの年ごろ積りぬる心のうちは、あまり知らせたまはで止《や》みなんも、誰も後《のち》の世のため、うしろめたかるべければ、もらしはべりぬるこそなかなかあさましけれ。また、『かくあさましうもの思ふ人の例《ためし》、昔も今も侍らむや』と思ふを、あまりかくうとましげに思しめしたるこそ。

①かくばかり思ひこがれて年経とも室《むろ》の八島《やしま》の煙にも問へ」茶

(狭衣)「片端だに漏らし初めつれば」と思ひて、思ひ焦がれ過ぐしつる年ごろの心のうちを聞こえ知らせたまふに、おそろしき夢を見つる心地して、わななかせたまふを、

(狭衣)「むげに御覧じ知らぬやうに、かばかりをだに、うとましうおそろしと思したること」

と泣く泣く恨みきこえたまふほどに、人近く参る気色なれば、すこし退《の》きぬ。

(狭衣)「今よりは、かく憎ませたまはんずらんな。にはかなる御心変はり、人目あやしうはむべるに、うとませたまふなよ。②岩切り通しはんべりとも苦しき心のほどは御覧じ、あまり思ひわびはべりなば通はぬ里に行《ゆ》き隠れはべりなん。さやうならん折、さぞかしとも思し出でさせたまへかしとてなん」

など聞こえ知らせたまふことども思ひやるべし。されど、いと近く候はぬ人は、いつも気近《けぢか》きは慣らひに目立たぬなめりかし。

「絵見さぶらはむ」とて人々いま少し近く参りて候へば、心地の例ならぬにまぎらはして、小さき几帳ひき寄

せて臥させたまひぬれば、君も「顔にやしるからん」と思せば、絵にまぎらはして、立ちたまひぬるに、宮③は、思し続くるに、「かかる心のおはしける人をつゆ知らで、なつかしう誰よりも思ひて、明け暮れ差し向かひて過ぐしけるよ」と、うとましうおそろしきにも、さるべき人々の御あたりならで生ひ出でけるを、あはれに思し知られて、やがて臥し暮らしたまへるを、御乳母たちなど「例ならぬ御気色なるは、いかなることぞ」とあやしがるを、(源氏の宮)「誰もかかる心を見も知らぬにかやうにて常にあらば、はづかしうもあるべきかな」と思すに(源氏の宮)「[2]ありて憂き世は」と今日ぞ思し知られにける。

（大系五六-五七　新全集①六〇-六二　全書上二一四-二一五　集成上四五-四七）

梗概

狭衣はこらえきれず、源氏の宮の手をとらえたまま幼い頃から恋い慕っていたことを告白する。しかし、源氏の宮は恐ろしい夢をみているようで震えるばかりである。女房たちが参上してきた気配に狭衣は退くも、重ねて自分を憎んだり疎ましく思ったりしないでほしいと懇願する。源氏の宮は狭衣に対してこのような気持ちを持つ人だとは思わず、これまで向かい合ってきたことを恐ろしく思い、それは自身が両親に死別し堀川の大殿夫妻に育てられたからだと自身の不遇を悲しく思う。

【注】

1　岩切り通し―よしの川岩切り通し行く水の音には立てじ恋ひは死ぬとも（『古今集』492）　2　ありて憂き世は―引歌未詳。参考歌として以下が挙げられる。残りなく散るぞめでたき桜花ありて世中はての憂ければ（『古今集』71）、白露の変はるも何か惜しからむありての後も世は憂きものを（『伊勢集』135）。時代は下るが、音にのみききこし滝もけふぞ見るありて憂き世の袖やおとると（『続後撰集』1013・定家）、見るままにありて憂き世のならひぞと知らせ顔にも散る桜かな（『現存和歌六帖』599・藻璧門院但馬）、などがある。コラム9参照。

【本文考】

①「かくばかり」詠―初句について、平出本・内閣文庫本「いかばかり」、為秀本・宮内庁四冊本・京大五冊本・鷹司本「我ばかり」、竹田本・黒川本「かばかりに」。②岩切り通し―為相本・為秀本「岩木」とあり、この場合「人木石に非ず皆情有り、如かず傾城の色に遭はざらんには」（『白氏文集』巻四・新楽府・李夫人）を引く。③宮は、思し続くるに〜今日ぞ思し知られにける―この区分、深川本・平出本・内閣文庫本では、源氏の宮の周囲の動きが細かに描かれるが、底本等には、そうした動きは描かれていない。

コラム9

引歌認定の射程

―「ありて憂き世は」書写段階の引歌の可能性

「誰もかかる心を見も知らぬにかやうにて常にあらば、はづかしうあるべきかな」と思すに「ありて憂き世は」と今日ぞ思し知られにける。

狭衣からの恋の告白を受けた源氏の宮は、「誰もこうした狭衣の恋心を全く見知らないので、今回のようなことが（今後）常にあったならば、いたたまれないことも起きるにちがいないことよ」と思い、「ありて憂き世は」の意味を今日はじめて身にしみて思い知ったのだった。

この「ありて憂き世は」という引歌に注目してみたい。

この箇所は、校本によれば、為相本「憂き世は」、鈴鹿本・雅章本・宮内庁四冊本・宝玲本「憂き世とは」、宮内庁三冊本・松井三冊本「憂き世はとぞ」、京大五冊本「浮き身はと」、押小路本・鷹司本・黒川本「憂き世と」以外異同はない箇所であり、京大五冊本以外の本文はすべて「ありて憂き世」である。

諸注釈ではすべて、この「ありて憂き世は」という歌句を引歌未詳としている。注釈書で参考歌として挙げられる歌をまとめると、「残りなく散るぞめでたき桜花ありて世の中果ての憂ければ」(『古今集』巻二・春下・読人不知・七一)、「白露の変はるも何か惜しからむありての後も世は憂きものを」(『伊勢集』・一三五)、中世以降の「わびぬればありて憂き世ぞ惜しまるる忍ぶ昔の名残ばかりに」(『続拾遺集』巻十八・雑下・雅成親王・一二四八)の三首が挙げられる。

確かに、先掲の『古今集』と『伊勢集』の歌は、散る桜や白露のようにはかなく散ったり変わったりするほうが良い、このまま生き長らえても最後はつらいものだから、という意であり、源氏の宮の心情と一致する。したがって、『古今集』『伊勢集』に近い意味を持ち現在は散逸してしまった「ありて憂き世」が含まれる歌を引歌としている可能性もある。この『古今集』『伊勢集』の歌を踏まえると、源氏の宮は、このまま生き長らえてもつらい世を生きるだけであるなら、いっそ死んでしまいたいと考えていることになる。なお、『伊勢集』の歌には、重出歌が『後撰集』と『古今六帖』にあるが、『後撰集』(巻六・秋中・宇多法皇・二七九)は第五句が「ややうきものを」、『古今六帖』(第一・五六三)は、第五句「あやうきものを」となっており、「世」ではないので、ここでは触れない。

「ありて憂き世」という語は、現存の限りでは、中世においてはじめてみられる語である。『大系』『全註釈』では、先に挙げた『続拾遺集』の歌を指摘している。他に「苔深きいはやの床の村時雨よそに聞かばやありて憂き世を」(『拾遺愚草』・下・冬・二四二五、他出に『夫木抄』・三〇・雑・前中納言定家卿・一四三一六)、「見るままにありて憂き世のならひぞと知らせ顔にも散る桜かな」(『現存和歌六帖』・藻壁門院但馬・五九九)、「音にのみききこしたきもけふぞ見るありて憂き世の袖やおとると」(『続後撰集』巻一六・雑上・藤原定家・一〇一三)等がある。

中世に下る引歌として、区分三十九の「杜の空蟬」という語がある。「杜の空蟬」も『後鳥羽院御集』や『秋篠月清集』などといった後鳥羽院歌壇以降の歌が多い。後鳥羽院歌壇において、『狭衣物語』の作中歌が受容・尊重されたことは、すでに先行研究において指摘されている。もちろん、現存しない歌の句を後鳥羽院歌壇で用いた可能性も否定できないが、『狭衣物語』の歌が受容・尊重された可能性は否定できない。

以上は、『狭衣物語』の成立段階が院政期であることを念頭に置いて考えた指摘であるが、さらに書写段階に注目したい。書写段階において、書写者が念頭に置いた歌が『狭衣物語』成立以降の歌であった場合も考えられるのではないか。

片岡利博は、『狭衣物語』冒頭の「花こそ花の」という本文の諸本について、定家以後の後人による改竄本文ならば、この歌句が『拾遺愚草』を引歌とするのだと考えても不都合はないと指摘する。①片岡氏は異文に注目して引用論の問題点を論じているが、異文がほとんどみあたらない「ありて憂き世」のような場合も同様であろう。

「ありて憂き世」という語は、後鳥羽院歌壇時代以降、鎌倉、室町、戦国時代にかけての用例がみうけられる。特に『狭衣物語』書写が盛んであった室町から戦国にかけて詠まれている。三条西家とのかかわりからいえば、三条西実隆による「散らざらばありて憂き世のことわりに思ひ返すも花をこそ思へ」（『雪玉集』・巻一・春・五二九、五七三四）という歌もあり、中世期に定着したものと考えられる。

引歌が中世に下る可能性があるとするならば、「ありて憂き世は」という場面も、『古今集』や『伊勢集』を踏まえた読み方と異なる読み方ができる。先に挙げた歌のなかで「ありて憂き世は」という形になっているものはないが、藤原定家の『拾遺愚草』の歌が源氏の宮の心情に最も近いように思われる。『拾遺愚草』の歌は、つらい世にこのまま生き長らえるのなら、苔の深い岩屋の床で、さっと降る村時雨の音を余所事に聞き流したいという意である。この歌を踏まえると、源氏の宮は、狭衣の求愛を聞き流したいと思い、そのために「ありて憂き世」をはじめて思い知ったということになる。

このように、書写の段階において念頭にあった引歌の可能性を考えると、引歌を認定し解釈する射程が広がってゆく。もちろん、むやみに引歌を書写の時期にまで下げて想定し解釈してよいわけではない。だが、物語成立時だけでなく、書写段階において『狭衣物語』がどのように詠まれていたか考えるうえで、『狭衣物語』成立以降の引歌を確認する必要もあるのではないだろうか。

【注】

①片岡利博「引用論と本文異同」(『異文の愉悦　狭衣物語本文研究』笠間書院　二〇一三)。

【参考文献】

後藤康文「『狭衣物語』作中歌と中世和歌」「後鳥羽院の『狭衣物語』受容」(『狭衣物語論考　本文・和歌・物語史』笠間書院　二〇一一)／須藤圭「狭衣物語歌集の成立と展開」(『狭衣物語 受容の研究』新典社　二〇一三)／土田祐子「『狭衣物語』作中歌の受容について——新古今家人を中心に——」(『国文』七五　一九九一・七)／寺本直彦『源氏物語受容史論考正編』(風間書房　一九七〇)／寺本直彦『源氏物語受容史論考続編』風間書房　一九八四)／浜本倫子「俊成女の『狭衣物語』摂取について——後鳥羽院歌壇期の詠作を中心に——」(『和歌文学研究』八六　二〇〇三・六)

(富澤萌未)

十九　堀川の大殿、狭衣と源氏の宮入内について語る

【校訂本文】

中将の君も言出で初めたまひて後は、いとど忍び難き心地のみ乱れまさりたまひて、つくづくとながめ臥したまへり。殿の御前より、

（堀川の大殿）「参らせたまへ」

とあれば、何となく心地の悩ましけれど、さ聞こえたまはば、おどろおどろしう騒ぎたまはんも聞きにくければ、[1]装束しどけなげにして参りたまふ。鬢《びん》のわたり打ち解けて、ないがしろなる打ち解け姿のうるはしきよりも、なかなか（堀川の大殿）「かくてこそ見たてまつるべかりけれ」と見えて、見まほしうなつかしき御有様のしたまへるを、例の口も合はせず笑み広ごりて、

（堀川の大殿）「夜さり、宮の出でさせたまふに参りたまへ。上も『あまり久しう取り籠めたりき』と仰せられき」

などのたまひて、

（堀川の大殿）「源氏の宮の御ことも、東宮もかく心もとながらせたまふにいたくわびさせたてまつると恨みさせたまふに、涼しうなりて（東宮）『さもや』と思ふを、①右大将のただ一人かしづかるる娘を（右大将）『十にだにならば』と心もとながられける、からうじて、（右大将）『この八月《はつき》に参らせん』と御気色とらるるを制すべきにもあらず。また、きしろひたまはんも便なければ、冬つ方、さらずは年返りてと思ふはいかがすべからんとぞ宮もいそがせたまふ。内裏にも（嵯峨帝）『さこそあらめ』と御気色あれど、何とかは、人のいつしか思ひいそがれんことを留《とど》めむもいとほしかるべきことぞ」

と聞こえ合はせたまふをだには（狭衣）「つひのこと。さこそはあらめ」とは思ひながら胸はいとど塞《ふた》がりて、（狭衣）「気色や変はるらん」と思ふをつれなくもてなして、

（狭衣）「人のことを延べさせたまはんも、いとほしくやはべらん。いつもいつもこの御ことは心のどかにあへはべりなん。[2]権中納言、身に添ふ影にて騒ぐなれば（右大将）『わづらはしくて、急がるる』とぞ※②承りし」

など申したまへば、

（堀川の大殿）「ここにもさ思ふなり。右大臣《おとど》の秘すらん娘、この御方にや、③きらきらしきさまにやあらんと推し図らるる。母・乳母よりほかにあたりにも寄せず、際《きは》なくこそかしづくなれ。[3]みづから悔ゆる宮腹のやうにやあらん」

とて笑ひたまへば、（狭衣）「この面影、さりし宵の火影《ほかげ》にはさまで玉の瑕《きず》には見えざりしかど、鼻高はいとよく言ひ当てたまへり」とほほ笑まれたまふを、見知りたまひて、（堀川の大殿）「若かりし時は垣間見常にせしかば、さも、さまざまなる人をあまた見しかな。人はありがたきものぞかし。思ふさまなる人に逢ふことはいと難きわざなりや。故院の、異事《ことごと》はいみじう思しめしながら、この方はあやにくに制せさせたまひて、さいなみ、九重《ここのへ》のうちより[4]も絶え絶え歩かせたまはざりしかども、かしこく盗まはれて至らぬ隈もなかりしかば、かくさまざまに、えさらぬ人、あまたものしたまひしに、押し消たれ忘れじと思ひしも、おのづからありしかども、かひなくてこそ止《や》みにしか」など昔のことども思し出でたり。（大系五七―六〇　新全集①六二―六五　全書上二一五―二一八　集成上四七―五〇）

〔校訂〕※承りし―底うけ給し

梗概

源氏の宮に告白した狭衣も物思いにふけっていたが、父堀川の大殿に呼ばれる。無造作な打ち解けた姿で父のもとを訪れた狭衣に、堀川の大殿は源氏の宮の東宮入内について相談する。狭衣は想定していたことではあるものの胸は塞がり、どうにか平静を装いながら父と対話を続ける。一方、堀川の大殿は自分が若い頃に垣間見をして歩いたことを思い出す。

【注】

1　装束しどけなげにして―無造作に衣を着たうち解けた姿が。　2　権中納言、身に添ふ影にて騒ぐなれば―権中納言は太政大臣の子息。身に添ふ影は影のように付きまとう意。かたきなく思へる駒にくらぶれば身に添ふ影はおくれざりけり（『信明集』135）、雲の上に誘はざりせばひさかたの身に添ふ影もおくらざらまし（『小大君集』141）、みそぎ河瀬々にいださんなでものを身に添ふかげとたれか頼まん（『源氏物語』東屋）　3　みづから悔ゆる宮腹―「みづから悔ゆる」は『風葉集』に九首採られる散佚物語。御物本『更級日記』の藤原定家の奥書によれば、『夜半の寝覚』『御津の浜松』『朝倉』とともに『更級日記』の作者菅原孝標女が書いたとされる。　4　絶え絶え歩かせたまはざりしかども―とぎれとぎれにも通わせてくれなかったのに、という意味と取った。

【本文考】

①右大将―四季本・宝玲本・文禄本・蓮空本は底本と同じ。諸本、「右大臣」「みぎのおとど」「右大臣殿」などとあり、不審ではあるが底本のままとする。　②承りし―底本「うけ給し」。文意不通のため校訂した。　③きらきらしきさまにやあらん―四季本・文禄本・為秀本は底本と同じ。他本ではこの直前に右大臣の娘が「鼻高」であるとする表現がある。底本では堀川の大殿の発言に「鼻高」がないため、続く狭衣の「鼻高はいと良く言ひ当てたまへり」がやや不審。脱文があるか。あるいは、「みづから悔ゆる」の姫君が「鼻高」であり、それが想起されたか。

二十　堀川の大殿の訓戒と堀川の上の心配

【校訂本文】

(堀川の大殿)「若くより、やごとなきさまに定まりぬるは重らかによきことなり。一人あるはおのづから、さもあらぬ心もあくがれて軽々しうわろきことぞ」

などのたまひて、おのづから、

(堀川の大殿)「かの御気色ありし藤①の袖は、いとかたじけなき御ことにこそ。その後、内々に案内聞こえさせぬは便なきことなり。よからん日して侍従[1]の内侍《ないし》にほのめかしたまへ」

などのたまへば、(狭衣)「あなむつかしや。あり果つまじき世の中にさることさへひき被かんよ」と聞くにつけてぞ、[2]暑かはしき夜の衣なりける。

(狭衣)「御心かたじけながら、さばかりのことを受け取りきこえなむや、なかなかなめげにはべらん」

とてすさまじげなる御気色なれば、(堀川の大殿)「心にいるまじきことなめり」と、「しかるべきわざかな」と、ものしげなる御気色なれば、わづらはしくて立ちたまひぬるに、

(狭衣)「ほかざまに[3]塩焼く煙なびかめや浦風荒く波はよるとも」百106

と、ただ口ずさみつつ母宮の御前に参りたまへれば、

(堀川の上)「暑気《あつけ》にや、この頃はいたく痩せて見えたまふ」

とて心苦しげに思したる気色あくまでらうたげに見えたまふを、殿のさばかり残る隈なく見たまひけむに(狭衣)「親と申しながらも、優れたる御おぼえ、ことわりぞかし」と見えたまふ。

（狭衣）「夏痩せとは、[4]えせ人の言種《ことぐさ》とか。などかくしも言ひ置きけん。[5]渡守《わたしもり》にや問はまし」

と笑みたまへる気色の、さとこぼれかかるやうにしたまへる、人、「めでたし」と見たてまつる中に、[6]中務《なかつかさ》といふ人、

（中務）「『[7]道の果てなる』と嘆きし人のありしこそ、憎からね」

とひとりごつに、後目《しりめ》に見おこせたまひて、

（狭衣）「いかにぞや、残りゆかしきひとりごとかな」

とのたまふを、

（中務）「あなわびし。聞こえけるにや」

とわぶるさまも憎からず見わたしたまふ。

（狭衣）「殿の、『二[②]の宮に御文参らせよ』とのたまひつるこそ。なほざりごとにてだに大宮の聞きたまひて『あさましう、めざましきこと』と、むつかりのたまふなるものを、さやうにほのめかしたてまつりて、はしたなめられたてまつりたらんこそ、ただならんよりは心やましけれ。ただささばかりの御気色にてその夜の面目《めいぼく》は限りなかりきかし。なかなかなることは言ひ出でじ。上も『あはれなり』とぞおぼされん。数ならぬ人は好き好きしう、あるまじきこと好まで、さりぬべからむ[8]蔭《かげ》の小草の露より近々の知る人なき、尋ね出でて、よすがともなれかし。さらずはまた幾世もあるまじきに、絆《ほだし》なきもいとよきことぞかし」

とて涙ぐみたまへるを、母宮、色も違ひて、

（堀川の上）「戯《たはぶ》れにも、ゆゆしきことなのたまひそ。いみじきことなりとも我が御心にこそ。もの憂くおぼされんことは、何しにか。まして母宮のさのたまはんこと、あながちにさのたまはせんを。一日《ひとひ》、院[③]の上の、のたまは

せしさまとて語りしを、『かたじけなく聞き過ぐしてや』とぞあんなりし」

などぞのたまひし。

（大系六〇-六二　新全集①六六-七〇　全書上二一八-二二一　集成上五〇-五三）

梗概

堀川の大殿は、自身の経験から狭衣に結婚を勧め、女二の宮に文を出すよう訓戒する。狭衣は面倒に思い、母堀川の上のもとを訪れる。堀川の上はすぐに狭衣のことを心配するも、狭衣は父が限無く女性を見た上で選んだ女性だけあって素晴らしい女性だと見つめる。狭衣はそんな母に女二の宮との婚姻について涙ぐみながら相談すると、堀川の上は顔色を変えて母宮の反対する結婚は上手くいかないだろうと心配するのであった。

【注】

1　侍従の内侍―内裏に仕える女官の一人。「内侍」は内侍所の女官の総称だが、掌侍を指すことが多く、おそらくこの人物もそうであろう。　2　暑かはしき夜の衣―「暑かはし」は暑苦しい、重苦しい、煩わしいの意。「夜の衣」は夜着の意で、結婚の隠喩。区分十四（72頁）の帝の歌で女二の宮が「みのしろ」と表現された後、女二の宮や源氏の宮に関して「衣」の表現が多出する。　3　「ほかざまに」詠―須磨の海人の塩焼く煙風をいたみ思はぬ方にたなびきにけり（『古今集』708、『伊勢物語』一一二段）を踏まえ、「なびかめや」と反語で表現することで源氏の宮への一途な愛情を詠んだものの。コラム10参照。　4　えせ人―「夏痩せはえせもののこと」といった内容の諺でもあったか。教養のない者、つまらぬ者といった意。　5　渡守にや問はまし―ひさかたの天の川原の渡し守君渡りなば楫隠してよ（『古今集』174）コラム10参照。　6　中務といふ人―堀川の上付きの女房の一人。　7　『道の果てなる』―東路の道の果てなる常陸帯のかごとばかりも逢ひ見てしがな（『古今六帖』3360）　8　蔭の小草の露―深山木の蔭の小草は我なれや露しげけれどしる人もなし（『伊勢集』433）を踏まえ、ひっそりと目立たない女性の比喩。

【本文考】

①藤の袖―四季本・宝玲本・文禄本・蓮空本・大島本・為相本は底本と同じ。深川本「みのしろころも」、平出本・内閣文庫本「身のしろ」、鈴鹿本「ふゑの袖」、竹田本「ふゑのそう」、元和古活字本「笛の六く」、他本「笛のろく」といった異同がある。区分十四で狭衣が「紫のみのしろ衣」と詠んだことを受けて「藤の袖」と言い換えたものと考えられる。②二の宮に―底本はじめ多くは「二の宮に」だが、深川本「皇大こく」、為秀本「皇大こくう」、平出本・内閣文庫本「皇太后宮」とあり、この場合は女二の宮の母を指す。吉田本・鎌倉本・京大五冊本・竹田本・松浦本「宮に」。③院の上の―四季本・宝玲本・文禄本は底本と同じ。誰の言葉を誰が伝えたか異同があり、洞院の上の言葉を誰かが伝えたと解されるもの、「藤三位」や「正三位」、「三位」という、内裏女房と解される人物が嵯峨帝の言葉を伝えているものもある。

コラム10　女二の宮降嫁の勧誘場面における『伊勢物語』享受

堀川の大殿が狭衣に女二の宮との結婚を促す場面である。堀川の大殿はいつまでも独身でいることはよくないとし、狭衣に結婚するよう強く説くのだが、長年秘めていた源氏の宮への思いを断ち切れない狭衣は、女二の宮との縁談話を「暑かはしき夜の衣」と表現し、鬱陶しく感じている。

この場面には、『伊勢物語』の享受が読み取れる部分が複数ある。まずは、狭衣が堀川の大殿もとを立ち去る際に読んだ歌である。

　ほかざまに塩焼く煙なびかめや浦風荒く波はよるとも　（「塩焼く煙」――「藻塩の煙」内閣文庫本他）

「塩焼く煙」は、海藻の塩分をとるために焼いた時にでる煙のことであり、「浦風」はその煙をなびかせる風のことである。傍線を付した「塩焼く煙」は狭衣自身の比喩であり、その煙をなびかせる「浦風」は女二の宮との縁談を指している。そして、その風がどんなに強く吹こうとも自分の気持ちが女二の宮の方へなびくことはないと言っており、源氏の宮への揺るがぬ思いを示した歌となっている。この歌には、次の二首が引歌として挙げられている。①

　a　須磨の海人の塩焼く煙風をいたみ思はぬ方にたなびきにけり

（『古今集』仮名序、恋四・七〇八／『伊勢物語』一一二段など）

　b　うらにたくもしほのけぶりなびかめやよものかたより風はふくとも

（『新古今集』恋五・一三六一・惟成弁集）

aは『古今集』及び『伊勢物語』、『古今和歌六帖』などに、bは『新古今集』に所収されている歌である。この二首と前にあげた狭衣詠の歌の関係について、後藤康文は語句が一致する等の理由でbの方がより強い影響を与えていると述べているのだが、その一方で狭衣の歌の根底にイメージされているものはaの方だとしている。また、倉田実は狭衣の歌には源氏の宮への〈言はで忍ぶ恋〉を表す歌語の一つとして「煙」が繰り返し使われているとし、その「煙」の起因となる「火」が「思ひ」と掛かることから、狭衣の歌の「煙」は源氏の宮への「強い思慕の情を表出する」歌であると述べている。

　以上のことを踏まえ、本稿では狭衣の歌とaの歌の関係を考察する。aの歌は、前述したように『古今集』や『伊勢物語』などに所収されているのだが、前者では題や詞書はなく、単に恋人が他の異性に心変わりしてしまったことを嘆く歌となっているのに対し、後者では歌の前に短い説明文がある。

　むかし、男、ねむごろにいひちぎりける女の、ことざまになりにければ、

　須磨のあまの塩焼くけぶり風をいたみ思はぬかたにたなびきにけり（『伊勢物語』一一二段）

冒頭の地の文には、昔男が永遠の愛を固く誓い合った女が、他の男に心変わりをしてしまったとある。そして、昔男がその悲痛な思いを詠んだ「須磨のあまの――」の歌では、女の心を「塩焼くけぶり」に喩え、激しく風が吹いたため、「思はぬかた」（＝違う男の方）になびいてしまったと詠まれている。この歌を、狭衣詠の「ほかざまに――」の歌と照らし合わせて考えると、ある人物の恋心を「煙」に喩える点と、その恋心を他の異性になびかせる力を持つものが「風」に喩えられている点が一致する。また、『古今集』とは違い、昔男が女と固く愛を誓い合った仲であることが記されていることで、女の心変わりが昔男にとって相当な痛手であったことが強調されており、その点においても狭衣が置かれている状況と共通すると言えよう。狭衣の源氏の宮への思慕は幼少のことから続くものであり、『伊勢物語』一一二段の昔男と同様に、深い愛情であったと読み取れるためである。

しかし、両者には相違点もある。それは、「煙」と「風」に喩えられる人物の性別が逆になっていることである。狭衣詠の歌では、狭衣（＝男）の恋心が「煙」に喩えられ、その恋心を他の異性になびかせようとするもの、つまり女二の宮（＝女）との縁談が「風」に喩えられているのだが、『伊勢物語』では昔男が愛を誓い合った女が「煙」に喩えられ、女を心変わりさせた他の男の存在が「風」に喩えられている。また、歌の詠み手と歌中で「煙」に喩えられる人物の関係も、狭衣詠の方では歌の詠み手自身が「煙」に喩えられているが、『伊勢物語』一一二段の方では読み手と「煙」に喩えられる人物は異なる。さらに、狭衣詠の方は簡単には心変わりしないことを詠んだ歌であるのに対し、『伊勢物語』一一二段の方では恋人の心が簡単に心変わりしてしまったことを詠んだ歌であるという違いもあることから、狭衣の歌は『伊勢物語』一一二段の歌を享受しつつ、それを逆手に取った表現をしているのである。

また、「ほかざまに――」歌の直後、狭衣が堀川の大殿のもとを退出し、堀川の上と対話をする場面においても『伊勢物語』享受と考えられる表現がある。

「夏痩せとは、えせ人の言種とか。などかくしも言ひ置きけん。渡守にや問はまし」と笑みたまへる気色の、さとこぼれかかるやうにしたまへる、人、「めでたし」と見たてまつる中に、中務といふ人、

『道の果てなる』と嘆きし人のありしこそ、憎からね」

とひとりごつに、後目に見おこせたまひて、

……

狭衣の発話部分にある「渡守にや問はまし」という部分は、諸注にて七夕伝説における天の川の渡守が連想されるとの指摘がある。[2] この渡守と言えば、『伊勢物語』九段「東下り」にて、昔男に早く船に乗るように促す渡守も想起されよう。[3]

その河のほとりにむれゐて、思ひやれば、かぎりなく遠くも来にけるかな、とわびあへるに、渡守、「はや船に乗れ、日も暮れぬ」といふに、乗りて渡らむとするに、みな人ものわびしくて、京に思ふ人なきにしもあらず。

（『伊勢物語』九段）

さらに、狭衣の問いかけに答えた中務の発話部分にある「道の果てなる」という部分は、各諸注釈に「東路の道の果てなる常陸帯のかごとばかりも逢ひ見てしがな」（『古今六帖』五、紀友則）が引歌であると指摘されていることから、[4] 東の地をイメージする表現であることが分かる。これを、先ほどの「渡守」と合わせて考えると、やはりこの場面には『伊勢物語』九段が想起されていると考えられる。

以上のことから、狭衣に女二の宮降嫁が促される場面には、『古今集』や『古今六帖』の歌とともに『伊勢物語』も享受されていると言える。また、ここで考察した場面の直前（区分十七）に「在五中将の日記」という表現があることから、作者は『源氏物語』と同様に『伊勢物語』のことも強く意識していたのだと言える。

【注】

①後藤康文『狭衣物語論考 本文・和歌・物語史』（笠間書院 二〇一一）第二部、倉田実「〈言はで忍ぶ恋〉の狭衣――源氏宮の物語」（『狭衣の恋』翰林書房 一九九九）、新編日本古典文学全集（小学館）の頭注など。

②新潮日本古典集成（新潮社）以降の諸注釈では「渡し守はや舟隠せ一年に二たび来ます君ならなくに」（『拾遺和歌集』雑秋・人麿）を参考歌としてあげている。

③全註釈（おうふう）で指摘されている。

④日本古典文学大系（岩波書店）以降、諸注に指摘がある。

（竹田由花子）

二十一　参内の途中、蓬が門の女を気にかける

【校訂本文】

内裏に参りたまへるついでに、

（狭衣）「[1]かの蓬《よもぎ》の人はいづくぞ」

と問はせたまへば、見置きし随身、

（随身）「ここもとに候ふ」

と申せば、

（随身）「またの日、見たまへしかば、下《お》ろしこめて人ありげもなくてさぶらひしかば、傍《かたは》らの人に問ひしかば、長門守《ながとのかみ》の妻《め》なる人の家に候ひける。①妻の童どもの、宮仕へ人にて、あまた候ひける。中務宮の姫宮の御乳母にても候ひける」

など申せば、（狭衣）「さやうの者の来《き》集まりたる折のしわざにや。少将の乳母もや言ひて、大納言の五節に出でたりしざれ者にや」と思しやる。


（大系六二―六三　新全集①七〇　全書上二二一　集成上五三―五四）

梗概

狭衣は参内の途中、五月四日に歌を贈答した蓬が門の女（区分六に登場）はどうしているかと随身に尋ね、女の素性を推測する。

【注】

1　かの蓬の人―区分六（40頁）で狭衣と和歌を贈答した女を指す。

【本文考】

①妻の童ども―四季本・宝玲本・文禄本・蓮空本は底本と同じ。他本、「童」ではなく「はらから」とするものが多数。

二十二　中宮の里下がり

【校訂本文】

中宮出でさせたまひぬれば、皇子《みこ》さへうち続かせたまひて、①三条殿の御方にいとおほやけしう、きらきらしき御有様なり。内裏の御使、日ごとに参りなどして、殿もかかるほどはこなたにぞおはします。宮の御方の有様など、あらまほしうて、気高うをかしげにてぞものしたまふ。太政大臣の方、中のこのかみにて本柏《もとかしわ》[1]にておはすれど、かかるあつかひぐさ持ちたまはねば、御有様ひとつをいまめかしうもてなしたまひて、おぼしたち、誇りかなる御心掟《おきて》にぞおはしける。人よりけに持て出でたる御もの好みなどしたまひて、いとわららかに憎からぬ御心掟なるべし。かく様々にもてかしづきたまへる御有様どもをぞ、明け暮れうらやましう思しける。

（大系六三―六三　新全集①七一　全書上二二一―二二二　集成上五四―五五）

梗概

中宮が里下がりなさった。皇子たちも連れての里下がりで、坊門の上の方は非常に華やいでおり、堀川の大殿もこちらの御殿においでである。中宮は理想的で気高くかわいらしい様子である。一方、太政大臣の御方（洞院の上）は年長者でもあり一番早くからの妻であるものの中宮のような娘もいないため、現代風に振る舞って得意そうだが、子供がいる坊門の上たちをうらやましく思っている。

【注】

1　本柏―冬も落ちずに枝についている柏の葉。古くからあるものの表象。石上ふるから小野の本柏本の心は忘られなくに（『古今集』886）

【本文考】

①三条殿の―深川本・内閣文庫本・平出本・為秀本・為家本・前田本「二条殿」とあるが、中宮の母坊門の上の住む町は三条坊門に面しているので底本で問題ない。

二十三　東宮との睦び

【校訂本文】

中将は、ありし[1]①室の八島の後はいとつらう心憂きに「いかにせまし」とのみ嘆きまさらるるを、我が心にも慰②

め添ひたまひて「おのづからまぎるる」と忍び歩きに心を入れたまへど[2]姨捨山《をばすてやま》にのみぞ思さるる。東宮に参りたまへれば、

(東宮)「[3]入りぬる磯なるが心憂きこと」

とただ恨みに恨みさせたまへば、

(狭衣)「乱り心地の例ならずのみ侍りて、暑きほどはいとど宮仕への怠りはべるなり」

と啓したまへば、

(東宮)「何事の常には悪しからんぞ。思ひたまふ事ぞあらむ。我には隔てなくのたまへ」

とて近うむつれかからせたまへば、

(狭衣)「心地の悪しかるばかりは何事をかは思ひはべらん。御覧ぜよ、かく痩せさぶらふは死ぬべきなめり」

とてさし出でたまへる腕、白ううつくしげなるさま(東宮)「女もえかからじかし」と見えたまふ。(東宮)「源氏の宮はかくやおはすらん」とあぢきなくよそへられて、せちに引き寄せさせたまふに、

(狭衣)「あなむつかし。暑くさぶらふに」

とてひこじろひたまふ御気配《けはひ》、いとをかし。

(東宮)「かく痩せ損《そこ》なはるばかり思ふことこそ、心得たれ。[4]仲澄《なかずみ》の侍従の真似したまふなめりな。人もさこそ語りしか。大殿もさて③つれなきなめり」

とまめやかにのたまふを(狭衣)「[5]人の問ふまでなりにけるよ」と苦しけれど、つれなきさまにて、

(狭衣)「さらぬ好き好きしきことをだに好みはべらぬに、などさありがたき[6]恋の山にしも惑ひはべらん」

となほ言《こと》少ななる気色やしるからん。

（東宮）「あなうたて。あるやうあるべし」

とわづらはしければ、

（狭衣）「まめやかにまめやかに、まがまがしきことをも仰せらるるかな。御心慣らひに候ふめり」

とてうち笑ひたまふさまも、

（狭衣）[7]我が心しどろもどろになりにけり袖より[④]つつむ涙もるまで　百34＊　茶

とぞ思ひ続けらるる。

（東宮）「心慣らひは、げにさもやあらむ。まことならぬ妹背を持たらねば」

と言ひ戯れさせたまひて宣耀殿に渡らせたまひぬれば、（狭衣）「今宵かひあるまじきなめり」とすさまじうて、まかでたまひぬ。

（大系六三-六五　新全集①七二-七四　全書上二二一-二二四　集成上五五-五七）

梗概

狭衣は、源氏の宮に告白して以来、煩悶を続ける。気持ちが紛れるかと忍び歩きをしてみるも、まったく慰められないままであった。そんな折、東宮に参上すると、東宮からは早速なかなか参上しないことを咎められる。狭衣は具合が悪くこんなに痩せたと腕を差し出すと、その腕は白く美しいため東宮は源氏の宮もこんな様子なのではないかと狭衣の腕を引き寄せる。そして、狭衣の煩悶の理由を源氏の宮への恋だと言い当てる。

【注】

1　ありし室の八島の後―区分一注11（24頁）参照。源氏の宮に「室の八島のけぶりにも問へ」と告白して以来。2　姨捨山にのみぞ思さるる―我が心慰めかねつ更科や姨捨山に照る月を見て（『古今集』878）を踏まえ、自分の心が慰められないの意。3　入りぬる磯―区分三注4（33頁）参照。4　仲澄の侍従―『うつほ物語』の源仲澄。同母妹のあて宮に想いをよせ、恋死にした人物。5　人の問ふまで―しのぶれど色に出でにけり我が恋は物や思ふと人の問ふまで（『拾遺集』622・平兼盛）6　恋の山―いかばかり恋てふ山の深ければ入りと入りぬる人惑ふらむ（『古今六帖』1980）7　「我が心」詠―まめなれどよき名も立たず刈萱のいざ乱れなんしどろもどろに（『古今六帖』3785）、知る人もなくてやみぬる逢ふことをいかで涙の袖にもるらん（『後拾遺集』677・清原元輔）

【本文考】

①ありし室の八島の後はいとつらう心憂きに―四季本・宝玲本・文禄本・蓮空本は底本と同じ。他本は、「後は」と「いとつらう」の間に「宮のこよなくふしめになり給へるも」（元和古活字本）など、源氏の宮の冷淡な態度の描写が入る。②慰め添ひたまひて―底本「なくさめそい給て」。四季本・宝玲本・文禄本・蓮空本「なくさめそひ給て」。他本の多くは「なくさめわひ給て」であるが、気晴らしの気持ちを（新しく）付け加えなさっての意として取れないかと考え、底本を尊重した。③つれなきなめり―この後に、「今こそ思ひあはせらるれ」（元和古活字本）などと東宮の言葉がまだ続く諸本が多い。④つつむ―四季本・宝玲本・文禄本は底本と同じ。他本及び百番歌合では「外に」。

二十四　飛鳥井女君との出会い――不審な女車

【校訂本文】

たそがれ時のほどに二条大宮のほどに会ひたる女車、牛の引き替へなどして、遠きほどへと見ゆるに、物見の少し開きたるより丸頭《まろがしら》のふと①透きたるに、この御車を見るなるべし。早う遣りすぐしつれば、（狭衣）「あやし、僻《ひが》目《め》か」と思すほどに、供なる童べなどの持たるものやしるからん、この御供の人見つけて、②早々《はやばや》と追ひとどむるに、え逃げで引きとどめられぬ。若き御随身どもの、いたう咎《とが》めかかりて、

（随身）「下簾《したすだれ》懸けたまへるは、やむごとなき僧にこそおはすらめ。さはあれども、しばし押しとどめで、あやにくに遣り違《ちが》ふるは、誰《た》そ誰そ」

と荒らかに問へば、

（童）「仁和寺の何某[1]阿闍梨《あざり》の御車にて、母上のものへ渡りたまふなり」

とわななき言へる童のあれば、

（随身）「いで、さは、げに尼君か見む」

とて簾を引き上ぐるに、法師下《お》り走りて顔を隠して逃ぐるを、

（随身）「この尼君は、など逃ぐるぞ」

と追ひて走りののしるを、御車とどめさせたまひて、

（狭衣）「かう、なせそ」

と制せさせたまへば、牛飼童を捕らへて、

(随身)「何者ぞ、何者ぞ」

と問へば、

(童)「仁和寺に何某威儀師《ゐぎし》[2]と申す人なり。年ごろ、懸想したまひつる人の太秦《うづまさ》に日ごろ籠りたまへりつるが、出でたまひつるを盗みて出でたてまつりたまふなり。法師だてら、かくあながちなるわざをしたまへば、仏の憎みたまひてかかる目も見せたまふなり。押しとどめて、しめやかに遣らせたまはで、年ごろの思ひ叶ひて急ぎたまふほどに(威儀師)『女車とぞ見るらむ。ただ疾《と》う遣《や》れ、疾う遣れ』と責めたまへば、『[3]師には従へ』といふ法文を僧の御わたりに③教へはべりぬるしるしには聞きさぶらひて、走らせはんべりさぶらひつるなり。今よりは、さらにさらにこの師には従ひ使はれはべらじ」

とて(童)「いとおそろし、悲し」と思ひたるに、いとほしうなりて許してけり。

(大系六五-六六　新全集①七四-七六　全書上二二四-二二五　集成上五七-五九)

梗概
帰路、狭衣は二条大宮のあたりで不審な車を見る。女車のようだが、なかに禿頭が見える。随身たちが問い詰めると、乗っていた法師が顔を隠して逃げて行ってしまった。牛飼童の話によると、逃げた法師は仁和寺の威儀師で、太秦に参籠していた想い人を盗みだそうとしたところなのだという。

【注】
1　阿闍梨—修法の導師を勤める僧のことをさすが、弟子を教え、その師範となる高徳の僧の尊称でもある。ここは実際

に阿闍梨であったかどうかは不明。2　威儀師―仏事の際に、他の僧の指図役となる僧。律師に次ぐ僧位。3　『師には従へ』―『仏説尸迦羅越六方礼教』によるとする説がある。参考資料④。コラム11参照。

【本文考】

①ふと透きたるに―四季本・宝玲本・文禄本は底本と同じ。宮内庁三冊本・松井三冊本・吉田本・鎌倉本・松浦本「ふと透きたるは」（吉田本「ふと」なし）、深川本・為秀本「ほのみゆるは」（為秀本「は」なし）、他本「ふと見ゆるは」。②早々と―四季本・宝玲本・文禄本・蓮空本・大島本は底本と同じ。為家本「くや〳〵と」、為相本「そやうやと」、他本「かや〳〵と」。③教へ―四季本・宝玲本・文禄本は底本と同じ。威儀師が法文を教えていたために聞き知っていたとなる。他本は、「としころ」、「としへ」となっており、威儀師に長年仕えていたため法文を聞いて知っていたという意味になる。

コラム11
仁和寺威儀師と牛飼童
――証言の異同とその関係性

狭衣とヒロインのひとり、飛鳥井女君の出会いは、道を譲らない不審な女車を狭衣一行が発見したのがきっかけだった。狭衣の随身達が詰め寄ると、女車に付き添う牛飼童は、仁和寺の高僧の母が乗っていると説明する。しかし、いざ車の中を覗くと、乗っていたのは仁和寺の威儀師、つまり男性の法師自身だった。威儀師逃走後、再び詰問された牛飼童は、威儀師が女君を盗んできたことを証言し、弁解を始める。ついには、もうこんな主人には決して仕えない、と決意表明をし、童は許されるのである。この牛飼童の言い訳には、諸本の間で異同があり、威儀師と童との関係性の違いが見え隠れし、興味深い内容となっている。実際の本文を用いて比較してみる。

1　しにはしたかふといふ法文を僧のあたりにてとしころありつるしるしにはきゝしり候て　（深川本・校本）

『師には従ふ』といふ法文を、僧のあたりにて、年ごろありつるしるしには、聞き知り候ひて　（全註釈校訂本文第一系統）

2　師にはしたかへといふ御文をそうのあたりに年へ侍りぬるしるしに聞ならひて　（流布本・校本）

『師には従へ』といふ御文を、僧のあたりに、年経侍りぬるしるしに、聞き慣ひて　（流布本校訂本文・全註釈第四系統）

3　しにはしたかへといふほうもんをそうの御わたりにをしへ侍ぬるしるしにはきゝさふらひて　（三条西家本・翻刻本文）

『師には従へ』といふ法文を僧の御わたりに教へはべりぬるしるしには聞きさぶらひて　（三条西家本・校訂本文）

牛飼童が、牛車を止めず、先を急ぐ威儀師に従った理由を述べている部分で、いずれも『師（の命令）には従うものだ』という教えを知っていたから、という言い分になっている。注目すべきは、その教えをどのように童が知ったかを語る箇所である。1と2では、「年ごろ」「年へ侍りぬる」とあるように、長年威儀師のそばに仕えていたことが強調されるが、3ではそれがない。また3では、「（威儀師が周囲に教えていた）教へはべりぬる」という言い方となっており、童は間接的に法文を聞き知っていたのだと読むことができる。1・2よりも威儀師と牛飼童の間に距離があるように捉えられるのである。

ところで、牛飼童とは、牛車の牛を世話する従者で、年齢を問わず童のような服装と髪型をしていた。牛飼童は、元服（成人）の年齢を過ぎても童の格好で「童」と呼称される。牛飼童は、その身の内に捻じれを抱えている。彼らが、僧侶でありながら意外な行動に出た主人を見限る、という展開――そこに垣間見える彼らの距離感や関係性が、この場面の面白さに一役買っているようにも思われる。

【参考文献】
繁田信一『庶民たちの平安京』（角川グループパブリッシング　二〇〇八）／黒田日出男『境界の中性・象徴の中世』（東京大学出版会　一九八六）
（毛利香奈子）

二十五　飛鳥井女君との出会い——随身の報告を聞く狭衣

【校訂本文】

（随身）「しかじかなん申しつる。車にはまことに女のおはするなめり。人は皆、逃げさぶらひぬ。かうて、うち捨てば、さすがにいとほしうこそさぶらへ」

と申せば、

（狭衣）「何しにかは、かかるわざはしつる。常に制することを聞かで。行くべからんところ、いづこにかあらん。いかでか、さては捨てん。その童に問ひて、送れ」

とのたまへど、

（随身）「童のまかりつらん方も知りさぶらはず。『今、さり①』と、車どもにありつる法師参《ま》で来《き》なん。このわたりにこそ隠れて候ふらん。御松明《たいまつ》持て参らで暗うなりさぶらひぬ。御車仕うまつれ」

と言へど、（狭衣）「かの盗まれたらんはいかやうなる人ならん。心ならぬことならば、いかばかりわびしからむ。暗き道の空にさへ、さすらふるよ。かくて見捨てては、ありつる法師、まことにもとの定めのままにや、率て行かむずらん。さらぬにても今宵かくてあらば、いかなる心地かせん」など思すに（狭衣）「いとほしけれど、送るべき所は知らず。殿に今宵ばかりや率て行かまし」と思すにも（狭衣）「袈裟[②]、さすがに被きて走りつる足も」と思し出づるもをかしう、（狭衣）「道のほども、手や触れつらん」と心づきなく、ゆゆしきに、飛鳥井に宿り取らせん[1]ことも語らひにくく思さるれど（狭衣）「なほ、いかなる人のかかる目は見るぞ」とゆかしければ、御車引き返し、かの車に乗り移りて見たまへば、いとたどたどしきほどなれど、衣ひき被きて泣き臥したる人ありけり。

（大系六六-六七　新全集①七七-七八　全書上二二五-二二六　集成上五九-六〇）

梗概

法師は逃げ、解放した牛飼童もどこかへ消えてしまった。威儀師に盗まれそうになった女は車にひとり取り残されている。何者かも、どこに住んでいる者かも分からないし、威儀師の手がついていると思うと嫌な感じもする。しかし、どんな女なのか興味もあり、狭衣はその女車に乗り移った。

【注】

1　飛鳥井に宿り取らせん―「飛鳥井に宿りはすべし　や　おけ　陰もよし　御水も寒し　御秣もよし」（『催馬楽』）による。

【本文考】

①さり』と―四季本・文禄本・吉田本・鎌倉本は底本と同じ。他本「さりとも」であり、「も」の脱落の可能性がある。

②袈裟、さすがに被きて―四季本・宝玲本・文禄本・松井三冊本は底本と同じ。他本、「けさ」がないものや、「袖」、

「衣」になっているものなど異同が多い。

二十六　飛鳥井女君との出会い――女君を送り届ける

【校訂本文】

(狭衣)「あないとほし。いかなる人のかかる道の空には漂ひたまふぞ。いかなることありとも、一人うち捨てて心憂く逃げぬる人はつらうは思されぬや。[1]吉野山にもと思はざりけるにこそ。見捨ててまかりなば、いま少しおそろしきことも①※ありなむ。またありつる頭《かしら》つきも、※②まろ去ぬと見ば来《き》もこそすれ。まことに御心ならで、かかること、ものしたまふならば、おはしどころ教へたまへ。送りきこえん。なほ、『御本意《ほい》もあり。あの人と渡らむ』と思さば、まかりなん」

など、のたまふ声《こは》、気配、聞きも慣らはず、あてにめでたきは(飛鳥井女君)「香③りも、誰にか」とおぼえなくはづかしけれど(飛鳥井女君)「かく、のたまふに聞こえずは、げに捨ててこそはおはせめ。さらば、ありつるゆゆしき者の来て率て行かんこと」と思ふに、いと悲しければ(飛鳥井女君)「ほのぼのおぼゆるままに聞こえん」と思へど、ただわななかれて、とみにも言ひ出でられず、ただ泣きまさる気配など、よそにて思ひつるよりはあてにらうたげなれば、いま少し心苦しうなりたまひて、

(狭衣)「さらば、まかりぬべきなめりな。御心ならぬことを聞きたれば、『さもや』と、いとほしさになん。何か泣きたまふ。このわたりにぞまだものすらむ。よも見捨てきこえじ」

と(狭衣)「気色を見む」とてのたまへば、(飛鳥井女君)「おはしぬべきなめり」とわびしくて、言ひ出でんところのは

づかしさ、また、はかばかしうもおぼえねど、泣き声はいとわりなけれど、（飛鳥井女君）「堀川といづことかや、大納言と聞こゆる向かひに、竹多かるところとぞおぼゆる。さてはいかに」と言ふ気配、らうたげにをかしきに（狭衣）「もし、見まさりしぬべき人にや」、こよなう心とまりて（狭衣）「行きどころを問ひ聞きて送らん」と思しつれど、心やすげなる里のわたりと聞きたまふも、やう変はりて、なかなかゆかしければ見置かまほしくや思すらん。下《お》りたまはで、やがて推し当てにおはしぬ。

（大系六七-六九　新全集①七八-八〇　全書上二二七-二二八　集成上六〇-六二）

〔校訂〕※なむ―底ななむ　※まろ去ぬ―底よろいぬ

梗概

車に乗っていた女（以下、飛鳥井女君と呼ぶ）は泣くばかりであったが、予想以上に品よく可愛らしかった。狭衣は彼女を家まで送り届けることにする。女君の答えに場所の見当をつけつつ、住まいまで車で向かうのだった。

【注】

1　吉野山にも―もろこしの吉野の山にこもるともおくれむと思ふ我ならなくに（『古今集』1049・藤原時平）。威儀師の女君への想いは、遠隔地である吉野山まで追いかけるほどではなかった、の意。

出てくる。それはさらに、狭衣には純粋な恋愛にこだわる薫像が投影されているのではないだろうか。

【参考文献】

吉村晶子「「身体が匂う」ということ――薫の体香の再考へ向けて」（『源氏物語をいま読み解く2　薫りの源氏物語』翰林書房　二〇〇八）／藤原克己「匂い――生きることの深さへ」（『源氏物語――におう、よそおう、いのる』ウェッジ選書　二〇〇八）

（手塚智恵子）

二十七　飛鳥井女君との出会い――女君の家に着く

【校訂本文】

[1]堀川おもてに半部《はじとみ》長々として、入る門《かど》いぶせう暑げなる所なりけり。門を忍びやかにたたけば、人出で来て問ふなり。

（狭衣）「さて、いかが①言ふべき。いかが言ふべき」

と問ひたまへど、泣くよりほかのことならでものも言はねば、推しはかりに、

（随身）「太秦より出でさせたまへる」

と言はせたれば、

（飛鳥井女君の屋敷の人）「今まで出でさせたまはず、とて、おぼつかなからせたまへるに」

とて開けたれば、蚊遣火《かやりび》さへ煙りてわりなげなり。

（狭衣）「我が[2]②心かねて空にや満ちにけむゆく方知らぬ宿の蚊遣火」百22＊・風193＊

とのたまふ気配、ものおぼえゆくままに、めでたうはづかしげなるにぞ（飛鳥井女君）「おぼえなく、あさましき有様と見たまふにも誰にかあらん。『いかにしても、ありつる者と見えじ』と思ひつるに、もの恥も知られて、かかる[3]伏屋《ふせや》の下をさへ教へたてまつるも、いかに思すらん」と、今ぞあさましうはづかしきつまとなるべし。押し開けて、

（人）「ここに」

と人の言へば、車さし寄せたるに、五十ばかりなるおもとの、しなじなしからぬさまつきしたる、火をいと明かく灯《とも》して、

（乳母）「や、など、今まで遅うおはしましつる。御車の遅かりつる。[4]大夫の君や参りたまへる」

とて寄り来る火影《ほかげ》姿の、見知らずあやしきも、うとましうて、

（狭衣）「『おぼえなき人来たり』とて、打ちもこそすれ。疾う下りたまへ」

とて起こしたまへど、火さへ明かくて、かたはらいたうてわりなきにとみにも動かれぬを、引き起こしたまへれば、③衣《きぬ》などいと鮮やかにもなきに、髪はつやつやとかかりて、（飛鳥井女君）「いとわりなくはづかし」と思ひたる気色など、なべてのさまにはあらず。ただいとらうたげに、をかしき人様《ひとざま》にてありける。

（大系六九-七〇　新全集①八〇-八二　全書上二二八-二三〇　集成上六二-六四）

梗概

飛鳥井女君の家に着いた。貴人とおぼしい狭衣の様子に、飛鳥井女君は恥ずかしさを感じる。家の奥からは五十歳ばかりの女（乳母）が出てくるが、恥ずかしさですぐに動けずにいる女君を、狭衣はますます可愛

らしいと思うのだった。

【注】

1 堀川おもて―堀川小路に面した女君の邸の場所を示す。飛鳥井女君による説明「堀川といづことかや、大納言と聞こゆる向かひに、竹多かるところとぞおぼゆる」(区分二十六、116頁)とも一致する。 2 「我が心」詠―上空に広がる煙の様子に、狭衣自身の女君への想いを重ねている。蚊遣火は炎を出さずに燃えるため、密かに想い焦がれる意で用いられる。我が恋はむなしき空に満ちぬらし思ひやれども行くかたもなし(『古今集』488)、夏なれば宿にふすぶる蚊遣火のいつまで我が身下燃えをせむ(『古今集』500) 3 伏屋―地面に伏せたように屋根が低く、みすぼらしい小さな家。 4 大夫の君―後出の式部の大夫(道成)のこととみる(長谷川佳男「狭衣物語の本文批評 巻一、第一群と第三群の関係」(『上智大学国文学論集』二十一号、一九八八・一)。一般にはこの家の女房の名大輔の君かとされる。

【本文考】

①いかが言ふべき。いかが言ふべき―四季本・文禄本・為相本・吉田本・鎌倉本は底本と同じ。躍り字表記のため「いかが言ふべき、言ふべき」とも取れる。 ②「我が心」詠―第二句「かねてやそらに」、第三句「みちぬらん」「なりぬらん」「みぬらん」、第四句「ゆくへも知らぬ」といった異同がある。四季本・文禄本・押小路本・黒川本は底本と同じ。宝玲本は結句「宿のかがり火」。 ③衣などいと鮮やかにもなきに―底本とほぼ同様の表現をもつ諸本が多いが、薄色や生絹の単衣などの細かい描写を持つ諸本もある。

二十八　狭衣、飛鳥井女君と契る

【校訂本文】

（狭衣）「あやしう思ひのほかなるわざかな。誰ならんと見で止みなましかば、いかに口惜しからまし」と思ふ①から、（狭衣）「さるべきにや。かかるうちつけ心などはなかりつるものを。いで、[1]うとましかりつる頭つきして慣れつらんかし」と思ふは、なほ心づきなけれど、

（狭衣）「かかる[2]道行人《みちゆきびと》をおろかにはえ思し捨てじな。ありつる人に思ひ落としたまふな」

とのたまふも、いとはづかしうて、下《お》りなんとするを控へて、

（狭衣）「など、答へをだにしたまはぬ。かかる道のしるべ、『うれし』とおぼさましかば『泊まれ』とはのたまうてまし。あな心憂」

とて許したまはねば、

（飛鳥井女君）「[3]泊まれともえこそ言はれね飛鳥井に宿りはつべき影し見えねば」　百24＊

と言ふさま、なほその[4]水影《みづかげ》見では止《や》むまじう思されけり。

（狭衣）「[5]飛鳥井に影見まほしき宿りしてみまくさ隠れ人や咎めむ

車待つほど、人に見せで置②いたまひたれよ」

とて下りたまひぬるを、（飛鳥井女君）「あな見苦し。便なきものを」と苦しげに思ひたれど、まことに御車の遅れにける、待ちたまふとて、やがてその端《はし》つ方《かた》に引き留めたまへるに、月はなやかにさし出でたり。女、「いとはづかし」と思ひたるものから、いたう消え入りたるもの恥などにはあらず。ただいとなつかしうをかしきさまにも

てなしなど、あやしきまでらうたげなり。家の人々は、

（人々）「いかなることぞ」

と立ち騒ぎあやしがるべし。（狭衣）「御車率て参りたるにや」と聞きたまへど、かばかりにて立ち出づべき心地もせねば（狭衣）「ありつる③祈りの師や入り来《こ》ん」とおそろしながらとかく語らひたまふ。女、誰とだに知らぬを、「わりなし」と思ひたり。君は浅からずあはれに思さるること限りなし。ものぎたなく疑はしかりつる祈りの師の心清さも見あらはしては（狭衣）「さる我が宿世のありて、さる心もつきけるにや」[6]とまで、浅からず思さる。かねていみじう心を尽くしたまふ、やむごとなきわたりよりは、なかなか馴らはぬ草の枕もめづらしくて、その後は宵暁《よひあかつき》の露けさも知らず顔にまぎれたまふ夜な夜な積もりにけり。


（大系七〇-七二　新全集①八二-八五　全書上二三〇-二三一　集成上六四-六六）

梗概

このまま別れるのが惜しくなった狭衣は、飛鳥井女君に、ここに泊まるよう言ってほしいと迫る。迎えの車を待つ間と、狭衣は女君の家に入り、契りを結ぶ。誰とも知らない相手との逢瀬を女君は辛く思うが、狭衣はこうした旅寝の新鮮さに、その後も彼女のもとに通うことになる。

【注】

1　うとましかりつる頭つき―坊主頭のこと。威儀師を指す。　2　道行人―旅をする人、道を行く人。恋ひ死なば恋ひも死ねとや玉桙の道行人にことづてもなき（『拾遺集』937・人麿）　3　「泊まれとも」詠―区分二十五注1（114頁）の催馬

楽を踏まえる。　4　水影—飛鳥井女君の「泊まれとも」詠を受け、やはり区分二十五注1の催馬楽の「陰もよし　御水も寒し」を踏まえた表現。　5　「飛鳥井に」詠—同じく区分二十五注1の催馬楽から、「飛鳥井」「陰」「宿り」「御秣」を踏まえた返歌。　6　草の枕—旅寝の意の歌語。飛鳥井女君のもとに通うことを指す。夜をさむみおくはつ霜をはらひつつ草の枕にあまたたびねぬ（『古今集』416・躬恒）

【本文考】
①思ふから—諸本多くは「思ふ物から」。鈴鹿本・雅章本・宮内庁四冊本・京大五冊本「おもひながら」。四季本・宝玲本・文禄本は底本と同じ。「から」はある動作に続き別の動作が起こる用法で、「思うそばから」と解す。②置いたまひたれよ—底本「おひたまひたれよ」。「おひ」は「置き」のイ音便「置い」の「い」を「ひ」表記したものと捉え、「置い」とした。　③祈りの師—底本は区分二十九に「のりのし」、三十九には「いのりのし」「のりのし」どちらもあるため、それぞれ底本通り「祈りの師」、「法の師」とした。

二十九　飛鳥井女君の素性

【校訂本文】

この女は、帥中納言といひける人の女《むすめ》なりけり。親たち、皆失《う》せにければ、乳母の主計頭《かずへのかみ》などいふ者の妻にて①なま徳ありけるが、またなきものに思ひかしづきて年ごろありけるを、その男も失せし後は、いとわりなき有様にて過ごしければ、この仁和寺の法《のり》の師を語らひて、これに君のことをも知り扱はせければ、おほけなき心あり

ける者にて、人知れず思ふ心つきてかかるわざをしたるなりけり。ありつる牛飼、ここに来ても語りければ、

（乳母）「いとあさましかりけることかな。誰といふ人のさるわざをしたまひつらん。我が君、いかになりたまひぬらん。行きて見よ」

など言ひ騒ぎけるほどに、かくておはしたるなりけり。

その後、威儀師は音《おと》もせねばことわりにいとほしくて、人遣りたれど、返り事をだにせねば思ひ嘆くこと限りなし。

（乳母）「この人、かうて止みはべりなば、御前の御扱ひもいかでか仕うまつらん。いみじきわざかな。はやはや源氏の宮の内裏に参りたまふとて、やむごとなき人々いとど参りこみたまふなるに参りたまひね。己はいづちもいづちもまかりはべりなん。このおはする人は誰ぞとよ。あやしういたう忍びたまふはいかなるにか。御前は知らせたまへりや」

と言へど、

（飛鳥井女君）「知らず。よろづただ心[1]よりほかにあさましき有様なれば」

とてうち泣きたまふを、さすがにあはれと見て我も泣きぬ。またある人、

（ある人）「一夜も御門《みかど》②に婿わたらせたまひしに、開くる人もなかりしかば、『別当殿の御子とは知らぬがいたうあなづりたてまつらば、看督《かど》の長《をさ》など率て来てこの門開けさせん』とこそ言ひけれ。少将殿にこそおはすなれ」

と言へば、

（乳母）「さればまれまれある女どもも怖ぢてこの頃はまうで来ず。いとわりなきや。あてにやむごとなきこと、めでたしとても、[2]この定《ぢやう》にてはいかがせん。年老いてはべれば、行く末のことも思ひはべらず。[3]東の方へ人の誘

ひはべるにやまかりなましと思ふにも、誰に見譲りまゐらせてかはと、よろづの絆《ほだし》にぞおはしますや」

など言へば、

（飛鳥井女君）「何処《いづこ》なりともおはせん所へこそ。さらではいかが」

とのたまふも、げにといみじう心苦しければ、まことに知る人もなく、たよりなきに思ひわびて（乳母）「陸奥《みちのくに》のさ③うくといふ者の妻になりてや往なまし」と思ふなりけり。

（大系七二-七三　新全集①八五-八八　全書上二三一-二三三　集成上六六-六八）

梗概

飛鳥井女君は帥中納言の娘であり、両親の死後は乳母が世話をしていた。乳母は仁和寺の威儀師を頼って生計を立てていたが、誘拐未遂の一件でその威儀師とも縁が切れてしまった。困った乳母は女君に、源氏の宮の東宮入内に際して女房として出仕することを勧める。また、通ってきている男（狭衣）の正体がわからず、頼りにならないと嘆く。さらに、東国に下向することをほのめかすと、女君は自分も連れて行ってほしいと頼む。

【注】

1　心よりほかにあさましき有様なれば―『源氏物語』夕顔巻の素性を明かさない源氏と、それを嘆く夕顔が想起される。　2　この定―「定」は形式名詞として用いられ、こういう様子であっては、の意味。　3　東の方へ人の誘ひはべる―乳母を東国下向に誘う男性がいることを示す。

【本文考】

①なま徳ありけるが、またなきものに―「なまとく」を四季本・宝玲本・文禄本は「なまめく」。深川本・平出本・内閣文庫本・為秀本「なまたよりあるが」。蓮空本・大島本「たえだえしくてあけくれははかばかしからずながらまたなきものに」。②婿わたらせたまひし―「わたらせ」は他本は多く「たたかせ」。四季本・宝玲本・文禄本は底本と同じ。「に」を補い「無期にわたらせたまひし」と校訂することも考えたが底本の本文を尊重した。③さうく―四季本・宝玲本・文禄本・深川本は底本と同じ。「さうくん」「せうくん」「将軍」「しやうくん」「しゃうくわん」などの異同がある。鎮守府将軍と取る説と、四等官（主典）と取り鎮守府の「軍曹」あるいは国司の「目」と取る説がある。

三十　狭衣、飛鳥井女君のもとに通う

【校訂本文】

君は見慣れたまふままにあはれ増さりつ。なほざりごとにはあらず、契り語らひたまふべし。さるはこれに劣る人も見たまはず。我が御心にも優れてこのことのめでたきなど、わざと御心とまりたまふべきゆゑもなけれども、（狭衣）「これや、げに宿世といふものならん。かくのみおぼえば宿世口惜しくもあるべきかな」と思ひしらるるものから、待たるる夜な夜ななくまぎれ歩きたまふを、御供の人々は、（御供の人々）「かかることはなかりつるものを、いかばかりなる[1]吉祥天女ならん。さるはいとものげなき[①]気色なる[2]おとどの気配ぞする」など各々《おのおの》言ひ合はすべし。

（大系七三―七四　新全集①八八　全書上二三四　集成上六八―六九）

梗概

狭衣は飛鳥井女君に慣れ親しんでいくにつれ、愛しさが増していた。この女君を他の人と比べて格別に素晴しいと思うわけではないのだが、お供の者たちが不審に思ってあれこれ噂し合うほど熱心に、女君のもとに忍んで通った。

【注】

1　吉祥天女―容姿端麗で人々に福徳を与えるとされる天女。父は帝釈天、母は鬼子母神、毘沙門天の妻あるいは妹という。『源氏物語』では美しい女性の喩えとして用いられている。コラム13参照。　2　おとど―「おとど」には建物の意味もあるが、区分四十八において道成が乳母のことを「おとど」と呼んでいるため、ここでは乳母の意味で取る。

【本文考】

①気色なるおとどの気配ぞする―四季本・宝玲本・文禄本・吉田本・鎌倉本・押小路本・鷹司本は底本と同じ。宮内庁三冊本・松井三冊本・松浦本は「おとど」が「をもと」。これらの諸本は「ものげなき気色」の人物は乳母と取ることができる。その他、平出本・内閣文庫本「おとゝの気しきぞすめる」は屋敷全体、深川本「おとこの気しきぞすめる」は飛鳥井女君の周辺の男が「ものげなき」とする。一方、元和古活字本「けしきなるをと」あり、飛鳥井女君の様子を「ものげなき」とする（同様の意味に取れるのは鈴鹿本・雅章本・宮内庁四冊本）。

コラム13　吉祥天女の形象

飛鳥井のもとに毎夜通い続ける狭衣を、供人たちが次のように噂し合う。

「かかることはなかりつるものを（このような事はなかったのに）」

「いかばかりなる吉祥天女ならん（どれほど美しい吉祥天女なのだろうか）」

「さるはいとものげなき気色なるおとどの気配ぞする（しかし実のところ、たいしたこともない感じの女房の様子だ）」

この一連の会話は、吉祥天女に対する共通認識を前提としている。『狭衣物語』が成立した頃、吉祥天女は人々にどのように信仰され、形象されていたのだろうか。

吉祥天女は「きちじょうてんにょ」「きっしょうてんにょ」とも読まれ、吉祥天と略される。『岩波仏教辞典』によれば、もとはインドのヒンドゥー教における美と繁栄の神ラクシュミーが仏教に取り入れられたもので、ヒンドゥー教ではビシュヌ神の妃であり、愛の神カーマの母とされるが、仏教では毘沙門天の妃または妹となったとある。[1]吉祥天女は天皇家や貴族の間で盛んに信仰されていた。奈良の薬師寺の国宝・吉祥天女画像は天平時代のもので、光明皇后の姿を写したものだと伝えられている。左手に如意宝珠を持ち、優美な衣装をまとった容姿端麗な姿が、麻布に彩色で描かれている。薬師寺では正月にこの吉祥天女を本尊として祀り、罪を懺悔《さんげ》し、天下泰平・五穀豊穣を祈願する「吉祥悔過《けか》」という法会を行う。このような「吉祥悔過」「吉祥懺悔」が宮中においても行われていたことが『三宝絵詞』巻下第二話（『今昔物語集』巻一二第四話）にみえる。『うつほ物語』や『源氏物語』にも、美しい女を吉祥天女になぞらえた記述がある。

美しい吉祥天女は、愛欲をテーマとした説話にも登場する。『日本霊異記』中巻第一三話（『今昔物語集』巻一七第四五話は同話）は吉祥天女像に愛欲の心を起こした優婆塞（在家の男の仏教信者）の話である。和泉国の山寺に吉祥天女の像があり、信濃国の優婆塞がその山寺に来て住んだ。彼はこの天女像を見て愛欲の心を起こして恋い慕い、日に六度の勤めごとに、天女のような顔の美しい女を与えて欲しいと祈願した。ある夜、優婆塞は天女の像と契る夢を見た。翌日、天女の像を見ると、裳の裾に不浄の物が付いて汚れていた。優婆塞は、「私は似た女が欲しいと願っていたのに、どうしてかたじけなくも天女が自ら交接なさったのか」と申しあげ、恥じて他人に語らなかった。しかし、密かに聞いていた弟子が里に出て、師の悪口を言ったことで、その事があきらかになったとある。②

『古本説話集』下巻第六二話は、吉祥天女と夫婦になった法師の話である。和泉国の国分寺の鐘撞き法師が吉祥天女像に恋して、かき抱いたり、口を吸うまねなどをしたりしていた。その思いが通じて、吉祥天女が美しい女房となって現れ、法師の妻になった。その際天女は、他に心を移さず、自分一人を妻とするようにと法師に命じた。天女の霊験で法師は富を得るが、仕事で他所に行った折に、機嫌を取るものに美女を勧められ、浮気をしてしまった。用事が終わって帰ると、妻は約束を破ったことを怒り、これは長年の物だと言って、大きな桶二つ分の法師の淫欲を残して、どこかに姿を消してしまった。法師は後悔して泣いたが、どうしようもなかった。その後、徳のある僧として一生を終えたという。③

両話とも露骨な愛欲をテーマとする話である。注意したいのは、吉祥天女そのものが性的な存在として描かれるのではなく、吉祥天女を見る男の側の肉欲に焦点を当て、強調している点である。これは弁才天がしばしばエロティックなイメージで表現されるのと対照的である。

野村倫子は、これらの説話や先行物語にみられる吉祥天女の姿から、「吉祥天女」の一語が狭衣の執心の状況を一足飛びに把握するべく文脈が飛躍すると述べ、さらに古注釈の世界では「海竜王の后」が吉祥天女と解され、海底に連れ去られたのち蘇生するという説話が語られていることなどから、飛鳥井の失踪・入水・再生という生涯が、モチーフを共有していると指摘している。④つまり、狭衣の供人たちがこの場面で「吉祥天女」を引き合いに出して噂話をすることは、物語の展開において重要な役割を持たされているのである。

加えて言うならば、『狭衣物語』は飛鳥井女君に溺れる複数の男たちを描いている。そもそもこの女君は仁和寺の威儀師が長年思いをかけ、盗み出そうとした女であった。まるで吉祥天女への愛欲に溺れた法師の説話そのものである。女君に対する狭衣の愛着も尋常ではなかった。それゆえ供人たちは不審に思い、相手はいったいどれほど美しい吉祥天女であるのかと噂し合った。さらに狭衣の乳母子の道成は、太秦に参籠した飛鳥井女君を見初め、女君の乳母と共謀して、無理矢理筑紫に連れて行こうとする。道成にも美しい吉祥天女に溺れた男のイメージが重ねられている。男たちが溺れれば溺れるほど、飛鳥井女君の美しさや魅力が想像される仕組みとなっている。

一方で、吉祥天女は現実的な利益（福徳）をもたらす福神としての性格もあることに注目したい。『日本霊異記』中巻第一四話は、貧しくて宴席を設けられなくて困っていた女王が、吉祥天女の像に祈ったところ、乳母に変じた吉祥天女がご馳走を用意してくれ、その後財貨も豊かになり、貧乏でなくなったという話である。前述の『古本説話集』下巻第六二話も、法師は吉祥天女のおかげで裕福になっている。このような福神的イメージを背景に、三条西家本の供人たちの会話は展開する。吉祥天女ならば富をもたらしてくれるはずなのに、この家の女房の様子からすると、女君の家の状態は豊かではなさそうだと、冗談めかして嘲笑しているのである。

ちなみに、三条西家本の「おとど」は女房を指すが、この部分は諸本によって異同がある。「おとど」とするのは平出本・内閣文庫本・四季本・宝玲本・文禄本・三条西家本・吉田本・鎌倉本・押小路本・鷹司本。「おもと」とするのが為秀本・宮内庁三冊本・松井三冊本・松浦本。深川本のみが「おとこ」としている。元和古活字本などの流布本は、人を指す言葉はなく、「さるはいとものげなきけしきなるを」、鈴鹿本・雅章本・宮内庁四冊本は「さるはいとものげなきけはいそする」である。

吉祥天女が男を溺れさせる美しさを持つだけでなく、福神的性格をも併せ持っていたことを鑑みると、「おとど」または「おもと」の様子を通じて女君の家の困窮状態を類推させる本文は、「吉祥天女」の両義的なイメージを余すところなく活用しているといえよう。

説話の世界における吉祥天女への恋は、一旦は成就するものの、儚く消えてしまうものであった。飛鳥井女君を吉祥天女になぞらえた噂話は、じきに狭衣と悲劇的な別れが来ることも暗示していたのである。

【注】

①中村元他編『岩波仏教辞典』（岩波書店　一九八九）。
②中田祝夫校注・訳『日本霊異記』新編日本古典文学全集10（小学館　一九九五）。
③高橋貢『古本説話集全註解』（有精堂出版　一九八五）。
④野村倫子「『狭衣物語』の吉祥天女――飛鳥井をめぐって――」（『『源氏物語』宇治十帖の継承と展開――女君流離の物語――』和泉書院　二〇一一）。

（青木祐子）

三十一　飛鳥井女君の乳母、陸奥下向を決める

【校訂本文】

かくいふほどに、この乳母の出で立ち、いとすがやかなる気色にて、

（乳母）「見置きたてまつるべきにはあらず。さりとて、またかかる人さへおはしますめれば、いかでかは具したてまつらんとする。いかにして過ごしたまはむずらん」

など言ひ続けつつ、うちひそみて泣くを、

（飛鳥井女君）「しばしのほどだに、おはせざらむ世にはあるべき心地もせぬを、まいていつを限りにてか留めおかんと思ひたまふらむ。かくよろづにところせき身をうしなひたまひてこそ、何処へも」

など言ひもやらず、心苦しげなる気色なれば、

（乳母）「さらば、出で立たせたまふべきにこそはあなれ。御心ざしありげなる人を見捨てたてまつりて、あさましき有様にひき具せさせたまはんが、いとあるまじきことと思ひたまへらるれど、かくのたまはすれば」など、さすがにことわりを返す返す言ひ聞かせつつ、ただ出で立ちに出で立つを見るに、（飛鳥井女君）「さらば、今幾日《いくか》にこそは」など人知れず数へられて心細けれど、誰とだに知らせたまはぬ気色もさすがに頼みおくべうもあらぬに、（飛鳥井女君）「かうこそ」などほのめかさむも、人の御心のうちを知らねば、つつましうて、ただ何となく思ひ乱れたる気色を（狭衣）「かうおぼつかなき有様の頼み難くつらきにや」と心苦しけれど、[1]また我が行方も海人《あま》の子とだに名乗らねば心くらべにて、ただあはれにおぼえたまふままに言ひ慰めつつ、この世ならぬ契りをぞしたまひける。①

（大系七四-七五　新全集①八九-九一　全書上二三四-二三五　集成上六九-七〇）

梗概

飛鳥井女君の乳母は、女君を説得しつつ、陸奥下向の支度を進める。狭衣の正体も気持ちも分からない女君は、下向のことを伝えることができずにいる。自分自身も素性を語らず、互いに素性を隠したままの交際が続く。

【注】

1　また我が行方も海人の子とだに名乗らねば―白波の寄する渚に世を過ぐす海人の子なれば宿もさだめず（『和漢朗詠集』722・海人詠）。『源氏物語』夕顔巻を踏まえた表現であるが、『源氏物語』では「海人の子」というのは夕顔の方である。

【本文考】

①諸本中、この区分の後に秋になったことを示す本文を持つものがある。元和古活字本・承応版本・武田本・東大本・竜谷本・中田本・黒川本「かかるほどに夏もすぎ秋にもなりぬ」、内閣文庫本「なつもすぎあきにもなり」、為家本・前田本「かかるほどになつもすぎて（前田本「て」ナシ）秋のはじめにもなりぬ」、蓮空本・大島本「かかるほどに秋にもなりぬ」。

三十二　源氏の宮と堀川の上の碁

【校訂本文】

[1]源氏の宮は古き跡訪ね出でたまへりし日ののちは、さやかにも見合はせたまはず。ことのほかなる御気色を、（狭衣）「さればよ」とつらう心憂きに、[2]いまはた同じ難波なるとひたぶる心出で来て、さるべきひまを見たまへど人目こそ変はることなけれ。あさましうなりける御心ばへのうとましう思されて、また、いかでさる耳をだに聞かじと用意したまへれば、[3]岩間の水のつぶつぶと聞こえ知らせたまふべき人間《ひとま》のほどだにぞ、さすがに難かりける。

昼つ方、参りたまへれば、大宮もこなたにおはしまして、もろともに御碁打たせたまふなりけり。

（狭衣）「とく参りて、[4]見証《けんぞ》をこそ仕うまつるべかりけれ」

とて、近やかに居たまふに、小さき御几帳なども押しやられて常よりは晴れ晴れしければ、宮「いとどはしたなし」と思して、御顔はいと赤うなりて、碁も打ちさして碁盤に少し傾きかかりて、御扇をわざとならずまぎらはしたまへる傍《かたは》ら目、まみ、額の髪のかかりなど、いまはじめたることにはあらねど、いとどしき涙はこぼれたまひぬべければ、まぎらはしになど、

(狭衣)「さては誰か先《せん》かは」

など聞こえたまへど、見つけたてまつりたまひては、例のまづ異事《ことごと》思したらねば、大宮も「なほ」とも聞こえたまはで、

(堀川の上)「※①昨夜《よべ》、内裏よりたかく尋ねさせたまひしは、何処にものしたまひしぞ。なほ、かの侍従の内侍《ないし》のもとに消息ものしたまはぬ、(堀川の大殿)『あまりひがひがしきこと』とむつかりたまふめり。君には『ただ何事も思ふに任せて』と思ふを、いさや、いかなるべきことにか」

とうち嘆かせたまへるも、②人の御親※げなく若うをかしげなる御様なり。その御答《いら》へは、いかにも申したまはで、

(狭衣)「殿の例ならぬ御気色なりつるは、この勘当《かんだう》にこそありけれ。洞院の西の対の御しつらひは何事にか」

と聞こえたまへば、

(堀川の上)「故后の宮にありける[5]伯《はく》の君の女《むすめ》は、[6]かこつべきゆゑやありけん、『母失せて後、いとあはれにてなん』と聞きたまひけるを、かの上の(洞院の上)『迎へてつれづれの慰めにせむ』となんありしかば、さやうの料にやあらん。男子《をのこご》のいとあやしきもあなれど、③宮の少将なん似※たるとて、かの中務宮なん子にしたまふと聞きし。それも、さるべきにやあらん」

とのたまはすれば、

(狭衣)「そも、殿の御子にてあれな。何某には似ぬにやあらん。はらからあまた持たる人こそうらやましけれども、[7]しのぶべき人だになきに」

とて、「ものあはれ」と思したる気色の、げにただ見る人だにあはれに心苦しげなる御様なれば、大宮、

(堀川の上)「例のゆゆしきことに口慣れたまへるこそ心憂けれ」

とて、(堀川の上)「いといまいまし」と思したるを、(狭衣)「かばかり思したるに、行く末はかばかしかるまじき心のうちを御覧ぜさせたらば、まいていかに」と思ひ続けらるは涙もこぼれぬべし。

　小さき几帳に宮まぎれ入らせたまひぬれば、すさまじくて、端つ方に人々と物語したまふに、御前の木立、木暗う暑かはしげなるなかに、蟬のあやにくに鳴き出でたるを見出だしたまひて、

　(狭衣)「[8]声立ててなかぬばかりぞもの思ふ身は空蟬に劣りやはする」　百38・風1084

など口ずさみに言ひまぎらはして、

　(狭衣)「[9]蟬、黄葉《くわうえふ》に鳴いて、漢宮《かんきう》秋なり」

としのびやかに誦じたまふ御声、めづらしきことならねど、若き人々「めでたし」と思ひたるもことわりなり。さばかりあたりまで匂ひ満ちて、向かひたまへる人はもの思ひ忘るるやうなる御愛敬などを、ひとへに誇りかにもてなしたまはで、いたう静まりて常に心地よげならず、思ふことありげに残り多かる御気色にて、折々もの思はしげに心細げなる口ずさみなどしたまへば、[10④]荒るる夷《えびす》も泣きぬべき御有様なり。

（大系七五-七七　新全集①九一-九六　全書上二三六-二三九　集成上七一-七四）

〔校訂〕※昨夜―[底]よく　※親げ―[底]ことやけ　※似たる―[底]わたる

梗概

　源氏の宮は狭衣の告白以来、つれない様子が続いている。ある日の昼、狭衣は源氏の宮と堀川の上が碁を打っていたところに来合わせる。堀川の上は狭衣に、女二の宮との縁談の件を尋ねるが、狭衣はそれを避けるように、洞院の西の対を話題に出す。洞院の上は、養女を迎えたようで、彼女の父親は堀川の大殿である

らしい。

【注】

1 源氏の宮は古き跡訪ね出でたまへりし日―区分十七（82頁）の場面および狭衣が詠んだ「よしさらば」詠を指す。 2 いまはた同じ難波なる―わびぬれば今はた同じ難波なるみをつくしても逢はんとぞ思ふ（『後撰集』960・元良親王） 3 岩間の水のつぶつぶと―ものをだに岩間の水のつぶつぶといはばやゆかむ思ふ心の（『実方集』100） 4 見証をこそ仕うまつるべかりけれ―「見証」は碁や双六などの勝ち負けを見届ける審判役のこと。碁を打つ女性の側近くにいることのできる役目である。コラム14参照。 5 伯の君の女―故后の宮に仕えていた伯の君という女房の娘。今姫君のこと。 6 かこつべきゆゑやありけん―堀川の大殿の娘だと頼りにする理由があったのかの意。 7 しのぶべき人だになき―自分は兄弟はおろか偲んでくれる人さえもいないの意。しのぶべき人もなき身はある折にあはれあはれと言ひやおかまし（『後拾遺集』1008・和泉式部）、しのぶべき人なき身こそかなしけれ花はあはれと誰か見ざらん（『続千載集』1678・赤染衛門） 8 「声立てて」詠―うらもなく頼まむことは空蟬に劣らぬ音をばなかずぞあらまし（『敦忠集』49） 9 蟬、黄葉に鳴いて、漢宮秋なり―鳥緑蕪に下りて秦苑寂かなり　蟬黄葉に鳴いて漢宮秋なり（『和漢朗詠集』194・許渾）参考資料⑤。 10 荒るる夷も泣きぬべき御有様―同様の表現に「いみじからむ荒蝦夷も泣きぬばかりに」（『浜松中納言物語』巻四）、「いみじき夷といふとも、見たてまつらば、かならず涙落ちぬべき御有様」（『夜の寝覚』巻一）がある。

【本文考】

①昨夜―底本「よく」。四季本・宝玲本は底本と同じ。意味不通のため校訂したが、「く」の字形は斜めになっており

「へ」と読める可能性がある。②人の御親げなく若うをかしげなる御様なり—底本「人のおほむことやけなくわかうおかしけなる御さまなり」と読めるが「こと」が「を」の字形に似ている。「おほむことやけなく」を他本に従い「御親げなく」と校訂した。深川本・平出本・内閣文庫本・為秀本では、堀川の上を若く美しいとする表現はここでは省略され、続く狭衣の会話文の後に涙ぐむ堀川の上を源氏の宮と姉妹とも見える旨の長文の表現がある。また、勘当されるのではと話す狭衣の様子を「荒るる夷もなびぬべき御けしき」とされ、④で説明する表現が先取りされている。この区分においては内容の大きな変更はないもののいわゆる第一系統諸本は描写が詳細である。③宮の少将なん似たる—底本・四季本・宝玲本・文禄本は「わたる」。他本「にたる」「にたり」とあり、宮の少将と似ていることを中務宮の子である根拠にしており、底本でも区分三十七（157頁）で同様の内容があるため校訂した。④荒るる夷も—深川本・平出本・内閣文庫本・為秀本のみ「いひしらぬもののふなりとも心やはらぎあはれかけきこえぬはあるまじげな」とある。しかし、②で示したように「荒るる夷」を使った表現は先に使われており、同様の内容を「いみじき武士、仇敵なりとも、見てはうち笑まれぬべきさま」（『源氏物語』桐壺）に通じる表現で説明したといえよう。

コラム14

碁の場面の『源氏物語』引用

昼ごろ、狭衣が実家の一角を覗くと、源氏の宮と堀川の上が碁を打っている。この場面は、先行研究において、『源氏物語』「空蟬」巻の空蟬と軒端荻の碁の場面（空蟬①一一九～一二二）、そして「竹河」巻の故髭黒大将の大君と中の君の碁の場面（竹河⑤七五～七九）の引用が指摘されているが、ここで詳細にみていくこととしたい。

まず、三つの場面の人物関係を整理する。「空蟬」巻では、継母子である空蟬と軒端の荻が碁を打っているところを源氏が垣間見している。

(空蝉)母屋の中柱に側める人やわが心かくるとまづ目とどめたまへば、濃き綾の単襲なめり、何にかあらむ上に着て、頭つき細やかに小さき人のものげなき姿ぞしたる、顔などは、さし向かひたらむ人などにもわざと見ゆまじうもてなしたり。手つき痩せ痩せにて、いたうひき隠しためり。(軒端荻)いま一人は東向きにて、残るところなく見ゆ。白き羅の単襲、二藍の小袿だつものないがしろに着なして、紅の腰ひき結へる際まで胸あらはにばうぞくなるもてなしなり。いと白うをかしげにつぶつぶと肥えてそぞろかなる人の、頭つき額つきものあざやかに、まみ、口つきいと愛敬づき、はなやかなる容貌なり。髪はいとふさやかにて、長くはあらねど、下り端、肩のほどきよげに、すべていとねぢけたるところなく、をかしげなる人と見えたり。むべこそ親の世になくは思ふらめと、をかしく見えたまふ。心地ぞなほ静かなる気を添へばやとふと見ゆる。……(空蝉)たとしへなく口おほひてさやかにも見せねど、目をしつとつけたまへれば、おのづから側目に見ゆ。目すこしはれたる心地して、鼻などもあざやかなるところなうねびれて、にほはしきところも見えず。言ひ立つればわろきによれる容貌を、いといたうもてつけて、このまされる人よりは心あらむと目とどめつべきさましたり。(軒端荻)にぎははしう愛敬づきをかしげなるを、いよいよほこりかにうちとけて、笑ひなどそぼるれば、にほひ多く見えて、さる方にいとをかしき人ざまなり。あはつけしとは思しながら、まめならぬ御心はこれもえ思し放つまじかりけり。

源氏の目に最初に映ったのは空蝉であった。母屋の中柱にいた空蝉は、濃き綾の単襲らしきものに何かしらの上着を着ており、身体全体が細く小さい人で、向かい合った軒端の荻にも大っぴらには姿を見せない。一方の軒端の荻は、座っている位置の関係で源氏からはその姿が全て見えている。「白き羅の単襲、二藍の小袿だつもの」をぞんざいに着て、「紅の腰ひき」を結っている辺りまで胸が見えてしまっているほどだらしがない。真っ白な肌で背が高く肥っていること、華やかな容貌、長くはないものの豊かでまっすぐな髪であることまで見えてしまっており、源氏は、「心地ぞなほ静かなる気を添へばや」と見ている。ここで、源氏の目線はまたも空蟬の方へ向く。空蟬は、口を覆ってなかなか顔を見せないものの、横顔はよく見える。腫れぼったい目に鼻筋はすっきりと通っているわけでもなく、どちらかというと器量は悪いものの、思慮深さは軒端の荻より上である。一方の軒端の荻は、ほがらかで愛嬌があり、遠慮なく笑うその様子がまた良い、と源氏は見ている。

「竹河」巻では、玉鬘の娘二人が碁を打っており、兄弟の侍従が「見証」の役を買って出ている。

(大君)そのこと十八九のほどやおはしけむ、御容貌も心ばへもとりどりにぞをかしき。姫君はいとあざやかに気高ういまめかしきさましたまひて、げにただ人にて見たてまつらむは似げなうぞ見えたまふ。桜の細長、山吹などのをりにあひたる色あひのなつかしきほどに重なりたる裾まで、愛敬のこぼれ落ちたるやうに見ゆる、御もてなしなどもらうらうじく心恥づかしき気さへそひたまへり。(中君)いま一ところは、薄紅梅に、御髪いろにて、柳の糸のやうにたをたをと見ゆ。いとそびやかになまめかしう澄みたるさまして、重りかに心深きけはひはまさりたまへれど、にほひやかなるけはひはこよなしとぞ人思へる。碁打ちたまふとて、さし向かひたまへる髪ざし、御髪のかかりたるさまども、いと見どころあり。

一八、九歳ほどの姫君は、容貌も心遣いも良く、今風の様子である。桜の細長に山吹襲を着ており、その様子が愛らしいうえ、所作も洗練されている。もう一人の姫君は、薄紅梅の着物を着ていて、髪は艶々としており、柳の糸のようにたおやかに見える。体つきはすらりとしてなまめかしく、重々しく思慮深そうなものの美しさはこの上ない。この場に兄たちが来て碁は中断されるが、庭の桜の話が持ち出されたことで、姫君たちは桜の木を賭物に碁を再開する。その様子を夕霧の子息である蔵人少将が垣間見する。

夕暮の霞の紛れはさやかならねど、つくづくと見れば、

(大君)桜色の文目もそれと見分きつ。げに散りな

む後の形見にも見まほしく、にほひ多く見えたまふを、いとど異ざまになりたまひなんことわびしく思ひまさらる。若き人々のうちとけたる姿ども夕映えをかしう見ゆ。

夕暮れの霞ではっきりとは見えないものの、少将が目をこらしてよく見てみると、「桜色の文目」もすぐに見分けられた。少将は、それを「げに散りなむ後の形見にも見まほし」と、美しいものだと見ている。先に大君、中君の様子が衣装を含めて語られていたが、垣間見をしている少将の目には大君しか映っていないことがよくわかる。

『狭衣物語』では、狭衣が、昼に源氏の宮を尋ねたところ、宮は堀川の上と碁を打っている。狭衣は「とく参りて、見証をこそ仕うまつるべかりけれ」と言いながら、宮の傍に寄る。宮は、狭衣が小さい御几帳を押しやったために姿が露になってしまった。顔を真っ赤にした宮は碁を打つのを止めて、碁盤に屈むようにした上に扇でもって控えめながら狭衣との間を隔てている。狭衣は、そのような宮の「傍ら目、まみ、額の髪のかかりなど」を、今に始まったことではないものの、涙が零れるほどの思いで見ている。この箇所は、他の本文では源氏の宮の衣装が詳細に語られていたり飛鳥井の女君を引き合いに出した狭衣の心中思惟が入ったりするが、三条西家本では、狭衣がひたすら源氏の宮を見ており、最後には自分の気持ちを紛らわすために言葉を発するほどであった。その後は、狭衣と堀川の上の会話が続く。この時の堀川の上の様子は「人の御親けなく若うをかしげなる御様」であった。しかし、これは狭衣の目を通してのものかは定かではない。

「空蟬」巻、「竹河」巻、『狭衣物語』の碁の場面を図式化すると下図のようになる。

三つの碁の場面を比較して気づくのは、『狭衣物語』の場合は、部屋の外から垣間見をする人物がいないことである。源氏も蔵人少将も垣間見をするのみで姫君たちの前に姿を現してはいない。つまり、狭衣の位置は、「竹河」巻の侍従と同じである。しかし、狭衣はただの従兄妹として源氏の宮を見ていない。つまり、男君が女性として女君を見るという意味では、狭衣は源氏や蔵人少将と同じであるにもかかわらず、その位置は、兄妹として女君たちと一緒にいる侍従と一緒な

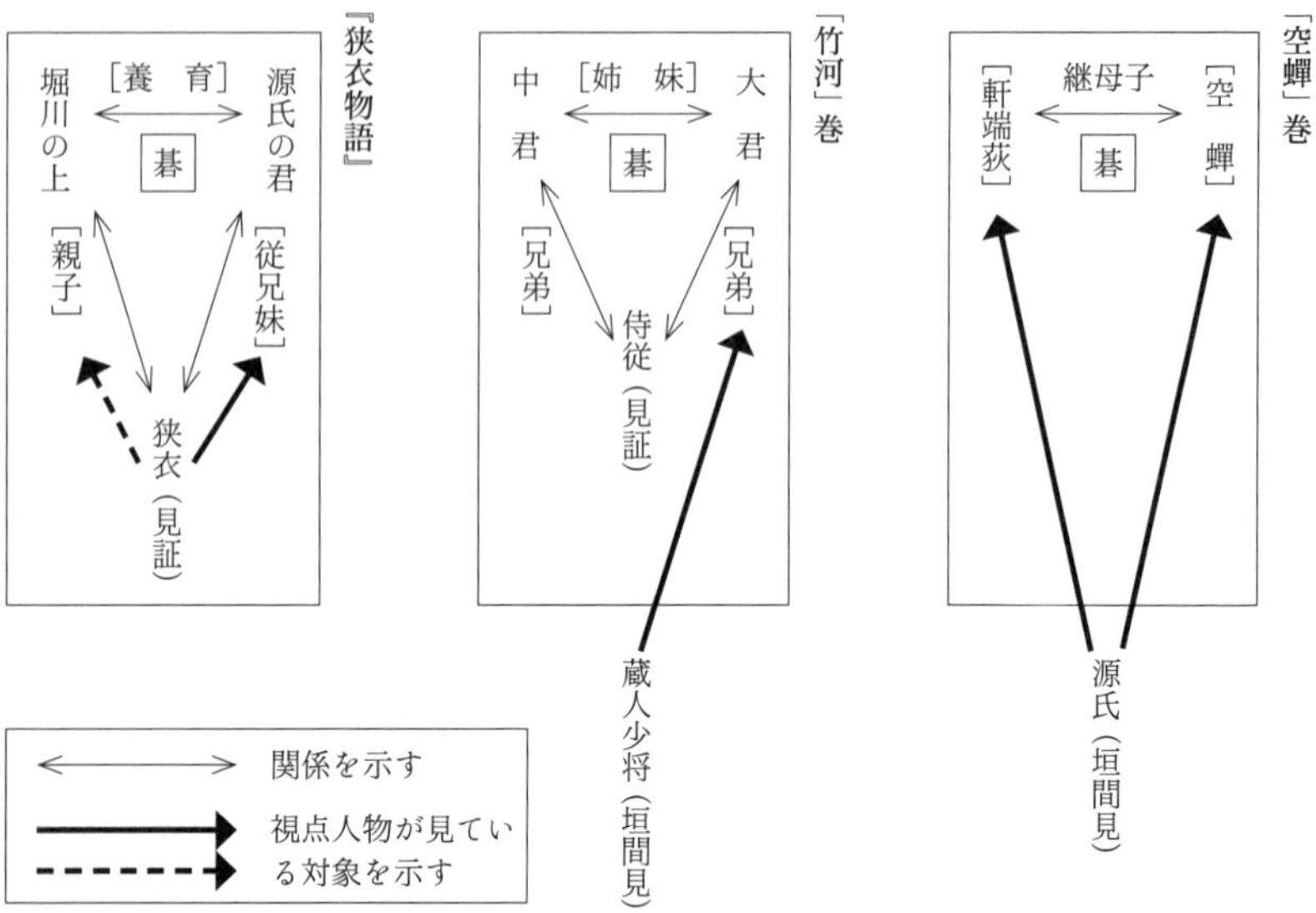

のだ。『源氏物語』の碁の場面では、恋心を抱く男君は、あくまで垣間見をする位置にいた。しかし、『狭衣物語』の碁の場面では、兄妹同然に育ったという関係から、「見証」という立場を利用し、垣間見という部屋の外ではなく、男君を女君の傍まで入り込ませている。

次に、碁についても言及しておく。「竹河」巻と『狭衣物語』では、兄弟、あるいは兄弟同然に育った男性が「見証」の役を買って出るという点では一致しているものの、肝心の碁については、『狭衣物語』では特に語られない。さらに、「竹河」巻の侍従は「見証」をしているが、狭衣は「とく参りて、見証をこそ仕うまつるべかりけれ」と言っているだけで実際には「見証」をしていない。つまり、『狭衣物語』の碁の場面では、碁も「見証」も必要とはされていない。これは何故か。碁を打つ女君たちを垣間見する場面では、女君たちは碁に夢中になり周囲に気を配らなくなっている。このために、碁の勝負が終わるまで、男君はじっくりと女君を見られる。しかし、狭衣の場合、源氏の宮とは兄妹同然に育ったため、源氏の宮の傍に寄ることができる。これは、女君の側からすれば、本来ならば入ってくるはずのない領域に男君が入ってきている状況であり、碁をするどころではない。

『狭衣物語』の碁の場面が『源氏物語』「竹河」巻を彷彿とさせるものになっており、しかし、「竹河」巻と決定的な違いがあることについて、以下のようにいえる。狭衣は、源氏の宮と兄妹同然に育ってきた間柄であるために、「竹河」巻の侍従のように「見証」を口実に源氏の宮の近くに寄ることができる。だが、実際には、狭衣は源氏の宮に恋心を抱いており、これは、「空蟬」巻や「竹河」巻の垣間見をしている男君たちが女君たちの傍に寄ってきたのと同義である。『狭衣物語』の碁の場面は、『源氏物語』の碁の場面を背景に置きながらも、本来ならば垣間見の立ち位置にいるべき男君を女君の傍に寄らせるという新しい手法を用いているのである。

【参考文献】

松井健児「碁を打つ女たち――『源氏物語』の性差と遊びわざ（源氏物語の研究）――」（『国語と国文学』七五―一一　一九九八・一一）／室谷洋三「空蟬と軒端荻の囲碁対局の真相」（『ノートルダム清心女子大学紀要　日本語・日本文学編』二七（一）　二〇〇三・三）／毛利香奈子「『いはでしのぶ』の碁と氷：交差する『源氏物語』『狭衣物語』」（『日本文学』六六―九　二〇一七・九）

（武藤那賀子）

三十三　飛鳥井女君との逢瀬

【校訂本文】

日の暮れゆくままに、[1]紐解きわたす花の色々をかしう見わたさるるに、（狭衣）[2]「袖よりほかに置きわたす露もげにたまらぬにや」とながめ出だして、とみにも立ちたまはず。[3]虫の声々、野もせの心地して、かしがましきまで乱れあひたるを、（狭衣）「我だに」ともどかしう思されけり。月出でて更けゆく景色に、かのほどなき軒のながむらむ有様もふと思ひ出でられたまへば、おぼろけならぬおぼえなるべし。

おはして見たまへば、思しつるもしるく、蔀《しとみ》などもまだ下ろさで、端つ方にぞながめ臥したる。（狭衣）「来ざらましかば」とあはれにて、袖うちかはしてこまやかに語らひたまふにも、昼の御有様思ひ出でらるるにも、よろづこよなき目移しなどは（狭衣）「何事の慰むべきぞ」と、思ひ出でられながら、わざと気高うまことしきよりは、なかなかさま変はりたるうちとけなどよりはじめ、ものはかなげに①正《ただ》しからぬもてなしなどの、あやしきまでらうたく、見ではえあるまじうおぼゆるに（狭衣）「②思ふことなからましかばありはてじと思ふ世に、絆とまでやならん」と思ひ続くるにも、例のもろき涙はまづ知るをいかが心得らん。常よりもの嘆かしげなる気色のあはれなれば、（狭衣）「久しう世にはあるまじき心地のすれば、世の人のやうなる心ばへなども、ことになくて過ぐしつるを、いかなりける契りにか、はかなく見そめきこえてのち見捨てんことのあはれにはべるぞ」

と、

（狭衣）「世になくなりなば、いかが思さるべき。[4]『そをだに後《のち》の』と誰言ひけん。[5]逢ふにかへまほしかりけるものを」

とて押しのごひたまへる③まみ少し濡れたるなど、④さやかならぬ月影に（飛鳥井女君）「これはなほ音《おと》に聞きわたりつる人にこそおはすめれ。我が身のほどを思ふにも、なほ頼むべき御有様かは。かやうにおぼし捨てざらんほどに、[6]雁《かり》の羽風《はかぜ》に迷ひなむこそ心にくからめ」と思ふからには、げにぞ涙はとりあへずこぼれぬる。はしたなくて顔を懐《ふところ》にひき入るるままに、

（飛鳥井女君）「[7]花かつみかつみるだにもあるものを安積《あさか》の沼にみづや絶えなん」百94

はかなげに言ひなしたる気配など若びたる、いとらうたし。
(狭衣)「年経とも思ふ心し深ければ安積の沼にみづは絶えせじ　白
かくいと浮きたることと思ひたまふらん。ながらへてはいま心のほども見たまひてん。心よりほかにおのづからなることもありとも、私《わたくし》の心は変はらじとなん思ふ」
など、心深げに頼め語らひたまふままにいと悲しうなりまさりて、(飛鳥井女君)「なほ、かくなんとやほのめかして御気色をも見まし」と思へど、思ひ立つ方のこととても少しはかばかしき方にもあらず、なかなか思しやらむ東《あづま》路《ぢ》旅のはづかしうあさましければ(飛鳥井女君)「ただ行方なくてをやみなん」とさすがに思ひとらるる方は強きものから(飛鳥井女君)「あさましかりける心のほどかなと、しばしはいかに思し出でむとすらん」と思ふに、せきやる方[8]なき袖のしがらみを、君は(狭衣)「ただひとへに若びたる人様《ひとざま》にて、さすがに行方なきもてなしなどをつらき方に思ひたる」と思ひたまひて(狭衣)[9]「とかへる山の椎柴《しひしば》」とのみ契りたまひけり。

(大系七九-八一　新全集①九七-一〇〇　全書上二三九-二四二　集成上七四-七八)

梗概

その夕暮、狭衣は飛鳥井女君のもとを訪ねる。いつもより沈んでいる様子の女君に、狭衣も涙をぬぐいながら愛を誓う。その姿に、飛鳥井女君は彼の素性に気づく。自分の身の程を考えれば頼りにすることもできないと思った女君は、このまま何も言わず姿を消してしまおうかと考える。

【注】

1　紐解きわたす花の色々―「紐解きわたす」は花が一面咲いていること。百草の花の紐解く秋の野に思ひたはれむ人なとがめそ（『古今集』246）、色々の花の紐解く夕暮れに千代まつむしの声ぞ聞こゆる（『後拾遺集』266・清原元輔）　2　袖よりほかに置きわたす露もげにたまらぬにや―我ならぬ草葉もものは思ひけり袖よりほかに置ける白露（『後撰集』1281・藤原忠国）　3　虫の声々、野もせの心地して～「我だに」―かしがまし草葉にかかる虫の音やわれだにものはいはでこそ思へ（『伊勢物語』小式部内侍本、『うつほ物語』藤原の君巻）、かしがまし野もせにすだく虫の音や我だに物は言はでこそ思へ（『伊勢物語』阿波国文庫本『新撰朗詠集』313）　4　『そをだに後の』―飽かでこそ思はむ仲は離れなめそをだに後の忘れ形見に（『古今集』717）を引くが、その内容を肯定的に引用せず、飛鳥井女君との別離を否定する内容となっている。　5　逢ふにかへまほしかりけるものを―命やは何ぞは露のあだものを逢ふにしかへば惜しからなくに（『古今集』615・友則）、思ふにはしのぶることぞ負けにける逢ふにしかへばさもあらばあれ（『伊勢物語』六五段）などの表現を下敷きにして、飛鳥井女君と逢うことに命を代えてもよかったとする。　6　雁の羽風に迷ひなむこそ心にくからめ―飛鳥井女君が、狭衣に捨てられる前に自ら身を引き恋の決着をつけようという意。露の身のむし消えざらばこころみよ雁の羽風に訪ひや劣ると（『斎宮女御集』181）、雁がねのかへる羽風やさそふらむ過行く峰の花も残らぬ（『新古今集』120・重之）　7　「花かつみ」詠―陸奥の安積の沼の花かつみかつ見る人に恋ひやわたらむ（『古今集』677）。「安積の沼」は陸奥の歌枕であり、東国下向を暗に示しているが、狭衣はそのことに気づいていない。　8　袖のしがらみ―区分十七の注3（84頁）掲載の和歌をふまえる。　9　とかへる山の椎柴―鷂《はしたか》のとかへる山の椎柴の葉がへはすとも君はかへせじ（『拾遺集』1230）を引き、狭衣は互いに心変わりしないことを約束したつもりになっている。この区分全体を通して、狭衣と飛鳥井女君の気持ちのずれを引歌や和歌的修辞により表現している。

【本文考】
①正しからぬ―四季本・宝玲本・文禄本は底本と同じ。他本の多く「らうらうじからぬ」、蓮空本「らうらうじげならぬ」、為相本「らうらうじげなる」、宮内庁三冊本・松井三冊本・京大五冊本「りやうりやうじからぬ」と、「らうらうじ」を使用した表現となっている。「らうらうじ」は平安時代中期に使用された形容詞であるが底本書写時期においては使用されておらず、意味が通らなかったと考えられる。『時代別国語大事典　室町編』によれば「正し」は「物事があるべきすがたに整っていて少しの乱れも見られないさまである意を表す」とあり、ここでの意味も飛鳥井女君の貴族女性としてあるべきさまとはいえない様子を表現したと解した。その他、竹田本「ゆへゆへしからぬ」、押小路本・鷹司本「ものものしからぬ」。②思ふことなからましかば―四季本・宝玲本・文禄本・宮内庁三冊本・松井三冊本・吉田本・鎌倉本は底本と同じ。他本多く「かなふまじくは」。③まみ―底本と同様「まみ」とするものと、「袖」とするものに分かれる。為相本のみ二つを合わせた「そでのすこしぬれたるまみなど」。④さやかならぬ―底本のように月光が明るくないと否定する本文と、元和古活字本等「さやかなる」、平出本・内閣文庫本「さやかにすめる」と澄んだ明るい月光を示す本文とに分かれる。底本の表現では月の光のはっきりしない中で飛鳥井女君が狭衣の正体を推測する場面となっている。

三十四　今姫君、洞院の上に引き取られる

【校訂本文】
まことや、かの太政大臣の御方には伯《はく》①の姫君迎へ取りたまひて、西の対の玉を磨けるにしつらひ据ゑて見たまふに、あてやかにさてもありぬべきさまなれば、年ごろの御本意かなひて、はなばなともてかしづきたまふさま、

ありつかぬまで見ゆ。殿のうちにも世の人も、

（人）「いみじかりける[1]幸ひ人かな」

と言ひめでけり。歳は二十になりたまひけれど、いたうおほどき過ぎてあまりいはけなく、ものはかなきさまにて、げにおぼろけに思ひうしろむる人のはかばかしきなくは、うしろめたげにておはしける。心に思ひあまることありとも色に出だしたまふことなく、

（洞院の上）「ことのほかにあるまじきことなりとも、人だにもてなさば、おのづから忍び過ぐしつべく」

など仰《おほ》するを、良き女のかしづかれたまへるは、かうこそおはすべけれと見ゆるものから、あまりいと埋《む》もれたまへる気色などぞ、はなばなともてなしたまへる御気色には違ひて、行く末いかに見なされたまはむと心苦しかりける。またなきものに思ひかしづきたりし親の御もとにてだに、かういとはるけどころなかりし御心ばへの、まいてにはかに母にも後《おく》れ、かなしうせし乳母もうち続き亡くなりにしを心のうちにはいと悲しかりつるに、まめやかに思ふ人だに添はで、かう[2]知らぬ所に迎へられて、ありつかず、晴れ晴れしうもてなされたまひて、いとど我にもあらぬ心地してほれ惑ひたまへり。

失《う》せたまひにし母の親族《しぞく》の高きまじらひして、さすがにゆゑ、もの見知り顔して、かたはらいたきもの好みして、②さしすぎ労《らう》たつありけり。伯母の尼君、

（伯母の尼君）「かかることなん」

とて呼びとりて添へたる、いとゆゑゆゑしき気色にて母代《ははしろ》したる。上、時々見たまふに、「いでや」とものしう見たまへど、こまやかなる御心にはあらで、さすがにおほどかにて、人の有様などいたう見知らぬやうにてぞおはしければ、内の有様などはいたく見知りたまはず、心をやりて上辺ばかりはかしづきたまふに、この母代悪し

うせば、かたはらいたきところもありぬべかりける。心に任せたる作り親どもしたてたる若人《わかびと》の思ひやり少なきかぎりを集め、候はせて、夜となれば殿上人、諸大夫まで出だし合はせて騒ぐ気色ども、いと今めかしげなり。君はただ赤子の襁褓《むつき》に包《くく》まれたる心地して、③あれはにもあらず任せられたまへり。しつらひ、有様などのめでたう、同じ我が身ともおぼえぬなどを、人知れぬ④心のうちは（今姫君）「など、母や乳母にこれを見せたてまつらましかば。『いかで人並々になさん』と明け暮れ言ひ思ひたりしものを、よしなき人に任せられて、心に思ふこともつつましうはづかしくて闇に向かひたること」と思ひ続けては、忍びてうち泣きたまひけり。されど、見るには、ただ現《うつ》し心もなきやうにてぞおはしける。

（大系八二－八四　新全集①一〇〇－一〇三　全書上二四二－二四四　集成上七八－八一）

梗概

洞院の上のもとに、養女（以下「今姫君」と呼ぶ）が迎えられた。二十歳になる今姫君は、母親と乳母を相次いで失い、知らない場所に迎えられて戸惑っているばかりである。亡き母親の親族が母代として世話をしているが、この母代はいい加減な女房ばかりを集め、夜は男たちと騒いでいる有様である。今姫君は密かに泣いているのだが、まわりからはただ呆然としているように見える。

【注】

1　幸ひ人―今姫君のこと。『源氏物語』で「幸ひ人」と称されるのは明石の君や宇治の中の君、浮舟など、主に男性に迎え取られた女性を指すのに対し、この場面では養女として引き取られたことを「幸ひ」としている。　2　知らぬ所に迎へられて―洞院の上は西の対を玉を磨くように立派に設えたが、今姫君は今までの現実とは異なる場所に戸惑っており、二人の認識に落差が見られる。

【本文考】

①伯の姫君―「伯」の部分、校本は底本を「はゝ」としているが、底本の字形から「はく」と解した。四季本・宝玲本・文禄本・蓮空本・大島本・為相本・吉田本・武田本・東大本・竜谷本は校本では底本と同じとする。「伯の姫君」とするのは、深川本・為秀本・鈴鹿本・雅章本・宮内庁四冊本・宮内庁三冊本・松井三冊本・鎌倉本・中田本・松浦本。平出本・内閣文庫本・為家本・前田本は「伯」や「はゝ」がなく「姫君」のみ。京大五冊本「はくのむすめ」、竹田本「ほかばらのひめぎみ」。その他の本は「此」。②さしすぎ労たつ―文禄本・宮内庁三冊本・松井三冊本・吉田本・鎌倉本・京大五冊本は底本と同じ。出過ぎたほど物慣れているの意と取った。押小路本・鷹司本「さしすぎらうたつ人」、四季本・宝玲本「さしすぎらうたる」、蓮空本「らうたつ」、大島本「らうたげ」。その他「さしすぎこはだつ」、「さしすぎたる」、「さらずと覚ゆる」など異同が多く母代の性格が諸本によって少しずつ異なる。③あれはにもあらず―文禄本は底本と同じ。「あれにもあらず」を強めた表現か。四季本・宝玲本・為相本・武田本・竜谷本・中田本「あれにもあらず」。④心のうちは「など―四季本・宝玲本・文禄本は底本と同じ。「など」は「よしなき人…」以下にかかる疑問の副詞。「など」を持つその他の諸本は「心のうちなどは」といった形で副助詞の「など」になる。

三十五　中納言に昇進した狭衣、今姫君のもとへ

【校訂本文】

九月朔日《つひたち》頃、なほしものに、中将の君は中納言になりたまひぬ。大殿、これをもいまいましげに思したれど「さのみやは」とて、次第のままにあがりたまふなるべし。よろこび申しに、内裏、東宮の御方など参りたまふとて、つくろひたてて、まづ殿の御前に参りたまへるに、かたち有様など、官《つかさ》、位に添へつつ、ゆゆしうのみ光増したまふを、言忌《こといみ》もあへたまはぬ気色にて立ち居①つくろひ出だしたてて、参りたまふ御気色ぞ、ことわりも過ぎてかたじけなくあはれげなる。

大殿《おほいどの》の御方に参りたまへるついでに、この今姫君の住みたまふ西の対の前を過ぎたまふままに、（狭衣）「いかやうにか」と気色もゆかしければ渡殿より少し覗きたまへば、御簾ところどころ押し張りて、人々いとあまた気配してこぼれ出でたり。

（人）「かの后の宮の人々もあまたなん渡り参りたる」

と人の語り申ししも心はづかしう、まだ見えたまはぬあたりなれば用意して歩み出でたまへるを、人々見つけて入り騒ぐ気配どもものの騒がしきをあやしと見たまふに、几帳ども奥より取り出でて、がはがは、そよそよと立てわたして、裾うち出でて紐どもの縒《よ》らはれたるを、と引きかう引き、二十人ばかり立ちさまよひて繕《つくろ》ひ騒ぐ。衣の音《おと》、几帳の音《おと》などにものも聞こえず。

慌ただしう見つかぬ心地したまへば（狭衣）「今やそそぎやむ、そそぎやむ」と、ものも言はでつくづくと居たまへれば、からうじて几帳立てて後は②ほのぼの衣の裾、袖口、童の汗衫《かざみ》の裾などの乱れがはしうなりたるをつくろ

ひて、ここかしこより押し出で渡して、（狭衣）「やうやうのどまるにや」と思ふほどに、几帳の綻《ほころ》びをはらはらと解き騒ぐ音《おと》しるくて、ひとつ綻びより四、五人が顔並べて、まづ我も我もと争ふ気配ども忍ぶるからにいとかしがまし。

　からうじて見えぬるにやあらん、

（女房）「まことにめでたかりけり。あなものぐるはしや。日ごろ見えつる殿上人などは、[1]ただ土なりけり、土なりけり」

とささめき合はする、いとをかしうおぼえて、

（狭衣）「この御簾の前の今まで初々しうはべりつるも、咎めさせたまふべうやと恨みまゐらする」

などのたまふ御気配など、げにおぼろけの人など、いと答《いら》へにくげにはづかしげなればにや、そこらいしいしと聞こゆる人々、御答へ聞こゆるはなくて、

（女房）「そそや、そそや」

（女房）「まろは不用。君のたまへ、のたまへ」

とささめき、つきしろひつつ立ちて逃ぐるどももあるべし。

（女房）「あな、わりな。ものに狂ふか。まろは、まいていと失《う》せたり、失せたり」

とそら走るなれば、衣の裾をひきとどむるに、倒れぬるにや、きうきうとことささめき笑ひつつ、しはぶきにし入りぬるもあり。あるはまた、

（女房）「あなかまや、あなかまや、さばかりはづかしき御有様に、なべての人と思ふかな」

とも制すなり。さまざまいとあやしき心地したまひて、後目《しりめ》ははづかしげに見入れつつ、長押《なげし》に寄り居たまへる

気色、この御簾の前には合はずぞありける。なほなほただ消え入り消え入り、扇どもをうち鳴らしそぼるる気配、いとものぐるほしければ、

（狭衣）「こはいかにとよ。うるまの島のともおぼえはべるかな」[2]

とて少しほほ笑みたまへる君の気色など、御簾のうちはづかしげなり。

（大系八四-八六　新全集①一〇三-一〇八　全書上二四四-二四六　集成上八一-八四）

梗概

九月一日ごろ、狭衣は中納言に昇進した。あいさつ回りのついでに今姫君の住んでいるあたりを覗くと、女房たちが大勢、狭衣を見ている。美しい狭衣を前に大騒ぎしている女房たちを見て、狭衣は言葉の通じない地に来てしまったのかと苦笑する。

【注】

1　ただ土なりけり、土なりけり—『源氏物語』蜻蛉巻で女一の宮の女房たちを宮と比較し「土などの心地」とする描写がある。　2　うるまの島—まるでことばの通じないことの例え。おぼつかなうるまの島の人なれや我が言の葉を知らぬ顔なる（『千載集』657・公任）

【本文考】

①つくろひ出だしたてて、参りたまふ—宝玲本は底本と同じ。四季本・文禄本は「つくろひ出だし立て参り給ふ」。狭衣

の参内を示す「参り給ふ」という表現を持つものはこの四本のみで他本には見られない。他本では「つくろふ」を堀川の大殿の動作として敬意表現が付随していることが多い。②ほのぼの—四季本・宝玲本・文禄本は底本と同じ。諸本中、「ほのぼの」の表現はこの四本のみだが、女房たちが乱れた衣装を整えている様子を狭衣ははっきりとは把握できないものの何となく見聞きしたと捉え、「ほのぼの」のままとした。

三十六　今姫君の母代登場

【校訂本文】

奥より人寄り来て、この几帳のつらなる人に、

（女房）「ただ、恨み歌を※①ぱぱと詠みかけよ」

とささめくなれば、

（女房）「吾君《わぎみ》ぞ詠《なが》め声はよき。まろはさらにさらに」

と笑ひ入れば、

（女房）「あな、※②はゆの色好みや」

とて肩のわたりをいといたう打つなれば、

（女房）「答《たう》には君なし」

とて抓《つ》むなるべし。

（女房）「悪《あ》しうしてけり、悪しうしてけり。そこは放て、放て」

と忍びあへぬ声、いづこならんとをかしきが死ぬべければ、立ち退きなんとするほどに、おとなしき声の高やかにしたり顔なる出で来て、

（母代）「いざや。候ふ人からこそ、よき人はをかしき名も立たせたまへ。かばかりにては、若人たち候ひたまはでありぬべし」

とさすがに忍びて、憎みわたして、さし寄りて言ふ。

（母代）「めづらしき御声こそ。思し違へたるにや」

とて、

（母代）「[2]吉野川何かは渡る妹背山《いもせやま》人だのめなる名③のみ流れて」

と、④げにはげにはと詠みかくる声、舌疾《したど》にのど乾きたるを、若びやさしだちて言ひなす。（狭衣）「この母代なるべし」と聞きたまふ。

（狭衣）「恨むるに浅さぞ見ゆる吉野川深き心は汲みて知らなん　[白]

おぼつかなき心地しはべりつるに、うれしき※⑤御気配と⑥思うたまふに、ものをこそ悪しざまに申しなしたまひつべけれ」

とのたまへば、さはやかにうち笑ひて、

（母代）「さらば、今よりの見参《げざん》をまめやかに勤めさせたまへかし。若き人々の思ひむせたまふめれば、犬[3]もときてとかや」

と言ふ。いとあやしき譬《たと》ひなり。　（大系八六-八八　新全集①一〇八-一一〇　全書上二四六-二四八　集成上八四-八五）

〔校訂〕※ぱぱと―[底]はくと　※はゆの―[底]つゆの　※御気配と―[底]御けはひと―（ミセケチ）

梗概

興味を覚えた狭衣は、今姫君の女房たちに話しかけるが、女房たちは誰が狭衣に歌を詠みかけるかで揉めだしたようだ。おかしな様子に笑い死にしそうになっていると、奥から今姫君の母代が出てきた。若ぶって和歌を詠みかける母代に、狭衣も返しを詠むのだった。

【注】

1 答には君なし―仕返しには君臣の差別なし、の意。当時の諺か。 2 「吉野川」詠―ながれては妹背の山の中に落つる吉野の川のよしや世の中（『古今集』828） 3 犬もときてとかや―「犬もどきて」「犬も説きて」「犬も解きて」などと解する説がある。解釈が定まっていないが俗言の一種であろう。

【本文考】

①ぱぱと―底本「はくと」。「く」は「ゝ」の誤写と考えられ、校訂した。 ②はゆの―底本「つゆの」。他本の多くが「はゆの」であり、「は」（字母「八」）であったものが「つ」（字母「川」）と書写された可能性を考え校訂した。四季本・宝玲本は底本と同じ。 ③名のみ流れて―諸本多く底本と同じ。元和古活字本・竜谷本・中田本・承応版本「波のながれて」、松浦本「名こそをしけれ（ミセケチ）のみながれて」、前田本「岩にこそありけれ」。 ④げにはげには―底本「けには〱」。校本では「〱」を「く」と取るが他の「く」の字形と比較し「〱」とし、「げには」の繰り返しと解した。諸本中「けにはゝ」とするものがあり、その場合は「げにぱぱ」となるが底本では「〱」の特性を活かした。 ⑤御気配と―底本「御けはひと」の「と」をミセケチにしているが、意味が通らないため校訂した。四季本・宝玲本・文禄本はこ

の「と」がない。⑥思うたまふ—底本「思ふたまふ」。「思ひたまふ」のウ音便「思うたまふ」の「う」を「ふ」と表記したものと解した。

三十七　狭衣、今姫君の姿を垣間見る

【校訂本文】

(狭衣)「まめやかには、面伏《おもてぶ》せにや思さるるとて、今まで参らざりつるを今日は変はるしるしも御覧ぜられになん。御前わたりにもかくと聞こえさせたまへ。この御簾の前もならひはべらねば、はしたなく思ひはべれど、※①恪勤《かくごん》の薄さに今日ばかりは慰めはべるを。今より後ぞ恨みまゐらすべき」とて立ちたまふに、1荻《をぎ》の上風《うはかぜ》荒らかに吹きこしたるに、にはかに御簾を高く吹き上げて几帳も倒れぬれど、とみにひき直す人もなし。

(女房)「あなわびし。あれ見たまへ、あれ見たまへ」と言ひつつ、我は衣をひき被きつつ、2ひとへにまろかれ合ひたるほどに、3のどのどと見入れたまへば、香染《かうぞめ》に鈍《にび》色の単衣、紅の袴の黄ばみたるを着て昼寝したる、人々の騒ぐにおどろきて②奥《あう》なく起きあがりたるに、いとよう見合はせて、あさましきにや、とみにうち背きなんともせず、あきれたる気配、顔はいとをかしげなめり。(狭衣)「心地なのさまや」とは見えながら(狭衣)「女房の気配よりは、こよなく見つべかりけり」と思ひ増したまひつつ(狭衣)「かの兄の※③かこちけるゆゑにや、少将にぞいとよう似たりける。殿の御子とは言ふべくもあらざりけり」と見るに、ただならずや思ひたまふらん。(狭衣)「4やうのものと、あやしの心ばへや」と我ながら心づきなし。母代

からうじて几帳を押し立つれば、立ち退きたまひぬ。

（大系八八-八八　新全集①一一〇-一一一　全書上二四八-二四九　集成上八五-八七）

〔校訂〕※恪勤―底かくらん　※かこち―底かうち

梗概

狭衣が帰ろうとしたとき、風が吹いてきて御簾があがり、几帳も倒れてしまった。女房たちが騒ぐなか、狭衣は今姫君をはっきりと見てしまう。堀川の大殿の子ではなかろうと見つつも、源氏の宮と同じ養女という境遇のせいか、ただならぬ思いも生じているようである。やがて母代が几帳を直したので、狭衣もその場を去った。

【注】

1　荻の上風荒らかに吹きこしたるに～とみにひき直す人もなし―秋はなほ夕まぐれこそただならね荻の上風萩の下露（『和漢朗詠集』229・義孝）。『源氏物語』野分巻、若菜上巻の影響が指摘される。コラム15参照。　2　まろかれ合ひ―くっつき合っている様子を示す。　3　のどのどと―ゆっくりと、の意。　4　やうのもの―同じようなもの。ともに養女である今姫君と源氏の宮のこと。

【本文考】

①恪勤の薄さ―校本は底本・文禄本を「てらんのうすさ」と取るが、底本は「かくらんのうすさ」と読める。他本「かく

こんのうすさ」により校訂し、「恪勤」と取った。「恪勤」は真面目に勤めること。なお、他本の異同は以下の通り。四季本「かくらんのうすさ」、宝玲本「かゝらんのうすさ」、深川本「宮つかえのうすさ」、平出本「かくえのうすき」（「き」にミセケチ訂正で「さ」）、内閣文庫本「かくえのうすさ」、為秀本「とかくこのうさ」、宮内庁三冊本・松井三冊本・京大五冊本・竹田本「かくこのうすさ」、竜谷本「かくこひのうすさ」、為家本「こんのうすさ」、雅章本・元和古活字本「かくえんのうすさ」、為相本・蓮空本・大島本「かくこんのすくなさ」など。②奥なく―底本「あふなく」であり、「あぶなく」と取る可能性もあるが、「奥なし」のことと解した。③かこち―底本「かうち」。「う」は「こ」の字形に似通うが「う」と取り校訂した。蓮空本・大島本・四季本・文禄本は底本と同じ。

コラム15　今姫君垣間見と『源氏物語』野分・若菜上

突風等の要因によって御簾や几帳が吹き上げられ、男が女の姿を目撃するという場面は、『源氏物語』「野分」「若菜上」巻と、「若菜上」巻が下敷きにしたと指摘される成立時期不詳の「芹摘み」説話に見られる。

これらの用例はいずれも、本来ならば見ることのできない女の姿を目の当たりにし、男が恋心を抱く契機として、巻き上がる御簾が用いられており、『狭衣物語』の当該箇所も、狭衣と今姫君との恋の可能性が提示されていると考えられる。

と、同時にこの場面は、狭衣が自分の異母妹とされる今姫君の容貌を確認することによって、今姫君の真の父親が宮の少将である、と推察しているように、秘密の発露という機能も持っている。

右の要素は先の用例の中でも、とくに『源氏物語』「野分」巻に類似している。この巻は、夕霧の目を通して、義母・紫の上、表向きは夕霧の異母姉とされる玉鬘、異母妹・明石の姫君の姿形が記される。中でも紫の上と玉鬘は、光源氏が夕霧が近づくことがないようにと常日頃から注意を払っており、義理の母子、異腹姉弟であっても垣間見ができない間柄となっている。

『源氏物語』で不可能であったはずの垣間見を可能としたのは、当該箇所と同様に、秋の「もとあらの小萩はしたなく待ちえたる風」（野分③二六四）であった。夕霧は、それぞれの女の美貌を確認するだけでなく、光源氏と玉鬘の不自然なまでの接近を目撃し、「かく戯れたまふけしきのしるきを、あやしのわざや、親子と聞こえながら、かく懐離れず、もの近かべきほどかは」（野分③二七八）と疑念を抱く。さらに、玉鬘が実は直接には対面するべきではない従姉弟だと知った夕霧は、野分の際の光源氏の態度を得心し、玉鬘に心惹かれ、「藤袴」巻では、その想いを直接発露するに至っている。

夕霧が玉鬘に好意をほのめかした際に、玉鬘が身につけていたのは、夕霧と玉鬘両者にとって祖母にあたる大宮の喪による「薄き鈍色の御衣」（藤袴③三三九）であり、『狭衣物語』当該箇所においても、今姫君は母の喪を受けて、鈍色の衣を身につけている。

以上のように当該箇所の狭衣と今姫君の様相は、『源氏物語』の「野分」巻から「藤袴」巻にかけての、夕霧と玉鬘の場面と、秋の風が可能にした垣間見、表向きの異母兄妹（姉弟）、垣間見によって導かれる秘密の発露、鈍色の衣、等々の共通点によって重ね合わせることができる。

ところが、本文にもあるように狭衣は今姫君への関心を即座に打ち消し、三条西家本以外の他本の巻二～四を参照しても、恋の可能性が深められることがない。その主因は、今姫君の「烏滸」ぶりにあると見られるが①、当該場面の段階では狭衣自身が好き心を制したのみであり、今姫君の行為そのものが原因とはなっていない。たとえば、今姫君が狭衣に見せた昼寝姿は、他作品では『源氏物語』「蛍」巻において、紫の上が物語絵に描かれた「小さき女君の何気なく昼寝したまへるところ」を見て昔を回想する場面、あるいは『紫式部日記』の紫式部が弁の宰相の君の昼寝する姿を「絵に描きたるものの姫君の心地」がすると思う場面から分かるように、美しい姿の典型として捉えられる。

また、狭衣が「心地なのさまや」と批判的に捉えている今姫君の「とみにうち背きなんともせず、あきれたる」様子も、『源氏物語』「若菜上」巻において、猫をつないだ綱によって御簾が巻き上げられ、姿が露わになった女三の宮を、夕霧が内心で「らうたきやうなれどうしろめたきやうなりや」（若菜上③一四三）と批判した場面と近似したものであり、『源氏物語』では柏木と女三の宮の恋に接続したことから、『狭衣物語』でも当該箇所の段階では十分に恋の可能性が示唆されていたと考えられる。

しかし、結果的に今姫君は、狭衣の異母妹として引き取られながらも本当は堀川の大殿の娘ではない、という一点のみによって、源氏の宮を連想する縁にしかなりえなかった。歓迎されない養女という面では『源氏物語』の近江の君との類似が指摘でき（区分三十四）、複数の場面から捉える必要がある。

【注】

①倉田実「今姫君の養女性」（『王朝摂関期の養女たち』翰林書房　二〇〇四）。

【参考文献】

伊藤博「芹摘み説話をめぐって」（『源氏物語の原点』明治書院　一九八〇）／岡崎真紀子「説話の展開と歌学――『俊頼髄脳』における「芹摘みし」説話をめぐって」（『成城国文学』二一　二〇〇五・三）／伊藤博「『狭衣物語』今姫君攷」（『大妻国文』二六　一九九五・三）／土井達子「『狭衣物語』今姫君の造型についての一考察――『源氏物語』女三宮と玉鬘の影響」（『岡大国文論稿』二三　一九九五・三）

（陶山裕有子）

三十八　狭衣、今姫君について堀川の大殿と語る

【校訂本文】

またの日、殿※①の御前《おまへ》にて昨日のことどもなど申したまふついでに、

(堀川の大殿)「かの洞院にはものしたりきや。西の対に住むなる人をこそまだ訪らはね、いかやうなる気色にか見ゆる」

とのたまふ。内々《うちうち》の有様のいとあやしきを(堀川の大殿)「子ながらもいかに見たまふらん」とはづかしく思すなるべし。几帳のほころび、あらそひし透影《すきかげ》ども思ひ出でられていとをかしきを、念ずる気色やしるう見たまふらん、うち笑ひたまひて、

(堀川の大殿)「よしなきものあつかひ好みたまふほどに、誰がためもなかなかなることや、とこそ見ゆめれ。年ごろも『かう言ふ者あり』とは聞きしかどもおぼえぬことなれば、かやうの人少なきくさ※②はひにもとり出でぬものを、何のたよりにか、かうもありそめけるにか」

と、ありつかずやとうめきたまふも、げにこそ聞けど、あさましとあきれたりつる顔はさすがに憎むべうもあらざりつれば、

(狭衣)「つれづれに思しめされんに、異人《ことひと》よりはなどては悪しうもはべらん。確かなる名指※③しにて、とかうさすらへたまはむもいとほしうはべるべし」

とぞのたまふ。

(堀川の大殿)「いさや、かう言ひそめけんもおぼえなくぞあるや。夜目に見しかば、[1]宮の少将にこそ、いとよう似

たりしか。兄の痴者《しれもの》あなり。『それもかの宮の御子』とぞ言ふなるは。これもさるべし」などのたまふ。

（大系八九-九〇　新全集①二一一-二一三　全書上二四九-二五〇　集成上八七-八八）

〔校訂〕※殿の御前―底殿をまへ　※くさはひにも―底くさはふにも　※名指しにて―底なさしりて

梗概

次の日、狭衣は堀川の大殿のもとに行って、昨日のことを語る。堀川の大殿は、狭衣が今姫君のところの様子をどう思ったか気になるようだ。昨日見た姿を思い出し、今姫君をかばう狭衣だが、堀川の大殿は今姫君を自分の子とは思っていない。

【注】

1　宮の少将―区分三十二に、「宮の少将なん似たるとて、かの中務宮《なかつかさのみや》なん子にしたまふと聞きし」（135頁）とある中務宮の少将のこと。

【本文考】

①殿の御前―底本「殿をまへ」。意味が通りにくいため「の」を補った。四季本・文禄本は底本と同じ。②くさはひにも―底本「くさはふにも」であるが、他本に鑑み「ふ」を「ひ」に校訂した。四季本・宝玲本・文禄本は底本と同じ。深川本「草はみにも」、為相本「くさはみかむ」、吉田本「くさははひにも」、竹田本「くさひにも」。③名指しにて―底本「なさしりて」であるが、他本に鑑み「り」を「に」に校訂した。四季本・宝玲本・文禄本は底本と同じ。

三十九　飛鳥井女君をめぐる乳母の対応

【校訂本文】

※①まこと、かの飛鳥井には乳母みな出で立ちて、君をもまことにとどむべきやうもなきに、人[1]知れぬ音をのみ泣きて、思ひ嘆きたる気色のげにいとほしきを見るに、

(乳母)「さらば、何かは下らせたまふ。京にもたよりなく、②人もとまらせたまはむこそ、うしろめたくも侍らめ。③また、それもいかにとも思さめ。女[2]は千人の親乳母益《やく》なし。御男のおはせぬほどなり。まいて、かくやむごとなく、もの頼もしき人にもおはすなり。御心ざしいとねんごろなめるを、ひき離れて、かかる④あやまちに立ちそひたまはむこと、いとあるまじうかたじけなし」

など、さすがにあるべきことをも言ひながら、いかに思ひ構ふることかあらん、この人のおはする暁⑤のほども心安からず、鍵失ひがちにもてなしつぶやく気配、御供の人々聞きて、めざましうあさましきに、※⑥踏みこぼちて入らまほしき折々ありけり。殿にも忍びて、

(供人)「誰と思ふにか。かくなん」

と申せば(狭衣)「女の気色のあやしくのみあるは、こ[3]の見し火影の女のありし祈りの師に取らせんとするなり。さやうのことをえ言ひは出でで、思ひむすぼほれたるなりけり」と心得たまふに、いと心づきなくゆゆしけれど、女君の有様の(狭衣)「いでや、さらば」とて止むべうも思されねば(狭衣)「いかやうにせまし。殿に候ふ人々のつらにてや、局《つぼね》などしてやあらせまし」と思へど(狭衣)「人知れず思ふあたりの聞きたまはんに、『戯れにも心をとどむる人あり』とは、いかで聞かれま⑦ゐらせじ」と思ふ心し深ければさもえあるまじ。(狭衣)「さらば、さすがに、

ここかしことあつかひたまはんも、いかにぞや」、思されつつ、(狭衣)「今おのづから、我と知りなば、えいとはじ。隠ろへぬべきところもありぬべくは有様にしたがひて」と思すなるべし。女君にも、

(狭衣)「老人《おいびと》[4]の憎むなるべしな。ことわりなりや。頼もしげなりし法《のり》の師をひき替へて、かくものはかなき身のほどは。音無の里、たづね出でたらば、いざたまへよ。わづらはしき人のさすがなるがあれば『しばし人に知らせじ』と思ふほどに、かくおぼつかなくあだなるものと思したるも、ことわりなり。我は何事にてか『あながちにても知られじ』と思ひたまふべき。言ひ知らぬ賤⑧の男なりとも、これより変はる心はあるまじきを。なほ頼む心はあるまじきなめり」

と恨みたまへど、(飛鳥井女君)「なほこの別当の少将と思はせたるなめり。『制すべき人あり』などのたまふは」と思ふにも、仮初にもうち頼みて行く方を思ひとまらんことは、あるまじうおぼえながら、いとかうめでたき有様にてなつかしうあはれに語らひたまふを、行く方の目安からんにてだに、いかでかはあはれならざらむ。森[5]の空蟬とて、涙こぼれぬべきをまぎらはしたる気色、いと心苦しうらうたげなり。

(大系九〇-九一　新全集①一一三-一一六　全書上二五〇-二五三　集成上八八-九一)

〔校訂〕※まことかの―底まことの　※踏みこぼちて―底ふみをちて

梗概

飛鳥井女君の乳母は出立の支度を進めている。女君には、通う男がいるのだから共に下向することはないと言いつつも、訪れる狭衣への対応はぞんざいである。狭衣は飛鳥井女君を引き取ろうかとも考えるが、源氏の宮に知られたくないと思い直し、結論を先延ばしにしながら愛を誓うばかりである。

【注】

1 人知れぬ音をのみ泣きて―飛鳥井女君の悲嘆を表す。宵々に君をあはれと思ひつつ人には言はで音をのみぞ泣く（『新古今集』1234・清慎公） 2 女は千人の親乳母益なし―女が恋をしたなら、たとえ千人の親や乳母がいても役に立たないの意。当時の俗言か。 3 この見し火影の女―狭衣が飛鳥井女君のもとに初めて訪れた際に、「火をいと明く灯して（中略）寄り来る火影姿（区分二十七、120頁）」とあった。 4 音無の里―誰にも知られない場所。恋ひわびぬ音をだに泣かむ声立てていづこなるらん音無の里（『拾遺集』749） 5 森の空蟬―泣く様子の比喩。区分三十二に、「声立ててなかぬばかりぞもの思ふ身は空蟬に劣りやはする」（136頁）とあった。なお、「森の空蟬」が歌語として用いられるのは新古今時代以降。秋風はなほ下草にこがくれて杜の空蟬声ぞ涼しき（『秋篠月清集』638）、夏繁き杜の空蟬おのれのみむなしき恋に身を砕くらん（『金塊集』413）、恋ひてなく森の空蟬木がくれて下葉の露をおのれやはけつ（『後鳥羽院御集』990）。

【本文考】

①まこと、かの―底本「まことの」。四季本・文禄本・鷹司本は底本と同じ。「まこと、かの」の「か」が脱落したものと考え校訂した。 ②人も―他本は「ひとり」。四季本・宝玲本・文禄本は底本と同じ。 ③また、それも―他本は「我も」、「また我も」、「また我」など。四季本・宝玲本・文禄本は底本と同じ。 ④あやまち―校本によれば「あやまち」の本文を持つものはないが、底本は「あやまち」。諸本の多くが「あづまぢ」（東路）とする。東国下向の決心は誤りであることを示す意味として「あやまち」のままとした。 ⑤暁のほども―平出本・内閣文庫本「宵暁の事をも」、深川本・為秀本・武田本・東大本・竜谷本・中田本「宵暁の門をも」、鈴鹿本・雅章本・宮内庁四冊本「宵暁の門を」。「宵」がなく「暁」のみは底本と同様の四季本・宝玲本・文禄本、「暁の門も」とする宮内庁三冊本・松井三冊本で、この場合、狭衣が帰宅

する際のみを示す本文となる。また底本を含め「門」を持たない諸本もあるが続く本文の「鍵」によって「門」が開かないことが示される。⑥踏みこぼちて―底本「ふみをちて」。平出本・内閣文庫本・京大五冊本「ふみこをちて」、竹田本「こほちて」（「て」補入）、他本は「ふみこほちて」。「こ」の脱落と考え他本に鑑み校訂した。四季本・宝玲本・文禄本は底本と同じ。⑦まゐらせじ―底本は「まつらせ」か「まいらせ」か判断し難いが、「い」と取った。校本も「い」と取り、宝玲本・文禄本・吉田本・鎌倉本・松浦本も同様とする。⑧賤の男―武田本・東大本・竜谷本・中田本・押小路本・鷹司本・黒川本・承応版本・元和古活字本「賤の女」の異同がある。

四十　飛鳥井女君、懐妊する

【校訂本文】

かくいふほどに、この君、ただにもあらずなりにけり。うちはへて、ものをのみ思ひて、ありしさまにもあらぬ気色などを、誰もただ、この御いでたちを思ひ嘆きたまへるを見るに、しるきことどももやうやうありて、乳母も知りて、

（乳母）「いで、あないとほしや。かくさへなりにたるものを。いかがせさせたまはむずる。君に、なほ聞こえあはせたまひて、御気色にこそしたがひたまはめ。誰なりとも、『かくなりたまへり』と聞きては、よにあだあだしう思ひたまはじ」

と言へど、

（飛鳥井女君）「いかなりとも、頼むべき有様ならばこそあらめ。①さらばとも[1]見えぬ山路のみこそよからめ」

と言ふものから（飛鳥井女君）「げにかくさへなりにけるを、つゆ知らせで止みなんこそ②」などいみじうおぼゆれど、かけてもまいて言ひ出づべきにあらねば、日を数へつつ泣きなげくよりほかのことなし。

（大系九一-九二　新全集①一一六　全書上二五三　集成上九一-九二）

梗概

飛鳥井女君は妊娠した。乳母も気づき、相手に知らせるように言う。女君は、このまま陸奥に下向して姿を消すのがいいと言うものの、知らせずに終わってしまうことを辛く思う。陸奥下向のことも妊娠のことも言えずに、出立の日を数えては泣くのだった。

【注】

1　見えぬ山路―世の憂き目見えぬ山路へ入らむには思ふ人こそ絆なりけれ（『古今集』955・物部吉名）

【本文考】

①さらばとも―押小路本・鷹司本・黒川本・元和古活字本・承応版本なし。京大五冊本「さありとも」、他本「さらずとも」などの異同がある。四季本・宝玲本・文禄本は底本と同じ。②止みなんこそ―校本では元和古活字本「やみなん事など」と同じとするが、底本と宝玲本は「やみなんこそ」。深川本「やみなんと」、平出本・内閣文庫本・為秀本・鈴鹿本・雅章本・宮内庁四冊本・吉田本・鎌倉本「やみなんことと」などの異同がある。「こそ」があることで、飛鳥井女君のこのまま狭衣との関係が終わることを嘆く気持ちが強調された表現となる。

四十一　狭衣の乳母子道成、飛鳥井女君の乳母と謀る

【校訂本文】

　この殿の[1]御乳母、大弐の北の方にてあるなりけり。[2]子どもあまたあるなかに、[3]式部大夫《しきぶのたいふ》にて来年※①官《つかさ》得べきが、かやうの人のなかには心ばへ、かたちなどめやすくて好き好きしう色好むありけり。（道成）「いかなりとも、かたちすぐれたらむ人を見ん」とて妻《め》もなくて過ぐすに、この女君太秦に籠もりたりけるを覗きて見て、思ふさまなりければ消息《せうそこ》などしけれど、みづからは聞き入れぬに、この乳母いと耳つきにおぼえけれど、②ただ今かく※この僧の言ひ契りたれば、え否《いな》むまじうて、たちまちのことうけはせねど、

（乳母）「官《つかさ》など得て下《くだ》りたまふらんほどに、さもや」

など契りけるに、かく事ども違ひて、身をいと頼りなし。なま公達のいたく隠ろへて夜な夜な時々おはするは、いとふさはしからねば、

（乳母）「東《あづま》、その男にやついて往《い》なまし」

とおどすなりけり。

されど、この式部大夫、親の供に筑紫へ下るに、思ふさまならん人をなん率て行かんとするを言ひおこするに、いと思ふさまなる心地して、

（乳母）「③別当《べたう》の御子の少将なん通ひたまふ」

と言へば、※④寺にてえあるまじきさまを聞こえしを、

（乳母）「まことさも思さば、かくとは聞かせたてまつらで、下りたまはんほどに迎へたてまつりたまへ」

と言ひければ、いみじうよろこびて、

（道成）「さやうの細公達《ほそきんだち》に蔭妻《かげめ》にておはせんよりは、ただこころみたまへ。おとどの幸ひにこそおはせめ」

などことよく語らふ。出で立ちの物などげによげに遣《おこ》すれば、心ゆきたちて、上下《かみしも》人求め集めなどしけるを、かけて人知らざりけり。

式部大夫のもとよりは、

（道成）「下りも近くなりにけるを、さらば違へたまふな」

4 と日に千度《ちたび》言ひおこすれば、

（乳母）「あなまがまがし。よに違へはべらじ。その暁にただ御車を賜へ。さりげなくてふと渡したてまつらん」

と言ひやりて、心のうちにみな出で立ちたり。

さて君には、

（乳母）「出で立ちはとまりぬ。ただならずさへおはしますに、いと心苦しうて、この度は言ひ放ちてやりつるなり。今はとかうおはしまさんを見て後ぞ、いづちもまかるべきなめり」

と心ゆきたるさまにて言へば、女君、まことと思ふに心少しおちゐぬ。うちはへ心地さへ悪しかりつるも

（飛鳥井女君）「惜しからぬ身は、疾ういかにもなりなばや」と急がれつるを、かうなりけりと聞きあらはして後は、あはれなりける契りのほどさへ思ひ知られて、憂き身とのみ思ひいられつるを、少し※⑤いたはしう思ひなるもあはれなり。　（大系九二-九四　新全集①一一七-一二〇　全書上二五三-二五五　集成上九二-九四）

〔校訂〕※官―底つかせ　※この―底たの　※寺―底てゝ　※いたはしう―底いたはて

梗概

狭衣の乳母に大宰大弐の北の方がいる。その子の式部大夫（以下、巻一では名が示されないが他本巻二で明らかとなる「道成」と呼ぶ）は、独り身であったが、太秦で飛鳥井女君を見初めていた。父の大弐とともに下向するにあたり、飛鳥井女君を連れていきたいと考える。道成からの打診に、乳母は喜んで承諾する。そして、女君には知らせず密かに連れ出すという計画を練るのだった。

【注】

1　御乳母、大弐の北の方―狭衣の乳母。『源氏物語』光源氏の乳母である大弐（惟光の母）からの影響がうかがえる。

2　子どもあまたあるなかに―『源氏物語』の大弐乳母にも多くの子供たちがいたと設定されている。　3　式部大夫―巻二で「道成」と名の明かされる人物。底本「式部大輔」だが、式部大輔であれば式部省の次官（正五位下相当）を指すことになり、区分四十八で、「来年ばかり、かへり殿上して、五位の蔵人になりて」（205頁）と望むこととそぐわない。「式部大夫」とし、式部省の三等官（正六位下相当）の式部大丞で五位に叙せられた者と解したい。コラム16参照。　4　日に千度―回数の非常に多いこと。思ひやる心にたぐふ身なりせば一日に千度君は見てまし（『後撰集』678・大江千古）、時代は下る例として以下がある。日に千度心ばかりは通ひけり神の据ゑたる関にしあれども（『有房集』402）、日に千度心は谷に投げはててあるにもあらず過ぐる我が身は（『式子内親王集』93）

【本文考】

①官―底本「つかせ」。諸本多くが「つかさ」であることを鑑みて校訂した。　②ただ今かくこの僧の―底本「たゝいま

かくたのそうの」。文禄本は底本と同じ。四季本・宝玲本によって「ただ今かくこの僧の」と校訂した。だが、その他の諸本では「たの」が「たのむ」であり、「む」の脱落である可能性も否定しがたい。「この」と解した場合、仁和寺威儀師に対して「たのむ」という表現を用いていないのは底本のほか四季本・宝玲本・文禄本のみになる。③「別当の御子の少将なん通ひたまふ」と言へば―底本は飛鳥井女君の乳母が、区分二十九で女房が通ってくる狭衣のことを「少将殿にこそおはすなれ」(125頁)と言っていたことを回想し、式部大夫を挑発する発言をしたと解される。四季本・宝玲本・文禄本・宮内庁三冊本・松井三冊本・吉田本・鎌倉本・押小路本・鷹司本は底本と同じ。発言内容に乳母が納得していない旨を含む本文を持つ諸本があり、その場合は乳母の発言ではなく「人」の発言となる。④寺―底本「てゝ」であるが、「ゝ」と「ら」の字形の類似によるものと捉え、他本に鑑み校訂した。四季本・宝玲本・文禄本は底本と同じ。⑤いたはしう―底本「いたはて」。四季本・宝玲本・文禄本は底本と同じ。底本は「いたはりて」の「り」の脱落とも考えられるが、他本では「いたはしう」、「いたはしく」であり、他本に鑑み校訂した。

コラム16

脇役たちの事情

――描かれたのは乳母か道成か

この区分では、狭衣の乳母の子である式部大夫道成と、飛鳥井女君の乳母の接触が描かれる。道成の求婚に対して一度は回答を先延ばしにした乳母だが、再度の接触で申し出を受けることになる。物語は道成・乳母の双方の状況を描き出しているが、三条西家本では乳母側の事情により焦点を合わせたものとなっている。他本と比較することにより、そのことを確認してみたい。

されど、この式部大夫、親の供に筑紫へ下るに、思ふさまならん人をなん率て行かんとするを言ひ

おこするに、いと思ふさまなる心地して、

「別当の御子の少将なん通ひたまふ」

と言へば、寺にてえあるまじきさまを聞こえしを、

「まこととさも思さば、かくとは聞かせたてまつらで、下りたまはんほどに迎へたてまつりたまへ」

と言ひければ、いみじうよろこびて、

「さやうの細公達に蔭妻にておはせんよりは、ただこころみたまへ。おとどの幸ひにこそおはせめ」

などことよく語らふ。


引用したのは三条西家本の本文である。道成の申し出に対して、乳母は「いと思ふさまなる心地し」たのだが、続く傍線部「「別当の御子の少将なん通ひたまふ」と言へば」は、誰が誰に言ったものなのか、やや分かりにくい。しかし、「寺にてえあるまじきさまを聞こえしを」以降の文脈を考えれば、ここは本文考③に示した通り、乳母が、女房が「少将殿にこそおはすなれ」（区分二十九）と言っていたことを回想していると解するより他ないであろう。つまり、道成の申し出を乳母は好都合だと思い、女房が「別当の御子の少将が通っておいでだ」と言っていたような事情もあるので、かつて寺では断ったが、今回は受けることにした、という流れである。細かな異同を持つものもあるが、文禄本・宝玲本・四季本・宮内庁三冊本・松井三冊本・吉田本・鎌倉本・松浦本・押小路本・鷹司本・竹田本は同様の解釈ができる本文となっている。

しかし、元和古活字本・承応版本では、ここは次のようになっている。


されど、この式部大夫、親の供に筑紫へ下るに、思ふさまならん人をなん率て行かんとすると、言ひをこせたるに、いと思ふさまなる心地して、

「別当の御子少将の通ひて有なれど、乳母うけひかずなんむつかる」

と言ふ人のありけるを喜びて消息したりけるに、寺にてはあるまじきさまを聞こえしを、乳母思ふにめでたくおぼえて、東も思ひとまりて、

「まことにさも思さば、しばし君には聞かせたてまつらで、下りたまはんほどに迎へたてまつりたまへ」

と言ひければ、いみじう喜びて、

「さやうの細公達に蔭妻にておはせんよりは、ただこころみたまへ。おとどの御幸ひにこそおはせめ」

など、ことよく語らふ。①

このように、傍線部が全く異なるのだ。この場合、「別当の御子少将の通ひて有なれど、乳母うけひかずなんむつかる」ということを、道成が「人」から聞き、喜んで乳母に連絡したことになる。道成は西国下向が決まった時点で「思ふさまならん人をなん率て行かんとする」ことを伝え、さらに人から「別当の御子少将の通ひて有なれど、乳母うけひかずなんむつかる」という事情を聞いて、重ねて連絡したのである。

また、深川本・平出本・内閣文庫本では、次のようになっている（引用は深川本に拠る）。

されど、この式部大夫、親の送りに筑紫へ下るに、さうざうしきに、さるべからん人の、をかしからんをがな、率て下りて、やがて我が国へも行かばやと思ひて、太秦の人を尋ねけるに、

「かくなん、別当少将の時々通ひてあんなれば。乳母うけずな」

と言ふ人のありけるを喜びながら消息したりけるに、乳母、思ふやうにめでたくおぼえて、東も思ひとまりて、

「まことに思すことならば、しばし君にも知らせたてまつらじ。下りたまはんほどに、みそかに迎へたてまつりたまへ」

と言ひやりけるを、えも言はず喜びて、

「さやうの細公達の蔭妻にておはすらん、口惜しきことなり。ただこころみたまへ。男の御幸ひにてこそあらめ。ゆめゆめ違へたまふな」

とのみ、言ひおこするに②……

破線部のように、道成はまず女君を連れて行くことを考え、尋ねていったところで、人から「かくなん、別当少将の時々通ひてあんなれば。乳母うけずな」ということを聞いて連絡したという流れになっている。鈴鹿本・雅章本・宮内庁四冊本・為秀本もおよそ同様の流れである。

元和古活字本のような場合でも、深川本のような場合でも、道成は誰かから、女君のもとに少将が通っていることと、乳母がそれを良しと思っていないことを

聞いている。[3]ここには、道成に情報をもたらす誰かの存在が確認でき、その情報をもとに、勝算あって乳母に接触する道成の姿が浮かびあがる。

しかし、三条西家本などの場合、それらは描かれない。乳母とのやり取りのなかで「さやうの細公達に蔭妻にておはせんよりは、ただこころみたまへ」と発言しているからには、どこかで聞いたことに違いはなかろうが、どの時点で誰に聞いたかは明らかでない。ただ少なくとも、乳母が少将を良しと思っていないことを知ったうえで交渉に入ったわけではなさそうである。

そして、そのかわりに描かれるのは、「別当の御子の少将なん通ひたまふ」という報告が頭によぎっている乳母の姿である。乳母にとって目下の悩みの種は飛鳥井女君のもとに通う少将であり、道成の接触はまさに渡りに船だった。この状況下だったからこそ、乳母は道成の申し出を受けたのだ。三条西家本をはじめとするこれら諸本からは、そうした乳母側の事情が明確に浮かびあがるのである。

【注】

①一六オ～一六ウ。古典資料類従7『元和九年心也開板本古活字本　狭衣物語　上』（勉誠社　一九七七）にて影印を参照し、日本古典全書『狭衣物語　上』（朝日新聞社　一九六五）を参考に本文を立てた。

②八六オ～八六ウ。私家版「古典聚英」1『狭衣物語上〈深川本〉』（古典文庫　一九八二）にて影印を参照し、新編日本古典文学全集『狭衣物語①』（小学館　一九九九）を参考に本文を立てた。

③鈴木泰恵「『狭衣物語』のちぐはぐな「語り」――飛鳥井女君物語における道成の「不知」をめぐって――」（『日本文学』六六―一　二〇一七・一）は道成が飛鳥井女君を狭衣の思い人とは知らなかったという言説に疑念を生じさせる余地があることを指摘し、『狭衣物語』の「語り」のありようを論じている。

（千野裕子）

四十二　狭衣、野分のなか飛鳥井女君のもとに通う

【校訂本文】

野分だちて風の音あららかに、窓[1]打つ雨もものおそろしう聞こゆる宵のまぎれに、例のいと忍びてまぎれ入りたまへり。いつもなよなよとやつれなしたまへるに雨にさへいたうそほち[①]て、匂[2]ひばかりはいと所狭《せ》きまでくゆり満ちたるを、隣の山賤どももあやしがりけり。

（狭衣）「か[3]やうの有様はいまだならはざりつるを。人やりならぬわざかな」

とて濡れたる御衣とき散らして、ひまなくうち重ねても、

（狭衣）「心よりほかに隔つる夜な夜なのわりなきを、さは思ひたまふや。かばかり人に心をとどむるものとこそ、ならはざりつれ」

など尽きせず語らひたまひて、

（狭衣）「あ[②]ひ見では袖濡れまさる小夜衣《さよごろも》[4]一夜ばかりも隔てずもがな　百50・風863　茶

わりなき心いられなどは、いつならひけるぞとよ」

とのたまへば、

（飛鳥井女君）「隔[③]つれば袖干しわぶる小夜衣つひには身さへ朽ちや果てなん」　風864　白

など言ふも、ものはかなげなり。

（狭衣）「よし見たまへよ。もの定めなさとこそげにうしろめたけれど、なごりなき心などは、いかなる人のつかふわざにか」

などのたまふをも、さしもあらじなど、かどかどしきさまにもあらず、心のうちやいかならむ、目の前はただ同じ心なるさまにもてなして、かう確かに言ひ知らせたまはぬをも、とやかくやとあながちにも尋ね知らず。また我が身の行方も、さりとてうちとけ言はぬものから、なよなよとらうたげになびききこえたるさまなど、あやしう、まことにらうたげなるを見つくるままに、限りなき人ひとりの御有様ならずは忘るべきものとも思されざりけり。

（大系九四-九五　新全集①一二一-一二二　全書上二五六-二五七　集成上九五-九六）

梗概

野分のなか、狭衣は飛鳥井女君のもとへ通う。狭衣は相変わらず素性を明かそうとせず、飛鳥井女君も自分の身の上を語らない。

【注】

1　窓打つ雨―秋の夜長し 夜長くして眠ることなければ天も明けず　耿耿たる残んの灯 壁に背けたる影 蕭蕭たる暗き雨窓を打つ声（『和漢朗詠集』233・白）、夜もすがらなにごとをかは思ひつる窓うつ雨の音を聞きつつ（『和泉式部日記』）　2　匂ひばかりは～あやしがりけり―狭衣の薫物の香が、近隣の人々が怪しむほど辺り一帯に漂っている。　3　かやうの有様はいまだならはざりつるを。人やりならぬわざかな―この場面、『源氏物語』橋姫巻の薫の描写を踏まえている。参考資料⑥。　4　小夜衣―うち返し思えばあやし小夜衣九重着つつ誰を恋ふらむ（『実方集』263）、小夜衣着て馴れきとは言はずともかごとばかりはかけずしもあらじ（『源氏物語』総角）

【本文考】

①そほちて─底本「そをちて」とあり、発音通りの表記と考えられる。「そほぢて」の可能性もあるか。②あひ見では─「あひ見ては」とも考えられる。深川本・平出本・内閣文庫本・京大五冊本「あひみねば」とあるのに鑑み打消表現とした。③「隔つれば」詠─諸本により二首以上を掲載するもの、底本とは異なる歌を一首掲載するものがある。例えば、深川本「いつまでか袖ほしわびんさよころもへだておほかる中と見ゆるを又ある本によなよなをへだてはててはさよころも身さへうきにやならんとすらん」と、底本とは異なる二首、平出本・内閣文庫本「よなよなをへだてまさらばさ夜衣身さへうきてもなかるべきかな」の一首のみ、為秀本「よなよなをへだてはてなばさよ衣身さへうきてやなかれはてなむ」（異本傍書「へだつれば袖ぬれまさるさよ衣ついには身さへくちやはてなん」）の二首、蓮空本・大島本「へだてては袖ぬれまさるさよ衣つゐには身さへくちやはてなん或本云よなよなをへだてはてなばさよ衣身さへうきにやならんとすらん」の二首を記す。なお、鈴鹿本・雅章本・宮内庁三冊本は底本掲載歌と深川本掲載の二首の計三首を載せる。

四十三　飛鳥井女君、狭衣の夢に現れる

【校訂本文】

例の夜深く帰りたまひて、我が方に臥したまひて[1]少しまどろみたまへる夢に（狭衣）「この女の我がかたはらにある」と思ふに、腹の例ならずふくらかなるを、（狭衣）「こはいかなるぞ。かかることのありけるを、など今まで知らせたまはざりける。かかる契りもありければ、何行く末をも疑ひたまふ」

とて夢のうちにもいとどあはれと思ふに、この女、

（飛鳥井女君）「[2]①この世をばいつか見るべき浮き沈み跡なき水を尋ねわぶとも」

と言ふほどに殿の御方より、

（堀川の大殿）「今日明日はかたき御物忌なりけるを、忘れさせたまへりける。あなかしこ、外《と》より御文など取り入れさせたまふな」

とのたまはせたるに、ふと覚めて、胸の騒げば抑へて、

（狭衣）「うけたまはりぬ」

とは聞こえたまへど心騒ぎせられて、（狭衣）「あやし。いかに見つるぞ。まことに例ならぬことやあらん」と今ぞ思ひ合はすることありける。（狭衣）「心細げなりつるは、いかなるにか」、おぼつかなくゆかしきに、夜さりはおはすまじかなれば文をぞ書きたまふ。

（狭衣）「常よりも今②も耳[3]よりになむ。夜さり物忌なれば、えものすまじきにや、

[4]飛鳥川明日渡らんと思ふにも今日のひるまはなほぞ恋しき　百28詞書　白

まこと、疾う語り合はせまほしき夢をこそ見つれば心もとなく」

などこまかなれど、返りごとにはただ、

（飛鳥井女君）※[5]③渡らなん水増さりなば飛鳥川明日は淵瀬になりもこそすれ　百28

筆づかひ、文字やうなど、※④わざとよしとなけれど、なつかしうをかしきさまに見ゆるは、思ひなしにや。

（大系九五-九七　新全集①一二三-一二五　全書上二五七-二五八　集成上九六-九八）

〔校訂〕※渡らなん―底わたらんなん　※わざとよしとなけれど―底わさとよしとけれと

梗概

夜深いうちに帰った狭衣は、まどろみのなかで飛鳥井女君の夢を見る。女君の腹は膨らみ、妊娠しているようだ。さらに、女君は入水をほのめかすような歌を詠む。気にかかる狭衣であったが、今日・明日と重い物忌みのため文を送るほかなかった。

【注】

1 少しまどろみたまへる夢に～腹の例ならずふくらかなるを―『源氏物語』若紫巻で光源氏が藤壺の宮の懐妊を暗示する夢を見るが、その夢の詳細は描写されない。女性登場人物が夢の中で歌を詠みかける例としては『浜松中納言物語』の尼姫君が挙げられるが、懐妊ではなく出家を暗示する歌である。 2 「この世をば」詠―入水という今後の展開を暗示する歌。待ちわびて恋しくならば尋ぬべく跡なき水の上ならでゆけ（『後撰集』1339・伊勢）、『伊勢集』では詞書に「筑紫へゆく人に」とあり、飛鳥井女君との影響関係が注目される。『百番歌合』（168）は、元和古活字本などに見られる「ゆくへなく身こそなりなめこの世をば跡なき水を訪ねても見よ」を載せる。本文考①参照。 3 耳より―聞いて好ましく思うこと。 4 「飛鳥川」詠―「ひるま」は、「干る間」と「昼間」を掛ける。飛鳥川明日も渡らむ石橋の遠き心は思ほえぬかも（『万葉集』2710）。 5 「渡らなん」詠―世の中は何か常なる飛鳥川昨日の淵ぞ今日は瀬になる（『古今集』933）

【本文考】

①「この世をば」詠―諸本により和歌が異なり、一首のみ載せるものと「ある本」などと示して二首以上載せるものがある。四季本・宝玲本・文禄本・押小路本・鷹司本・黒川本は底本と同じ。為相本・宮内庁三冊本・松井三冊本・吉田本・

鎌倉本・京大五冊本・竹田本・松浦本は底本と同じ和歌だが僅かな異同がある。二首を載せるものとして、蓮空本「この世にはいつかみるべきうきしづみあとなき水（「沼イ」と傍記）にたづねわぶらん又ある本にたのめんとこの世ばかりのちぎりにてわかるゝほどもとまりやはする」、深川本「ゆくゑなく身こそなりなめこのよをばあとなき水をたづねてもみよある本にこのよをもいつかみるべきわかれ行おぼろのし水すまずなりなば」。深川本に載る「ゆくゑなく」詠の一首のみが、武田本・東大本・竜谷本・中田本・元和古活字本・承応版本。平出本・内閣文庫本「ゆくゑなく身こそなりゆけこの世をばあとなき水のそこぞたづねよ」の一首のみ。為秀本は、深川本掲載の「このよをも」詠と「イ本」として底本掲載歌が併記されている。鈴鹿本・雅章本・宮内庁四冊本は深川本掲載の「ゆくゑなく」詠と後述の為家本掲載の「この世をは」詠に加え底本掲載歌も「又或本」として載せる。為家本「この世をばいつか見るべきわかれゆくおぼろのし水すまずなりなば」、前田本「たのむれどこよひばかりの契にてわかるゝ道はとまりやはする」。　②今も耳よりになむ―校本によれば底本・四季本・宝玲本・文禄本「いまもみゝりになん」とするが底本と宝玲本は「いまもみゝよりになむ」と「よ」がある。異同の多い箇所だが、先の飛鳥井女君の歌にある「この世をば」の「こ」を「子」と取り、「子」が生まれてくると狭衣が理解したとして、「耳より」のままとした。元和古活字本・鷹司本・承応版本「今もみてしかとなん」、武田本・東大本・竜谷本・中田本・黒川本「今もみてしかなとなん」とあり、この場合は「あな恋し今も見てしか山賤の垣ほに咲ける大和撫子」（『古今集』695）を引歌とする。　③渡らなん―底本「わたらんなん」。諸本多く「わたらなん」であることに鑑み校訂した。平出本・内閣文庫本・文禄本・宮内庁三冊本・松井三冊本・竹田本・黒川本・大島本「わたりなん」。　④わざとよしとなけれど―校本では底本と文禄本を「わざとよしとれと」とするが、底本は「わさとよしとけれと」。意味不通のため、「な」を補った。四季本「わざとかゝれと」、宝玲本「わざとよしとかゝれと」。諸本多く「わざとよしとなけれど」。深川本・平出本・内閣文庫本・為秀本「わざと上ずめかしからねど」とあり「上衆めく」を使った表現をとる諸本が他にもある。

四十四　乳母、言葉巧みに飛鳥井女君を説得

【校訂本文】

かしこには、[1]筑紫の人、

(道成)「暁になん。ゆめゆめ違へたまふな」

と言ひければ、

(乳母)「ただ、暁にさりげなくて、車をふと寄せたまへ。違ふといふことは、あなゆゆし」

と言ひにやりて、女君のひとりながめ臥したまへるところに来て、

(乳母)「明日のまだ早朝《つとめて》、この西に井掘るとて家主《いへあるじ》もほかへ渡りにけり。いかがせさせたまはむずる。車のことを誰にか言はまし。あはれ、かやうの折こそ威儀師《ゐぎし》は思ひ出でらるれ。かくのみ世の中たよりなきにこそは、[2]思はぬ山々なくわりなけれ。いみじう思ふとも、やもめは思ふことの叶はぬが口惜しきぞや。かかればこそ、宮仕ひ人は忍びの語らひはまうくるぞかし。まことまこと、この隣の[3]駿河が妻君《めぎみ》こそ、ものの情けありて言はむこと聞かむと言へ。言ひにやりてこころみん。さてこの[4]蔵人少将殿の御乳母の家借りて、しばし渡したてまつらん。なでふことかは侍らんな。年ごろの①いみじき知り人《うど》なり。この御事の後、つつましうて訪れぬをかくとや聞きたまふらん。さるにても悪しかるべきことかは」

と言ひ散らして立ちぬるを、

（飛鳥井女君）「あな見苦し。歩きも懲りにしかば土忌《つちい》[5]までもありなん。まいてその知らぬ人のもとには、いかでか」

とのたまへば、

（乳母）「あなまがまがしや。ただなる人だに土忌まぬや侍る。まいて、かくおはしまさむ人は。あなおそろし、あなおそろし」

と言ふ。

よろづよりは（飛鳥井女君）「かの少将と思ひて、いかなる僻事《ひがごと》を言はんずるならん。時どきの御前渡りなど思ひあはすれば、『それにや』と思ふ月影も、まぎれたまふべうもあらぬものを」と思ひて、とやかくやとこのことを言はむにも、よきことと思ひたらぬ気色なるに、いとつつましければ（飛鳥井女君）「いかなる僻事[2]もをし出でんずるならん」と思ひ続くるにも、もとよりものはかなくあやしかりける身の有様思ひ知られて、かうまでもさすがに見えたてまつる契りは浅からず、我ながら思ひ知らるるを（飛鳥井女君）「このことまことにさもあらば、さりとも思ひ数まへたまふやうもありなんかし。のたまひ契る有様も虚言《そらごと》にしもあらずや」など思ふに、我が身も少しいたはしくなりにたるを（飛鳥井女君）「この頼もし人や、いかがもてなし果てんとすらん。源氏の宮に出だし立てても、かやうの人に見えたてまつらんがはづかしさに、心強《こは》きやうにてやみにしを、げにかく思はずなるさまにても見えたてまつりけり。今はまいて、いづこにもいづこにも、さやうの筋など思ひかくべきにもあらずかし」など言[6]ひ言ひの果て果ては、うしろめたう心細う思ひ続くるに、[7]枕も浮きぬばかりになりぬ。

（大系九七-九九　新全集①一二五-一二八　全書上二五八-二六〇　集成上九八-一〇一）

梗概

飛鳥井女君の乳母は、道成に暁に車を寄せるように指示する。そして、女君には、西隣の家が井戸を掘るため土忌する必要があり、蔵人少将の乳母の家を訪ねようと言う。女君は、乳母が狭衣のことを蔵人少将と思っているために言うのだと思うが、訂正しようとは思わない。女君のなかに乳母への不信感が広がっていく。

【注】

1　筑紫の人―筑紫に下る人のことで道成を指す。　2　思はぬ山々―出家して山籠もりすることに用いる例が多いが、ここでは隠れる場所をいう。時しもあれ花の盛りにつらければ思はぬ山に入りやしなまし（『後撰集』70・藤原朝忠）　3　駿河が妻君―隣家に住む駿河守の妻のこと。ただし、ここは乳母が飛鳥井女君を家から連れ出すための説得であり、本当に隣家に駿河守の妻が住むとは限らない。なお、区分四十六にはここでの表現を受けて「人のため真心なりける駿河殿」とある。　4　蔵人少将殿の御乳母―乳母は狭衣のことを検非違使別当の息子の少将だと思っており（区分二十九、125頁、区分四十一、169頁）、その乳母と知己であると述べる。なお、「蔵人少将」であったことはここで初めて語られる。　5　土忌―陰陽道や民間信仰の考え方の一つ。土地の精である土公神《どくじん》がいる所を深く掘り起こすことを犯土《はんど》と呼び、祟りが起こると信じられた。そのため、近所でこのような場所の工事がある際は祟りを避けるため地神経を読んで供養したり家人がしばらく他の方角に移り住んだりした風習があった。コラム17参照。　6　言ひ言ひの果て果て―あれこれ悩んだ結果に、の意。世の中をかく言ひ言ひの果て果てはいかにやいかにならむとすらん（『拾遺集』507）　7　枕も浮きぬばかり―区分十五注1（76頁）参照。

【本文考】

①いみじき知り人なり―四季本・宝玲本・文禄本は底本と同じ。諸本多く、同じような意味の表現であるが、鈴鹿本・雅章本・宮内庁四冊本は「ゐぎしゝる人なり」とする。②僻事もをし出でんずるならん」と―諸本多く「ひか事ともをしいてんすらんと」。四季本・宝玲本・文禄本は「ひかことをいでんずるならんと」。

コラム17　土忌

女君との仲を取り持つと道成に約束をした乳母が土忌を口実に飛鳥井女君を連れ出そうとする場面。土忌とは、大地の神である土公神の祟りを受けそうな時に、避難や供養によって土公神の祟りを逃れる風習をいう。土公神を避ける手法はいくつかあるが、乳母は「蔵人少将殿の御乳母の家借りて」避難するように飛鳥井女君を説得している。

この場面以外に『狭衣物語』内で土忌が話題に上がっている場面としては狭衣が、蓬が門の女を気にかける場面（区分二十一）がある。たとえば深川本では、「妻の同胞なん、中務の姫君の御乳母にて、土忌・方違などには、ときどき渡り候ふ」と土公を避けて移動する様子が描かれている。三条西家本に同様の文章はみられないが、第一系統・第二系統では共通して存在する記述である。

さらに、他の日記や物語にも土忌のために移動している様子がみえる。『更級日記』は、身を寄せた先の思い出を「三月つごもりがた、土忌みに人のもとに渡りたるに、花のさかりにおもしろく、今まで散らぬもあり」（三〇〇）と残している。また、本件同様に女性をよそへ移すための理由に土忌を使った例が『堤中納言物語』「はいずみ」に登場する。既に妻を持っていた男が、新しい女の親に請われて彼女を自宅に迎え入れるために、元の妻を他所に移す必要ができた。そこで、「かしこに、『土犯すべきを、ここに渡せ』となむ言ふを」（四八九）と新しい女の土忌を引き受けることを口実に、元の妻を家の端に移そうとする筋書きだ。「はいずみ」の作中では新しい女の家が土忌を必要としたという事実はなく、完全に口実として土忌を使っている。どちらにせよ、平安貴族にとって土公を避けて他所へ移るのが一般的な出来事として受け止められていたことがわかるだろう。

他方で、土公神の怒りを鎮めるのは陰陽師や琵琶法師等の役割とされている。そして、なぜ土公神を鎮める力を持つのかは、多くの説話や祭文、釈文などで語られている。それぞれに異同はあるが、中世に成立した説話集である『注好選』の「文選は諍を止めき　第八六」では次のようなあらすじが語られる。

舎衛国の四人の王子は王の遺言から四季をそれぞれの所領とした。しかし、父が崩御した際、まだ生まれていなかった五郎の王子が所領の配分を求めて兄たちと争いになり、天下が乱れた。そこで、大臣の文選博士が四人の兄から五郎の王子に七二日ずつ分け与えるように仲裁したことで和解した。感謝した五郎の王子が、「今後、博士の子孫には咎を許し、害をなさない」と宣言することで物語は終わる。

土公神とはこの五郎の王子であり、彼の神を鎮める者は文選博士の子孫だという土用の由来を語っている。『注好選』の物語や土忌の風習から読み取れるように、土公神は荒ぶる神であると受け止められていたのである。

また、五郎の王子は文選博士に「縦ひ眼を穿ち頭を打つとも其の過を免すべし。敢へて祟り無からむ者か」（二七四）と述べている。大地を削り、掘り進める行為が土の精たる五郎の王子を傷つける行為であり、祟りの原因になるというのである。それゆえに土公神が留まる土地への掘削作業を犯土と呼び、陰陽師や僧侶による供養か、さもなくば避難を必要としたのである。

並びに、土公神は季節ごとに家の中を移動する神であった。『倭名類聚抄』巻二の土公の項目には「董仲舒書の云はく土公は鶩空《どくう》なり。二反。春三月は竈に在り。夏三月は門に在り。秋三月は井に在り。冬三月は庭に在り」（二七二）と各季節の所在が記されている。加えて、犯土の影響範囲は約一四〇平方メートル圏内の家々に影響を及ぼす[1]と考えられていた。そのため、施工主一家はもちろん近隣住民も他所に移らなければならないのである。井戸の工事がある以上、飛鳥井女君も土忌を行う必要があるのだが、移動用の車や安心できる行先を用意する財力がない。

　しかし、外出を拒否する女君に乳母は「子生むには土公といふものは、必ず出で候かし。」と述べ、外出を促す。乳母の言葉通り、妊婦と土忌に特別な関係があると考えられていたのかは定かでない。けれど、犯土が懐妊と関わるのは、白河朝以降の后妃の場合に限られており、飛鳥井女君のような身分に該当することはなかったのである[2]。

　しかしながら、犯土が妊婦だった飛鳥井女君に害を及ぼす可能性も確かにあったと考えられる。『小右記』万寿四年（一〇二七）六月五日の条には（源俊賢の返書によると）「土公の祟り、始め目・足腫れ上がり、近日は俣に及び、苦しきこと堪ふべからず」（二四四）と広域な腫れが生じている。長元四年（一〇三一）七月五日の条には藤原彰子の病状について「女院、俄に御腰を悩み御す、御竈神土公の祟りの由を占ひ申す」（三）とある。土公神の祟りにより前者は足から股にかけて腫れ上がり、後者は腰痛に悩まされたというのである。さらに後者は『狭衣物語』の中と同じく秋の出来事である。このように土忌の祟りは発熱だけでなく腰や股など腹に近い箇所に症状がでた例もみられる。土忌の祟りは妊婦にとって、腹の子に障りがある可能性も考えられる恐ろしい事態だったのではないだろうか。

　同じく『小右記』寛仁三年（一〇一九）一二月一六日の条には、土用の期間の移動について尋ねた際の安倍吉平の返答が残されている。「吉平朝臣、報書に云はく、土用の時移徒を忌むの文未だこれを見ず」（二一九）。土忌は民間信仰としての側面があり、その信仰・慣習には正式な文書で纏められていないこともあったのである。

　ゆえに、飛鳥井女君に提示された土忌は、『堤中納言物語』「はいずみ」のような口実だったとも、下半身の病魔や后妃の症例が何らかの民間信仰として乳母に伝わっていたともとれるのである。

　よしんば乳母が土忌を口実に女君を連れ出したかっ

ただけだとしても、女君が無事に元気な子を産むには土公神の祟りを避ける必要があっただろう。ほかに伝手のない女君は乳母の探してきた先に移らざるをえない。近所にちょうど犯土をした家があったのが女君の運のつきだったのかもしれない。

【注】
①繁田信一『平安貴族と陰陽師――安倍晴明の歴史民俗学』(吉川弘文館　二〇〇五)。
②深沢瞳「『狭衣物語』の土忌――飛鳥井の君失踪譚の背景として」(倉田実編『王朝人の結婚と信仰』森話社　二〇一〇)。

【参考文献】
増尾伸一郎「氏神・土の気・竈神とその鉱脈――陰陽師の〈占病祟法〉と地霊への眼差し――」(『系図をよむ/地図をよむ――物語時空論』勉誠出版　二〇〇一)/兵藤裕己『琵琶法師――〝異界〟を語る人びと』(岩波新書　二〇〇九)/新日本古典文学大系『三宝絵　注好選』(岩波書店　一九九七)/『和名類聚抄　古写本・声点本本文および索引』(風間書房　一九七三)/大日本古記録『小右記』五、七、九(岩波書店　一九六九、一九七三、一九七九)
(遠藤葉子)

四十五　乳母、さらに飛鳥井女君を説得

【校訂本文】

乳母はまた来て、よろづものとりしたため、さるべきものは塗籠《ぬりごめ》に置きなどしつつ、

(乳母)「京の内は、一夜ばかりもと思ふまじきものぞや。まいて、この井は五、六日にもなりぬべかなり。筒[1]な

ど立てんほどまでこそおはしまさめ。車もありがたげに。たまたま歩かせたまふ、①かくうるさげに書かせたまふめるに」

など言ふめれば、君、

(飛鳥井女君)「このたまひつる所か。さらばなほ、忌まじとこそ思へ。知らぬ所にいかでか。さまではあらん」

とのたまへば、

(乳母)「さ思しめさば、常盤殿《ときはどの》に渡らせたまへ」

と言ふは[2]故中納言の領ぜし西山のわたりなりけり。

(乳母)「いさ、またそれも②便《びん》なし。ただ土を忌まじと思しめさば、[3]御心。女の申さんこと、はかばかしからじとて、おはせん折の有様もさすがにそれまで生きてはべらば、あやしの身こそは見たてまつらめと思ひはべるに、いまいましきぞや。さらぬだにこそ、子生むには[4]土公《どくう》といふものは、必ず出で候かし。[5]御忌みの方にさへあるよ。この頼もし人の御心さへ、さやうのほどとても、かひがひしうもてあつかひたまふべきにこそ見えざめれ。③言ひとめては、女の苦にてぞ侍らん。かやうの公達は④親などだに居て頼もしきあたりをだに、少し[6]⑤くらべやめば、うち捨てたまひつ。いでや、⑥参りて、何の数とか思ひたまふらん。あな、をこがましや。また、御心ざしあらば、所変はるとも、おはせざるべきことかは。[7]恋こそ道の」

とさすがにうち笑ひて言ふは、(飛鳥井女君)「かくほかへ行きにくくするも、この人により言ふと思ふなるべし」と思ひたまひて、

(飛鳥井女君)「そのことにはあらず。あやしき有様なれば歩きももの憂くおぼえしを。いさや、いとどもの懲りして」

とのたまへば、

（乳母）「さて、それはあやしうはべりける。⑦されぱこそ、かかる御※⑧幸《さいは》ひも御覧ずれ。かしこは、なかなか若き人のおはし通はむにをかしき所なれば、うち忍びて、二、三日居たまへるやうもありなん。何某それがしとどめて侍れば、御使にも、そこそこと教えはべりなん。おはしましたらんにも、よくよく案内《あない》申させよと言ひ置きはべりぬ」

など留《と》めむずる従者《ずさ》ども呼びたてて言ふも、かたはらいたければ、

（飛鳥井女君）「さまでたづぬる人もあらじ」

とばかりは言へど、いとどおぼつかなきものにのたまふも、（飛鳥井女君）「げに行方なくば、[8]昔物語などのやうに、ことさらめきてや思さん。まことに、かうとは聞こえばや」とは思ふに、

（飛鳥井女君）「[9]変はらじと言ひし椎柴《しいしば》待ち見ばや常盤の森に秋や見ゆると　百184・風1130詞書

[10]『とかへる山の』とありし月影はこの世の外になりぬとも、忘れたまふべうもなきを、いかにしなしつるぞとよ」、あやしうもの心細うて、火をつくづくとながめつつ涙ぐみたまへるまみの気色のいとらうたげなるを、乳母、さすがにうち見おこせつつ（乳母）「心も知らぬ人に、うち任せ聞こえてはるかなるほどに出で立ちたまふは、口惜しき御さまかな」と、さすがに涙ぐまれけり。

（大系九九-一〇一　新全集①一二八-一三一　全書二六〇-二六三　集成上一〇一-一〇四）

〔校訂〕※幸ひ―底さいは

梗概

知らない家に行きたくはないと、土忌を拒否する飛鳥井女君だが、乳母はさらに説得を続ける。女君の亡

き父中納言の所領である西山の常盤殿への移動を提案する。狭衣に知らせたいと思って沈む女君の姿に、さすがに乳母も涙ぐむのだった。

【注】

1　筒など立てんほどまでこそおはしまさめ―この部分から飛鳥井女君に向けた言葉。「おはします」と尊敬語を使っているが、「こそ〜め」は命令に近い口調である。　2　故中納言―飛鳥井女君の亡き父。　3　御心―「(そのように強情を張るなら)どうぞ御意のままに」と突き放した口調。　4　土公―区分四十四注5(184頁)参照。　5　御忌の方にさへあるよ―乳母の発言では出産で土公が出るとするが、その上、忌みの方角にも当たるということ。　6　くらぶ―「くらぶ」は親しく付き合うの意。ここでは面倒をみるというほどの意味合い。　7　恋こそ道の―愛情のある相手ならば、こちらの居場所が変わっても必ず訪ねてくるはずだという意。時代は下る例だが「恋こそ道の」を含む歌が一首のみある。常陸帯のかごともいとどまとはれて恋こそ道の果てなかりけれ(『拾遺愚草』170)　8　昔物語などのやうに―『源氏物語』帚木巻の雨夜の品定めで、頭中将は夕顔のことを「昔物語めきて」と言う。女が失踪する話を「昔物語」のようだとする意識がある。　9　「変はらじと」詠―狭衣が女君への変わらぬ愛を「とかへる山の」と言って誓った場面(区分三十三)を受けて、これから移り住む常盤の森でその約束を見届けたいとする。紅葉せぬ常盤の山は吹く風の音にや秋を聞きわたるらむ(『古今集』251・紀淑望)　10　とかへる山の―区分三十三の最後の場面(145頁)。

【本文考】

①かくうるさげに書かせたまふめる―諸本多くは「うるさがらせたまふめる」。底本「かゝせたまふめる」の「ゝ」が「ら」とも読める字形で校本では「ら」と取る。書き直したようにも見える判別しにくい箇所であるが、他の字形と比較し「ゝ」と取った。区分四十三（178頁）で示された狭衣の手紙のことを指して「書かせたまふ」と理解した。四季本は「かゝせたまふ」、宝玲本・文禄本は「からせたまふ」。②便なし―底本含め「便なし」の本文が多いが、元和古活字本など「ひさしう」とする諸本がある。この場合、常盤殿までの距離があることを示す。③言ひとめては―校本では四季本・宝玲本・文禄本と同様に「言ひとては」とあるが、底本と宝玲本は「言ひとめては」である。他に「言ひもていけば」「言ひせめては」「言ひ思へば」などの異同がある。④親などだに居て頼もしきあたりをだに―四季本・宝玲本・文禄本は底本と同じ。その他の諸本では「だに」の繰り返しはない。「だに」の繰り返しにより「親が大切にする」だけでなく「低い受領階級でも」のニュアンスが表れる。コラム18参照。⑤くらべやめば―四季本・宝玲本・文禄本・深川本・平出本・内閣文庫本・宮内庁三冊本・松井三冊本・吉田本・鎌倉本・京大五冊本・押小路本・鷹司本は底本と同じ。他本の多くは「うしろ見やめば」。⑥参りて―四季本・文禄本は底本と同じ。この「参りて」を「そのような男と結婚しても」の意でとった。乳母は「召人くらいにしか扱われない」の意をこめているのであろう。その他の諸本では「まいて」または「まして」とする。⑦あやしう―四季本・文禄本は底本と同じ。「あやしう」の語を持つものは他に宮内庁三冊本・松井三冊本。その他の諸本は「悪しう」（または「悪しく」）とするが、「あやしう」でも意味が通るため、そのままとした。⑧幸ひ―底本「さいは」。諸本多く「さいはひ」であることを鑑み、「ひ」を補った。

コラム18

出立を促す乳母
――言葉の端に宿る感情

出立を拒否する飛鳥井女君を説得しようと試みる乳母。なんとしても彼女を連れ出さなくてはならないとの思いからか、この場面における乳母の発言は、口調・内容ともに強いものとなっている。そして、それは三条西家本等に見られる特徴的な表現によってさらに強調される。例を挙げて見ていきたい。

まず、「かくうるさげに書かせたまふめるに」である。この発言は、第三・四系統にのみ見られる。というのも、この部分の描写は、系統によって次のように分かれるからである（系統内でも多少の異同があるため代表的なものを挙げる）。

第一系統――乳母の台詞は「……井筒など立たむまでこそはおはしまさめ。車もあり」で終わり、姫君の台詞が「この宿、車はいかが。また、のたまへる所か。……」と続く。

第二系統――車に関する描写自体がない。

第三・四系統――乳母の台詞が「……筒など立てんほどまでこそはおはしまさめ。車もありがたきに。たまたま歩かせ給ふも、かくうるさがらせ給ふめるに」の形の描写である。

さて、右に挙げたとおり、第三・四系統の多くの本では、この発言は「かくうるさからせたまふめるに」となっている。三条西家本と同じく、「かくうるさけに」として切ったあと「か〻せたまふめるに」と続く形なのは、四季本・宝玲本・文禄本という同系統本である。「か〻せたまふ」の「〻」は、三条西家本では「ら」とも読める難読箇所であり、該当部分を四季本は「か〻せたまふ」、宝玲本・文禄本は「からせたまふ」である。この場面で乳母は飛鳥井女君の周囲を片付けながら説得しており、その際に区分四十三で狭衣が書いた飛鳥井女君宛の手紙（179頁）も見たのであろう。その手紙を片付けながら「こんなにも煩わしいほどに書いていらっしゃること」と狭衣に対して皮肉めいた口調で述べていると理解できよう。乳母の皮肉さがここに表れている。

次に、「親などだに居て頼もしきあたりをだに」について考えたい。述べられる内容はいずれの本でも変わらないが、以下のような細かい異同が見られる。

「をやなとたにゐてたのもしきあたりをたに」
——三条西家本・四季本・宝玲本・文禄本
「おやゐたちてあつかうたに」——深川本
「おやしたておもひあつかふに」——平出本・内閣文庫本
「をやたちそひてあつかうたに」——為秀本
「おやなとのかたゝちてたのもしきわたりおたに」
——為相本
「をやなとの|（ナシ吉）たちそひてたのもしきわ|（あ吉）たりを|（に武）たに」——蓮空本・大島本・吉田本・鎌倉本・武田本・東大本・竜谷本・中田本
「おやなとのたちそひておもひあつかふたに」
——鈴鹿本・雅章本・宮内庁四冊本
「おやなんとたちいてたのもしきあたりをたに」
——宮内庁三冊本・松井三冊本
「をやなとひきたちてたのもしきあたりをたに」
——竹田本
「をやなとのかたゝちてたのもしきたに」——前田本

三条西家本と同様なのは、四季本・宝玲本・文禄本という同系統本であり、特徴的なのは、「だに」が繰り返される点だ。これにより、やはり乳母の口調の強さは強調され、内容に関しても、単に「親が大切にする」というだけでなく、「低い受領階級でも大切にする」といった意味合いさえ感じる発言となっているのではないだろうか。

最後に、同じ発話中にある「参りて、何の数とか思ひたまふらん」を挙げてみる。この「参りて」の部分にも諸本による異同がある。

「まいりて」——三条西家本・四季本・文禄本
「まいて」——深川本・為相本・鈴鹿本・雅章本・宮内庁四冊本・宝玲本・吉田本・鎌倉本・武田本・東大本・竜谷本・中田本・蓮空本・大島本・竹田本
「まして」——為秀本・前田本、

「ましてや」――宮内庁三冊本・松井三冊本

三条西家本と同様なのは、四季本・文禄本であり、同系統本のうちの二本となる。ここでは、「参る」を「結婚する」の意と取ってみたい。これにより、「そのような男と結婚しても」といった内容の発言であると解することができる。また、「参る」は上位のもとに参上するという意であるから、乳母がこの言葉を用いたことで、「結婚しても召人くらいにしか扱われない」という意をこめているとも考えられるのではないだろうか。もちろん、同様の本文が同系統本の一部にしか見られないことや、諸本に見られる言葉（「まいて」等）の字面と近似していることから、単なる誤写である可能性も充分に考えられる。さらに、前述のように、直前には「だに」が繰り返されており、これは古来より「まして」と呼応する形で使われる。この呼応は、『万葉集』をはじめ後世の歌にも多く見られ、『源氏物語』の使用例においては「事象の程度の軽重に応じて、事柄の必然的ななりゆきをとりおさえる文体」、「人間関係をきびしく秩序づける文体①」という指摘がなされている。つまり、ここは「まして」に軍配があがるのが通常であろう。しかし、「参る」という言葉を尊重することで発言内容はより鋭利なものとなってくるのである。

以上、乳母の発言について三例を挙げて考えてきた。飛鳥井女君の物語は、「継子虐め譚の変型②」であるなど、乳母が悪役として描かれていることが既に指摘されており、それはここで見てきた同じ語の繰り返しや言葉の選び方にも表れている。いっそう強い印象を増したその表現は、乳母の危機感や感情の激しさなども浮き彫りにしているのではないだろうか。

【注】

①鈴木日出男『源氏物語の文章表現』（至文堂　一九九七）。

②三谷榮一「飛鳥井女君物語に見る継子虐め譚」（『狭衣物語の研究〔異本文学論編〕』笠間書院　二〇〇二）。

【参考文献】

久下裕利（晴康）「狭衣物語の乳母たち」（『平安後期物語の研究　狭衣浜松』新典社　一九八六）

（瀬野瑛子）

四十六　飛鳥井女君、連れ出される

【校訂本文】

暁に車の音して、門《かど》叩くなれば、

(乳母)「いであはれ、人のため真心なりける駿河殿の声かな。あまり疾うさへ車を賜へるよ」

とて引き入れさするを聞くにも、胸うち騒ぎて(飛鳥井女君)「[1]飛鳥川を心もとなげにのたまはせたりつれば、夜さりなどは例のものしたまはんには、いかやうに言ひて帰りたまはん」など、なほもの憂きも(飛鳥井女君)「げに、うたてある心かなと、乳母の物言ひも心はづかしながら、おぼつかなうてものしたまはん」と、心よりほかなる身のあやしさ、まづ思ひ続けられて動かれぬを、妻戸押し開けて、

(乳母)「さらば、疾う渡らせたまひね。人の急ぎたまはんに久しくならんもいとほし」

と言ひて、鮮やかなる衣、持て来てうち着せ、櫛の箱やうの物、車に取り入れなど、ただ急ぎに急ぎて、

(乳母)「遅し遅し」

と押し出づるやうにすれば、我にもあらずゐざり出づるも、何とはなけれど心騒ぎして、胸つとふたがりたる心地す。鶏《とり》も今ぞ鳴くなる。

(飛鳥井女君)[2]天の戸をやすらひにこそ出でしかと①木綿《ゆふ》つけ鳥に問はば答へよ　百96・風972＊

(飛鳥井女君)「なほ、ただ今」などは聞こえまほしきに、とみにも乗りやらず涙せきやらぬ気色を、(乳母)「まいていかに」など道②のほとりの有様など思ひやらる。[3]③乳母、また、人ひとりばかり後《しり》に乗りぬる。

(大系一〇一－一〇二　新全集①一三一－一三二　全書上二六三－二六四　集成上一〇四－一〇五)

梗概

暁に車の音がする。乳母は駿河殿が車を貸してくれたのだと言い、飛鳥井女君を急かして車に乗せる。

【注】

1　飛鳥川を心もとなげにのたまはせ―区分四十三（179頁）で、狭衣が贈った「飛鳥川」詠を含む手紙の内容を指す。

2　「天の戸を」詠―「木綿つけ鳥」は鶏のこと。天の戸を明けぬ明けぬと言ひなして空鳴きしつる鳥の声かな（『後撰集』621）

3　乳母、また、人ひとりばかり後に乗りぬる―乳母と女房一人が飛鳥井女君と同車した。本文考③参照。

【本文考】

①木綿つけ鳥に―為相本・四季本・宝玲本・文禄本・宮内庁三冊本・松井三冊本・竹田本・押小路本は底本と同じ。深川本「ゆふつけとりの」、前田本「ゆふつけ鳥より」、他本「ゆふつけとりよ」。②道のほとり―底本は「みちのほとり」の「り」は傍記。他本多く「みちのほど」であり、「ほとり」とするのは、四季本・宝玲本・文禄本・宮内庁三冊本・松井三冊本。③乳母、また、人ひとりばかり―四季本・宝玲本・文禄本はじめ多くの諸本が底本と同様に乳母ともう一人の女房が同車した本文を持つ。深川本のみ「又乳母一人ぞ」と乳母のみが同車した本文となる。

四十七　飛鳥井女君、船に乗せられる

【校訂本文】

門引き出づるより、[1]胡簶《やなぐひ》など負ひて、見も知らぬおそろしげなる姿したる者ども、数知らず多くて、火は昼のやうに灯して、

（武者）「明け果てぬ先に、疾く疾く」

など言ふ気配ども、あやしうものおそろしきに（飛鳥井女君）「こはいかなることぞ」、ただかき暗す心地すれば、衣をひき被きて臥したるに、かの[2]「行く方知らぬ」とありしを聞きはじめしよりうちはじめ、月ごろ言ひ契りたまひつる言の葉、気配、有様思ひ出でられて（飛鳥井女君）「我が身はいかになりぬるにか」と思ふにいみじきに、[3]淀といふ所に行きつきぬれば、舟に乗せんとののしり合ひたるに（飛鳥井女君）「さればこそ。常盤にはあらざりけり」と思ふに、ものもおぼえねど目は見ゆるにや、岸に舟ども寄せて乗せ移さむとて、二十余《よ》ばかりの男の[①]きたなげなしとや言ふべからん、つきづきしうそぞろかなるかたちなる、[4]いといみじう思ふことなげに心ゆきたる気色にもてなして、

（道成）「大弐殿は今は[5]鳥飼といふわたりにおはしましぬらんな。中納言殿の御物忌かたかりつれば、とみにえ出でで遅れたてまつりつるなり。御気色よろしからざりつれば、暇もえ申し出づまじきなめりと思ひつるに、高《かう》名《みやう》の馬をさへこそ賜はせたれ」

など言ひて、送りの人々などなるべし、[②]同じほどの者どもも、

（人々）「[6]江口のわたりの逍遥、この度は不要なめり。[③]大弐殿急ぎたまふなり」

など言ふ姿のつきづきしきをだに（飛鳥井女君）「何者ならん。行幸、賀茂の祭りなどに、別当の後に、かやうのおそろしげなる物さげつつある者こそ、かかるかたちはしけれ」と見るだにうとましげなるに、車に寄り来て、

（道成）「御舟に奉りね」

とてかき抱きて乗せ移すほどの心地、いかがはありけん。乳母、心ゆきたる気色にて、もの言ひ笑ひなどするを④聞くもかなしとも世の常なり。（大系一〇二-一〇三　新全集①一三二-一三五　全書上二六四-二六六　集成上一〇五-一〇七）

梗概

飛鳥井女君を乗せた車が向かった先は常盤ではなかった。淀で女君は舟に乗せられ、だまされたことに気づく。道成も乳母も、首尾よくいったと満足げな表情を浮かべている。

【注】

1　胡籙―矢を入れて背負う道具。幅の広い平胡籙や筒形の壺胡籙、簡素な形の狩胡籙などがある。　2　行く方知らぬ―区分二十七（119頁）での狭衣の「我が心」詠を指す。　3　淀―現在の京都市伏見区南西部。鴨川・桂川・宇治川・木津川が合流し淀川になる地点を指し、その水流のよどみに由来した名とも言われる。京都周辺の水陸交通の中心地のひとつで、中世以前、京より西への旅はここから乗船した。　4　いといみじう―「心ゆきたる」に係ると解した。道成がたいそう満足げな様子での意。　5　鳥飼―現在の大阪府摂津市鳥飼。平安初期に右馬寮の放牧場が置かれた。淀川を往来する舟の停泊地であることに加え、鳥飼院があり、倉院・官舎もあったため貴族の遊行の地としても栄えた。『大和物語』一四六段では宇多天皇が行幸し、「鳥飼」を題に和歌を詠ませている。　6　江口のわたりの逍遥―江口は現在の大阪市

東淀川区にあった港町。淀川の右岸で、神崎川との分岐点にあたり、古くから水上交通の要所であった。平安期に貴族が熊野・高野山などへ参詣するようになると、遊女のいる歓楽地としても繁栄した。

【本文考】

①きたなげなし―底本と同じく「きたなげなし」の本文をもつ諸本が多いが、深川本・平出本・内閣文庫本・鈴鹿本・雅章本・宮内庁四冊本は「きよけなり」、為秀本「きよげなる」とする。蓮空本・大島本・為相本・武田本・東大本・竜谷本・中田本・前田本に「きたなげなし」や「きよげなり」に該当する表現はなし。「きたなげなし」を用いた底本では、飛鳥井女君の道成に対する嫌悪感が表現されている。コラム19参照。②同じほどの者どもも―四季本・宝玲本・文禄本・竹田本は底本と同じ。深川本「おなし程の人とむかひゐて」、平出本・内閣文庫本・為秀本「おなしほとなる人ともむかひゐて」など「むかふ（むかひゐる）」を持つ諸本が多く、そのことで直後の会話文の発話者が異なってくる。底本では「同じほどの者ども」が発話者と解釈した。③大弐殿～つきづきしきをだに―校本では、底本は四季本・宝玲本・文禄本・宮内庁三冊本・松井三冊本・吉田本・鎌倉本と同じく「だいにどのいそぎ給ふなりなといふすがたのつき〳〵しきを」とするが、底本では続きに「だに」があり、同様の本文を持つ本は他にはない。④聞くもかなしとも―校本では元和古活字本「きくにねたうかなしとも」と同じとするが、底本と宝玲本は「きくもかなしとも」。校本によれば「ねたう」の語がないのは他に前田本「うらめしとは」のみである。

コラム19
「きたなげなし」をめぐって
――道成を嫌悪する飛鳥井女君

　飛鳥井女君がはじめて道成と相見える場面。検非違使のように武具を携えた道成は、女君を抱きかかえて舟に移そうと近づく。そのわずかな間に、道成の印象が女君の側から語られるのだが、その冒頭に使われる言葉には、諸本の間で揺れが生じている（本文考①参照）。大きく分けると、道成の見た目が「きよげなり」なのか「きたなげなし」なのか、という違いがあるのだ。簡単に確認しておくと、「きよげなり」とは美しいさまを表すポジティブな表現、「きたなげなし」は見苦しくはないさまを表すネガティブな表現である。実際の本文を用いて比較してみる。

①きたなけなしとやいふへからんつき〳〵しうそゝろかなるかたち　（三条西家本・翻刻本文）

②きよけなりとやいふへからんつき〳〵しうそろ〳〵かなるさまかたち　（深川本・校本）

「いといみじう思ふことなげに心ゆきたる気色にもてなして、」と続く部分である。飛鳥井女君は乳母に騙され、見知らぬ所に無理矢理連れてこられた。状況が解らず不安と焦りに苛まれていると、正体不明の男が「思ふことなげに心ゆきたる気色にもてなして」近寄って来る。その男が「きよげなり」なのか「きたなげなし」なのかで、飛鳥井女君の気持ちにどれだけ違いが生じているかがポイントになる。ネガティブな表現である「きたなげなし」を用いている本文の方が、飛鳥井女君の嫌悪感は強そうな印象がある。そこで、「きよげなり」と「きたなげなし」の二つの言葉の成り立ちや他作品での用いられ方を確認しつつ、二種類の文章の違いを確認する。そこから浮かび上がってくる、飛鳥井女君の心情を考察していく。

　まず、「きたなげなし」は、接尾語「げ」がついた形容動詞「きたなげなり」の打消表現である。この言葉の基盤になっている「きたなし」は、人や物などの汚さを視覚的な嫌悪感をもって捉えた言葉だが、打消表現になると、人の容姿を評価する言葉となる。[①]「きよげなり」の場合は少々複雑な成り立ちで、視覚的な清らかさを表す形容詞「きよし」に、推測される気配を示す接尾語「げ」が付いた形容動詞である。似た言葉に形容詞「きよらなり」がある。どちらも人物の様態・容姿の美を表す言葉だが、対象の属性が語幹「きよ」に近接していることを推定し、言葉に有形化したものである。『万葉集』で多く用いられていた「きよし」は散文学では使用頻度が低くなり、語意の発展が見られなくなる。一方で散文学では、平安という時代に即応した美の形象として、「きよら」「きよげ」というふたつの派生語が出現する。二語詞は「きよし」の語意に加えて、華やかさと優雅さの象徴として発展し、『万葉集』の時代のように自然風物の美を「きよし」とするだけでは表現しきれない、複雑な人の感情を表す表現として発展していく。

「きよげなり」を理解するためには、「きよら」と「きよげ」の差を考えなくてはならない。注目したいのは、『源氏物語』での二語の用いられ方である。「きよし」の派生語である「きよら」と「きよげ」が激増し、全盛期に到達した感があるためである。中西良一[2]は『源氏物語』における二語の属性を検討し、「きよげ」より「きよら」の方に高い価値があるとしている。犬塚旦[3]はこれをさらに発展させ、「きよら」が源氏一族に、「きよげ」が頭中将一族に用いられているとする。一方、宮田恵子[4]は血縁関係だけで両語の差異を割り切ってしまうのは危険だとし、谷口典子[5]も血縁関係の影響は認めつつも、二語の美的意味をそれだけで算出することにためらいがある、としている。谷口は更なる分析から、「きよげ」が高貴とは言えない人物の美にまで当てられていることに注目し、「きよら」は高貴な身分に限定される美。一般人に許されない美的概念、「きよげ」は主人公以下の身分・血縁の人物に適応する美的概念、と整理している。つまり、『源氏物語』において、二語は清浄美から人間美を表す言葉として発展し、「きよげ」より「きよら」の方が、価値の高いものに限定的に用いられる性質を持っていたと整理できるだろう。

『源氏物語』成立から三〇年ほど後に成立した歴史物語『栄花物語』では、「きよら」の用例が激減し、「きよげ」が激増したが、ここでも「きよら」が上位の美の表現として扱われている。その一方で、『源氏物語』から見られた「きよげ」の、「視覚的特殊性を喪失し、外面的な対象だけでなく、内面に潜在する知性美の表現にも用いられる[⑥]」という傾向が顕著になってくる。以下のような用例がある。

殿の御有様の、いとのどやかに恥づかしげにきよげにものせさせたふに、御心ばへさへ飽かぬことなく、御才などおはしまし、よろづにすぐれさせたまへるを、……　（根あはせ③三八三）

そして、一一世紀後半成立と推定される『狭衣物語』では、『源氏物語』と同じく「きよら」「きよげ」は、人間美を表す言葉として用いられている。加えて、「きよら」は純粋で清涼感のある素直な美を対象にする一方で、「きよげ」はどこか屈折した、秘められた美を対象にするような傾向が見られるのである[⑦]。

それぞれの言葉の成り立ちを確認したところで、論点を「きよげなり」と「きたなげなし」の差異に戻すことにする。碁石雅利[⑧]は平安和文における「きよらなり・きよげなり・きたなげなし」の三語について、「容姿美の正評価を行うという共通した意義特徴を有し、しかも、身分や重要度によって段階的に使い分けられていた」としている。なかでも「きよらなり」は身分や重要度の高い最上層の人物を表し、身分がやや低くても重要度の高い人物が「きよげなり」で表現される。そして「きたなげなし」は、更に身分が低く無名の人物を対象とし、最上層の人物と同じ評価概念を適用することへの屈折した心理が、打ち消し表現に含蓄されているとする。前述した「きよげなり」のどこか屈折した美の表現は、身分と重要度の食い違いに由来するとも考えられる。

以上を踏まえて、冒頭に記した道成の例を考えると、飛鳥井女君の道成への第一印象の違いは、身分がやや低い人物か、身分がかなり低い人物か、だと整理できる。実際の容姿の美しさの差ではなく、飛鳥井女君が道成という人物のレベルを、どのように見積もったかが重視されているのだ。「きたなげなし」を用いた本文の飛鳥井女君は、道成の容姿とその振る舞いから、彼の情緒や才能を見るまでもなく、最下層の人間として評価していることがわかる。つまり、第三系統本文および古活字本の飛鳥井女君は道成への嫌悪感が強い、という人物造形がなされているのである。たった一つの言葉の違いだが、飛鳥井女君が道成という人物をどう捉え、いかに嫌悪していたかが表れている。わずかな言葉の違いが、この後道成の正体を知り、彼を拒み続ける女君の心情を理解するのに、重要な手がかりを与えてくれている。本稿ではこの本文の性質から滲み出る飛鳥井女君の心情に寄り添い、直後の「いといみじう」の語が、道成の容姿だけでなく、その態度や振る舞いにまで係るものと捉えた。

ところで、この箇所より前に道成と出会った飛鳥井女君の乳母は、「(道成は)心ばへ、かたちなどめやすくて」(区分四十一)のように、見た目の感じが良い、と好印象を抱いている。奇しくも乳母は狭衣と同じ「目やすき」という言葉を用いている。乳母と道成は協力して飛鳥井女君を連れ出すのに対して、飛鳥井女君は道成を嫌い入水する。うまくいかない飛鳥井女君と乳母の関係は、道成に対する印象の違いにも表れており、「きたなげなし」を用いた第三系統本文および古活字本では、両者の溝が深まっているように捉えられる。それは狭衣との関係にもあてはまることであるが、そこに、狭衣と飛鳥井女君の悲劇的な恋の行く末の予兆が見えるようでもある。

【注】

①谷口典子「「きよし」の系譜 序節」(『「きよし」の系譜――王朝美表現の一考察――』桜楓社 一九七六)。

②中西良一「源氏物語に於ける『清ら』『清げ』」(『学芸研究――人文科学Ⅱ』和歌山大学学芸学部 一九五二・二)。木之下正雄「形容詞――美意識の表現」(『平安女流文学のことば』至文堂 一九六八)でも、『源氏物語』の用例をもとに二語の性質が比較されており、「清ラは清さの本質を備えているという意味で、人においては玉の輝くような清浄美、物においては善美を表し、第一流の人物に用いられる。清ゲは人においては清楚美、物においてはこぎれいさを表し、第二流以下の人物に用いられる。」と論じられている。

③犬塚旦「清ら・清げ私見」(『王朝美的語詞の研究』笠間書院 一九七三)。

④宮田恵子「源氏物語に於ける「清し・清ら・清げ」」(『学習院大学国語国文学会誌』二 一九五八・二)。

⑤谷口典子「王朝文学における「きよし」系語彙の展開」(『「きよし」の系譜――王朝美表現の一考察――』桜楓社 一九七六)。

⑥前掲⑤谷口論文。
⑦前掲⑤谷口論文。
⑧碁石雅利「打消表現の意味転換――「きたなげなし」「きたなげならず」――」（『平安語法論考』おうふう　二〇〇一）。
（毛利香奈子）

四十八　飛鳥井女君を口説く道成

【校訂本文】

（飛鳥井女君）「いかなる者の、①いかなる世界にて、行くにかあらん」と全て言ひやるべき方のなきに、ただ（飛鳥井女君）「やがて起き走りて、川に落ち入りなばや」と思へど、ただ今落とし入れても見る人もあるまじければ、ただ頭をだにもさし出でず。男添ひ臥して、えも言はぬことどもを慰むれば、いとど泣きまさりて、あやにくげなる気色なれば、

（道成）「さのたまふとも、たけきこと、よにおはせじと思へばをこがましや。何某の少将の蔭妻にて、道行く人ごとには心をつくし、胸をこがしたまはんやは。あやしうとも、またなくかしづきたてまつらんを取りどころに思せかし。なま公達はなかなか②いとここたらしきものぞとよ。殿のおはしまさんかぎりは、何某をその公達はえこそあなづりたまはざらめ。さばかりの少将には、ならむと思はばなりぬべし。よし見たまへよ。[1]来年ばかり、かへり殿上して五位の蔵人になりて、その主《ぬし》といづれかまさりけると、なり出でて見せたてまつらん。口惜しう本意なしと思すとも言ふかひなければ、ただおいらかにもてなして、いとしなじなしからぬ③丞《じやう》にても、御心にあはぬことなく、やすらかにて過ぐさせたまふべき。公達ならずとて男《おのこ》をば悪《わろ》きものに人にもおぼえたらず。かや

うに女にまだこそ憎みならはかされね。御前よりはまさりてやむごとなき女たち、『我も我も』とのたまひつれど、太秦にて見たてまつりそめてしより、思ひそめてし心の直りがたくて、かく面目なき目を見はべるこそ。お[2]とどこそ、これ申しなほしたまへ」

[3]など言ひあだへて、被きたる衣をせちに引きやりつつ顔を見るに、ほのかなりしよりも近まさりして、いとどらうたげにをかしうなれば思ふさまにうれしくて、(道成)「いかで疾う思ひ慰めさせて、飽かぬことなくかしづきて見ん」と思ひけり。おとど、つれづれなりし名残なく、そのわたりの者ども、もて扱ひたる心地いとうれしう思ふさまなるに、女君の御有様のいと飽きたう、あやにくげなるを、

(付人)「いかに見たまふらん。さばかり『我も我も』と、婿に欲しがりし人を捨てて、かかる御気色は幸ひとこそ思すべけれ」

(道成)「ものの妨げのしたてまつるなめり。[4]荒御裂《あらみさき》を放たぬ人は、かくよかるべきことは悪《あ》しうなんおぼゆる」

と人々と言ひ合はせてぞ嘆く。

(道成)[5]「おとどだに、④さし出でたまへや。※かくまで、心憂き御心ならんとこそ思はざりしか。本意なきやうには、いかでか思さざらん。さりとも、あまりいとあやしや」

とてものしげなり。　(大系一〇三―一〇五　新全集①一三五―一三七　全書上二六六―二六八　集成上一〇七―一〇九)

〔校訂〕※かくまで―底かてまて

梗概

道成は飛鳥井女君を口説く。女君のもとに通っている男を蔵人少将だと思い込んでいる道成は、自分の主

の力があれば蔵人少将などには負けないと自信ありげである。ほかならぬその主が、飛鳥女君の想い人であることには気づいていない。

【注】

1　来年ばかり、かへり殿上して―「かへり殿上」は、昇殿を停められた殿上人が再び昇殿を許されること。道成は「大夫」とあるように五位だが（区分四十一注3（171頁）参照）、九州に下向するため宮中に仕えることができず、上京した際の再びの昇殿を望むのである。　2　おとどこそ―「おとど」は貴婦人や老婦人の尊称。飛鳥井女君の乳母を指す。区分三十注2（128頁）参照。「こそ」は、人名や人を表す名詞に接続して呼びかけを表す接尾語。　3　言ひあだへて―「あだふ」は、ふざける、戯れる、いたずらをするの意。　4　荒御裂を放たぬ人は―「荒御裂」は男女の仲を妬んで裂くという神。「荒御裂とは、人の仲を裂くる神をいふ」（『能因歌枕』）。　5　おとどだに〜思はざりしか―本文の乱れがあり難解な箇所だが、「乳母殿だけでも、出てきてください。（女君が）ここまでつれないお心だろうとは思わなかった」と解した。

【本文考】

①いかなる世界にて、行くにかあらん―諸本多く「いかなる世界に率て行く」や「いかなる世界に出で行く」であるが、「いかなる世界」を「いかなる者」との対になった表現として解し底本のままとした。　②いとここたらしきものぞ―意味不通箇所。四季本・宝玲本・文禄本は底本と同じ。諸本間で異同が多く、元和古活字本「いと心地あしき物ぞ」を参考に「いと心地あしきものぞ」と校訂することも可能だが、この校訂によっても文脈は理解しがたく、そのままとした。「なま公達」に対しての何らかの悪口か。　③丞にても―底本「ちやうにても」。四季本・宝玲本・文禄本は底本と同じ。

式部大丞である道成の自称と取った。吉田本・鎌倉本「定にても」、為相本「かたにて」、京大五冊本「かたにても」、竹田本「いゑにても」、押小路本「言にて」、蓮空本・大島本「身にても」、鈴鹿本・雅章本「やうにて」などあるが、その他の諸本多く「やうにても」。④さし出でたまへや。かくまで—底本「さしいてたまへやかてまて」であるが、文意不通のため「かてまて」を「かくまて」に校訂した。校本によれば、底本含め四季本・文禄本「さしいて給へやかて」であるが、底本は「まて」が続いている。宝玲本「さし出給へやかう」。

四十九　飛鳥井女君、狭衣からの餞別に道成の正体を知る

【校訂本文】

[1]皮籠《かはご》といふもの開けさせて、人々の得させたりける扇、薫物などやうのものども、取り出でて、

(道成)「『はかばかしからねど、ある人々にものしたまへ』とて、かかる人おはすべしとも知らせざりしに、いかでか聞きけん、①忍びて人出でて行くなりとて、[2]それがしかれがし」

など言ひて取り散らす中に、女の装束の心ことなるあるを、

(道成)「これはまろ、中納言殿の(狭衣)『誰と知らねど、率て行くなる人に必ず着せよ』とて賜はせたりつるぞ。御心ざしのままに奉りたまへ。御涙にいたうしをれぬめり」

など言ふを、

(乳母)「なに、なべてならぬ色合ひにこそ侍れ」

などめでゐたり。

また、

(道成)「この御扇は持《も》たまへりつるを、新しきよりはとて申し取りたるを、(狭衣)『はづかしき人にもこそあれ。いたう手馴れたり』と惜しませたまへれど、(狭衣)『形見に見よ』とのたまはせつるぞ。はかなううち持たせたまへるかやうのものどもさへぞ、なべての人には似させたまはぬや」

と言ふを聞くにも、(飛鳥井女君)「これはさは、この太秦にて聞きし者にこそありけれど、異人《ことひと》にだにあらで、あな心憂の身の有様や」と思ふ。いと悲しければ泣き入りたるに、この御扇をさし寄せて、

(道成)「これご覧ぜよや。いかにして人も見ばや、見ばやと、女の[3]高きも短きも言はず、心を尽くし騒ぐ御手よ。これ見たまへ。まろが憎さも慰みたまひなん」

と言ふは、(飛鳥井女君)「まことに我が見し同じにや」とゆかしきに、人知れず起き上がりて見つべうおぼゆれど、顔などのあきらかに見えぬべければ、なほ泣き臥したるを、

(道成)「我が君をこそ、かやうに命にかへて恋ひかなしめ。その[4]青びれ男によりて、命絶えぬべく見えたまふこそ、かへりては心づきなけれ。何事をいとさまでは思ひたまふぞよ。まろが顔はこよなうよきぞ。見たまへ見たまへ」

とあだへて、衣をせちに引き開けむとするに、(飛鳥井女君)「神仏、かかる目見せたまはで、疾う失ひたまひてよ」と泣き焦がるるさま、あまりうたてあれば、むつかりて立ちぬるままに、この扇を取りて見たまへば一夜持《も》たまへりしなりけり。

(大系一〇五–一〇六　新全集①一三八–一四〇　全書上二六八–二七〇　集成上一〇九–一一一)

梗概

道成は狭衣からもらった餞別の品々を乳母たちに見せびらかす。そのなかには狭衣の扇もあった。飛鳥井女君は、ここで道成の素性に気づく。絶望に泣き焦がれながら扇を手に取ると、それは果たして、ある夜狭衣が持っていた扇であった。

【注】

1　皮籠―なめし革をあじろに組んで張った蓋付きの大きな箱や、皮でまわりを張り包んだ箱。紙張りの箱、竹で編んだ行李、あるいはつづらの類であり、衣類その他を収納したり、品物を運搬したりするのに用い、旅行や行商の際によく用いられた。　2　それがしかれがし―都の人々が餞別をくれたことをいう。名前が分からない人物や、はっきりさせない時に使う。　3　高きも短きも―身分の高い者も低い者も。底本の場合、「人が見ばや、見ばやと」で一度話を区切り、身分の上下に関係なく女たちは狭衣の文字を見たがるのだと言い直し、この扇を飛鳥井女君も見るべきだと解した。　4　青びれ男―男らしくない男のこと。

【本文考】

①忍びて人出でて行くなりとて―四季本、文禄本は底本と同じ。平出本・内閣文庫本「しのびて人いくなりと」。元和古活字本「しのびて人ゐていくなりとて」など、諸本多くは「率て」という言葉を使う。底本「出でて」の「出づ」は「連れ出す」の意の他動詞で解釈した。

五十　飛鳥井女君、狭衣の扇を見る

【校訂本文】

移り香のなつかしさ、うちかはしたまへりし匂ひにも変はらで、真名、仮名と書きまぜたまへるを泣く泣く見れば、「[1]渡る舟人楫緒《かぢを》絶え」と返す返す書かれたるは、(飛鳥井女君)「その折は我と知りて書きたまへるにもあらじを、されど、ただ今、我が見つけたるは、ことしもこそあれ、いかでかは、いみじく思さざらん」。顔にあててとばかり泣くさま、絵も落ちぬべし。

(飛鳥井女君)[2]楫緒絶え命絶えぬと知らせばや涙の海に沈む舟人　百68＊・風1045＊

(飛鳥井女君)[3]添へてける扇の風をしるべにてかへる波にや身をたぐへまし

など思ひ続けらるるも(飛鳥井女君)「物のおぼゆるにや」と我ながら心憂し。(飛鳥井女君)「今朝は御文ありつらんかし、いかに言ひて返しつらん。またいかに待ち聞きたまひて思し続くらん。『[4]飛鳥川』とありし折、かからんものと思はざりきかし。

(飛鳥井女君)海までは思ひや入りし飛鳥川ひるまを待つと頼めしものを

『[5]心得ぬ夢』とありしはいかになりけるにかと、聞きだに合はせでやみぬるいぶせさよ。ただならぬことをいかで知らせたてまつらじと、などて思ひけん。さりともいま少しあはれと思し出でてまし」と思ふに、またうち返し(飛鳥井女君)「もし命思ふにかなはで長らへば、行く末に聞き合はせたまふやうもありて、さてこそあれと聞かれたてまつらんも、いま少し心憂かりなんかし。などて、[6①]この鬼の知らぬわたりの人にだにあらで、かく親しうよろづ聞き合はせたまふべかりけるゆかりにしもありけん。遠きほどまで行き着きて、この有様を見扱はれぬさきに、いかにしても死ぬるわざもがなわざもがな」と思へば、[②]五六日なれど水などをだにも取り寄せず。

（大系一〇六-一〇七　新全集①一四〇-一四一　全書上二七〇-二七一　集成上一一一-一一三）

梗概

飛鳥井女君は狭衣の扇を見る。そこには懐かしい狭衣の筆跡があった。女君は、生きながらえて道成のものになり、それを狭衣に知られるという将来を恐れる。そうなる前に死にたいと、水も飲まなくなるのであった。

【注】

1　渡る舟人楫緒絶え—「梶緒」は「梶緒」と「梶を」の二説ある。楫緒とは艪や櫂を船に取り付ける縄のこと。飛鳥井女君は、狭衣が扇に記した歌の内容が自分の境遇と一致していることに悲嘆している。由良の門を渡る舟人梶緒絶え行方も知らぬ恋の道かも（『新古今和歌集』1071・曾禰好忠）　2　「楫緒絶え」詠—前掲の好忠詠を踏まえる。「命絶えぬ」と続くことから、「梶緒」とも「梶を」とも解される好忠詠を「梶緒絶え」として享受していることが分かる。考察に使用した本文は異なるが、佐藤茂樹「「根を絶え」「楫緒絶え」の問題」（『広島女学院大学大学院言語文化論叢』8、二〇〇五・三）でも『狭衣物語』では「楫緒絶え」として認識していることが論じられている。　3　「添へてける」詠—飛鳥井女君の入水を暗示。添へてやる扇の風し心あらば我が思ふ人の手をな離れそ（『後撰集』1330）、別れ路を隔つる雲のためにこそ扇の風をやらまほしけれ（『拾遺集』311・能宣）コラム20参照。　4　飛鳥川—区分四十三注4（180頁）参照。　5　『心得ぬ夢』—区分四十三の狭衣の手紙を受ける。　6　この鬼—道成のこと。飛鳥井姫君にとって道成がいかに恐ろしい存在であったのかを示す。

【本文考】

①この鬼の知らぬわたりの人に―異同が多いところだが、「おに」とするのは底本・四季本・宝玲本・文禄本・鷹司本・押小路本（補入）であり特異な本文である。　②五六日なれど―他に、「五日」、「四五日」、「九日」と日数に異同がある。

コラム20　物語に吹く風

――狭衣から道成へ贈られた形見の扇

道成は父親の大弐が任地に赴くのを見送るため、筑紫まで下向することになった。狭衣は餞別として身に馴染んだ扇を道成へ贈った。

扇は九世紀頃、日本で発明されたものである。早い文献の例としては『和名類従抄』に見られる。扇は涼をとるための道具としてだけでなく、宮廷においては正略の服制に付随するものであった。束帯・衣冠・直衣には檜扇（冬扇）、夏は竹や木の骨に地紙を貼って作る蝙蝠《かはほり》扇（夏扇）も用いられた。

餞別に扇を贈る例は、古来より歌に詠まれている。あげてみると、

たびにまかりける人に、扇つかはすとて　よみ人しらず
そへてやる扇の風し心あらばわが思ふ人の手をなはなれそ　（後撰和歌集・離別・一三三〇）

物へまかりける人に、むまのはなむけし侍りてあふぎつかはしける　よしのぶ
わかれぢをへだつる雲のためにこそ扇の風をやらまほしけれ　（拾遺和歌集・別・三一一）

あふぎ
ふなでする君にたむくとふく風はなれてとしへしあふぎなりけり

（古今和歌六帖・第四・別・三四四七）

あふげどもつきせぬかぜはきみがためわがこころざす扇なりけり

（古今和歌六帖・第四・別・三四五一）

どれも旅路に順風が吹くよう願う気持ちを込めて詠まれたものである。また、『枕草子』二二四段（御乳母の大輔の命婦、日向へくだるに）にも、中宮定子が日向へくだる乳母に扇を与えた例などもみえ、餞別として扇を贈ることは古くからの慣わしであったことが知れる。

扇に書かれた文字や絵に着目すると、平安時代後期の能書家である藤原伊行が娘の建礼門院右京大夫のために書いた書論書『夜鶴庭訓抄』に、扇の手習いについて説いている箇所がある。

扇の手習は、文字繪あらば、ゑの心にかなはん詩哥を可レ書。あしでなどもよみときて書也

（一四四）

扇に書かれた文字や絵を読み解いて、その心に適う歌を作詠せよとの教えである。扇を用いた絵や歌のやりとりは公家の教養のひとつであったといえる。

狭衣から道成へ贈られた扇についてみてみよう。筑紫へ向かう船上、道成は贈られた扇を取り出し、拝領したいきさつなどを飛鳥井女君に語って聞かせる。このことから、女君は自分を盗み出した男がよりによって狭衣に仕える者であったことを知る。道成は伏して泣き続ける女君の態度に機嫌を損ね、扇を残し立ち去った。飛鳥井女君が扇を手にとると、扇からは袖をうちかわして共寝をしたときと変わらぬ、あの懐かしい香りがした。まして使い馴らした扇であれば、その移り香は飛鳥井女君が手にとっただけでたちまちに狭衣を思い起こさせたに違いない。本文に、「この扇を取りて見たまへば一夜持たまへりしなりけり」（区分四十九）とあるように視覚で狭衣の扇をとらえ、素晴らしい香りであったがゆえに「移り香のなつかしさ、うちかはしたまへりし匂ひにも変はらで」と、香りによって狭衣との逢瀬の夜をはっきりと感覚に蘇らせたのであろう。女君は扇に書かれていた歌「渡る舟人楫緒絶え」から、行く末のわからない狭衣と自分との恋の道行きの一致を読みとり、

楫緒絶え命絶えぬと知らせばや涙の海に沈む舟人

添へてける扇の風をしるべにてかへる波にや身を

たぐへまし

と思い悩み、ついには涙に濡らした狭衣の扇に、

はやき瀬の底の水屑となりにきと扇の風よ吹きも伝へよ　（区分五十四）

と書きえぬままに入水へと向かうのである。まさに、古来より歌に詠まれた餞別としての扇、教養としての手習いの扇、さらにはそこに移り香の要素も組み込んだ扇は、物語の重要なアイテムとして機能していく。三条西家本は巻二以降を欠くが、この扇がやがて再び狭衣の手に渡るというドラマティックな展開が待ち受けているのである。

【参考文献】

中村清兄『扇と扇絵』（河原書店　一九六九）／安原眞琴『『扇の草子』の研究——遊びの文芸——』（ぺりかん社　二〇〇三）／大谷雅夫「餞別の扇——歌語と詩語——」（『国語国文』六四　一九九五・三）／『群書類従』第二十八輯（平文社　一九八六）　（田邊留美子）

五十一　飛鳥井女君、死を決意する

【校訂本文】

乳母来つつよろづに言へど、いとかう心憂かりける心を知らで、年ごろ親の同じ心に頼み過ぐしけるさへ心憂くおぼゆれば、頭《かしら》もたげ見合はせんもつらう悲しうて聞きも入れず、ただひき被きて臥したり。男もしばし（道成）「いかでか心ならぬことなれば、便なしとおぼさん、さのみもあらじ」とのみ思ふほどに、かくいとあさましくて命絶えぬべきさまなれば（道成）「かくまで思ふべきこととかは」と、いとあやしう心づきなうさへおぼえて、あやにく心もつきまさりて、とかうひき動かし恨むれば、思ひわびて、

（飛鳥井女君）「推し量りたまふめるやうに、いとかう思ふべき身のほど有様ならねば、便なしなどにはあらで、心地の例ならずのみもとよりありしがいとどまさりて、昨日今日などは長らふべき心地もせぬなり。今はいかなりとも御心にこそはあらめ。いとかうおぼゆるほどを過ぐしたまへ。人の近きもいと苦しうおぼゆるが、いかなるべきにか」

と泣く気配など、げにいと頼み少なげに消え入りぬべきさまなれば、

（道成）「ただならぬ人は、心地なん常に悪しうするとかや。さやうにてかかるにや」

と、

（道成）「いとど、かうもの①などは※食はでは、さやうのことも悪しかなるもの。いとおそろしきわざかな」

などさすがにいとほしくて、いたうもあやにくがらず、下る僧どもに祈りせさせなど、よろづにもてあつかひつつ、這ひ寄りては、とざまかうざまに言ひ恨むるを聞くたびごとに、（飛鳥井女君）「いかにせまし。とかう憂きを知らぬ命長さにて、つひにいかならむずらん」とすべき方《かた》なければ（飛鳥井女君）「この海にや落ち入りなまし」と思ひなりぬ。

（大系一〇七―一〇九　新全集①一四二―一四三　全書上二七一―二七二　集成上一一三―一一五）

〔校訂〕※食はでは―底くはしくは

梗概

臥せるばかりの飛鳥井女君を、乳母は様々に慰める。道成もあまりに頑なな女君をもて余しつつも、祈禱などをさせて恨み言を言う。女君はなすすべなく、海に身を投げてしまおうかと考えるに至る。

【注】

1　憂きを知らぬ命長さにて―水も飲まずにいるのに、そのつらさを感知しないかのように生き長らえていればの意。

【本文考】

①ものなどは食はでは―底本「ものなとはくはしくは」。「くはしくは」では意味不通のため、「くはては」とした。文禄本は底本と同じ。宝玲本「物などもくはでは」、深川本「ものもみいれで」、平出本・内閣文庫本「ものおもはせて」、為秀本「物もくはで」、為相本・蓮空本・鈴鹿本・武田本「ものなどもくはで」、松浦本・元和古活字本「物などくはへては」。

五十二　狭衣、飛鳥井女君の失踪を知る

【校訂本文】

京には夜もすがら、おぼつかなう思ひ明かしたまひて、またの日、いつしか文遣はしたるに、門鎖《かどさ》して人の音《おと》もせねば、あやしうなほ叩けば、いみじげなる下衆の出で来たるに問へば、

（下衆）「知らず。昨夜《よべ》、この殿に宿りはべりしなり。筑紫[1]の少弐といふ人の、この立ちぬる月にこの殿を買ひたまひてしなり。いま明日や渡りたまふ。おはし所や知りたまひつらん。己はただ『人立ちたまひぬるなり。今宵行け』とありしかば、まうで来し」

と言へば、

（使）「隠すなめりな。今さてぞ止まん」

とおどしおきて、隣の人々に問へど、確かに言ふ人もなければ、参りて、

（使）「しかじかなん」

と申せば、いとあさましく、あへなしとも世の常なり。（狭衣）「いかにも乳母のしつることにこそはあらめ。自らの心には何事のつらさにか、たちまちに行き隠れんとも思はん。いみじき事ありとも、我が心とさやうにはあらじと見えし心ざまを頼みて、今までかくて置きたりつるぞかし。ただ、ありし法師の取り返しつるならむ。いかばかりねたしと思ふらんと、知らぬにはあらざりつれば、とかくもて騒がむも、さすがにいかにぞやおぼえて、かく、しなしつるも、あまりなる我が心のゆゆしさぞかし。（飛鳥井女君）『明日は淵瀬に』[2]とありしも、かかる気色見てや言ひたりけん」など思ひ続けらるるに、いみじう口惜し。（狭衣）「何ごとも類《たぐひ》ありがたう、めでたかりしにはあらで、ただ、なつかしうあはれとおぼえつるは、たちまちに見るまじきものとはおぼえざりつるを。かく、行方なくしなしつるよ」と思すに、胸ふたがりて、つくづくとながめ明かし暮らしたまふ。（狭衣）「まことしう、やむごとなき方にこそあらざらめ、さる方なる下草[3]の露のかごとも慰めつべかりつるを。さまことにおそろしげなりし者の慣れ寄らん有様、いかばかり思ひ惑ふらん」などねたうも、さまざまに思しやるに、恋しう思ひ出でられたまひて夜もまどろまれたまはず。

（狭衣）しきたへの枕ぞ浮きてながれぬる君なき床の秋の寝覚めに　百126＊・風1120＊　茶

（大系一〇九－一一〇　新全集①一四四－一四六　全書上二七二－二七四　集成上一一五－一一七）

梗概

京では、狭衣が飛鳥井女君の失踪を知った。乳母が謀って威儀師に取り返させたのだと推量し、自らの行

いを悔やむ。女君恋しさに、狭衣は夜もまどろむことができない。

【注】

1　筑紫の少弐―大宰府の次官で、大弐の下の役。女君の家を購入した人物。　2　『明日は淵瀬に』―区分四十三（179頁）の飛鳥井女君の「渡らなん」詠を指す。　3　下草の露のかごとも慰めつべかりつるを―高貴な女性の蔭にいるような飛鳥井女君でも、わずかな不満を慰められたの意。ほのかにも軒端の荻を結ばずは露のかごとを何にかけまし（『源氏物語』夕顔）。

五十三　狭衣、飛鳥井女君を偲ぶ

【校訂本文】

何ごとよりも、かの夢のおぼつかなさを、いかなることぞとも聞き明らめでやみぬるいぶせさ、おぼつかなさなども世の常なり。（狭衣）「いづれもはかばかしきにはあらじ。まことにさることもあらば、慣れ顔にもてなさんにぞ心苦しうかたじけなけれ。まいて、年月経て、鏡[1]の影も変はらぬさまつきにて、言ひ知らぬ者のなかに生ひ出でたらんよ。いでや、かかればこそ、よからぬふるまひはすまじきものなれ。少しきもの慣れ、少し人数《ひとかず》なる者の、かく跡はかなきやうやはある。何しにかは、あながちに思ひ数まへたまふべき。さることもあらじ」と、しひて浅き方ざまに思ひなせど、よろづよりもこのおぼつかなき方のこと胸ふたがりて、（狭衣）「東の方へなど聞きしも、さもあらば伏屋《ふせや》には生ひ出でん」などなほ心にかかりて、我が御宿世のほど口惜しう思し知らる。

（狭衣）[2]そのはらと人もこそ聞け帚木《ははきぎ》のなどか伏屋に生ひはじめけん

常も心地よげならぬ御言草《ことぐさ》に目慣れたるなかにも、この秋は[3]虫の音しげき浅茅《あさぢ》が原にことならず。泣き暮らしたまひても、昼はおのづからまぎれたまふ。[4]心のつまとか言ひ古したる夕暮れの空、霧りふたがりて、ありかさだめたる雲のたたずまひ、[5]うらやましくながめやりたまへる西の山もとは、げに思ふことなき人だにものあはれなりぬべきに、[6]雁さへ雲居はるかに鳴きわたりて、涙の露も盛り過ぎたる萩②の上に玉置きわたしつつ、鳴き弱りたる虫の声々さへ常よりもあはれなるに、御前近き透垣《すいがい》の面《つら》なる呉竹《くれたけ》を吹きなびかしたる木枯らしの音《おと》さへ身にしみて心細う聞こゆれば、簾少し巻きあげたまへるに、木々の梢も色づきわたりて、さと吹き入れたり。

（狭衣）堰《せ》く袖にもりて涙や染めつらむ梢色ます秋③の夕《（くれ）》風　百108＊・風349＊

（狭衣）夕暮の露吹き結ぶ木枯らしや身にしむ秋の恋のつまなる　百112

など様々恋ひわびたまひて、涙おしのごひたまへる手つきのうつくしさは、（女房）「ただかばかりを幸ひにて、この世の思ひ出にしつべし」とぞ見えける。雨さへ少し降りて、いとど霧深う見えわたる空の気色は、まことにもの見知らん人に見せまほしげなり。

（狭衣）「[7]又是涼風《またこれりょうふう》ぞ暮雨天《ぼうのてん》」

と口すさびたまへるなど、かの（飛鳥井女君）「[8]④沈む舟人」と泣きこがるる、ことわりなりかし。

（大系一一〇-一一二　新全集①一四六-一四九　全書上二七四-二七六　集成上一一七-一一九）

梗概

狭衣はまた、女君が身ごもった自らの子に思いをはせる。自分によく似た子が、賤しい者のところで育つと思うと気がかりである。秋の風情を眺めながら、狭衣は涙をうかべて物思いにふけるのだった。

【注】

1　鏡の影も変はらぬさまつきにて―鏡に映る自分の顔と変わらない顔つきで、の意。　2　「そのはらと」詠―そのはらや伏屋に生ふる帚木のありとは見えて逢はぬ君かな（『新古今集』997・坂上是則）　3　虫の音しげき浅茅が原―君が植ゑし一群すすき虫の音のしげき野辺ともなりにけるかな（『古今集』853・御春有輔）、いとどしく虫の音しげき浅茅生に露おきそふる雲の上人（『源氏物語』桐壺）　4　心のつま―秋は我が心のつまにあらねどももの嘆かしきころにもあるかな（『貫之集』604）、きたりとぞよそに聞かまし身に近く同じ心のつまといふとも（『和泉式部続集』604）　5　うらやましくながめやりたまへる西の山もと―西方浄土の方角。飛鳥井女君が赴こうとした地であり、後に出家する地でもある常盤も暗示するか。　6　雁さへ～萩の上に―なきわたる雁の涙や落ちつらむもの思ふ宿の萩の上の露（『古今集』221）、時代が下る例だが、雲居より雁の涙や小倉山ふもとの野辺の萩の上の露（『千五百番歌合』1159・忠良卿）がある。　7　又是涼風ぞ暮雨天―堪へず紅葉青苔の地　又是れ涼風暮雨の天（『和漢朗詠集』301・白）参考資料⑦　8　沈む舟人―区分五十（211頁）の飛鳥井女君「楫緒絶え」詠を指す。

【本文考】

①少しきもの慣れ―底本のみに見える表現。続く「少し人数なる者」と対になっていると解し、「少しでも物慣れ、人数に入るような者が」の意味でとった。　②萩―深川本・鈴鹿本「はゝきゝ」（帚木）、宝玲本・内閣文庫本・松浦本・押小路本・鷹司本・黒川本・元和古活字本・承応版本「おき」（荻）、為家本「はな」（花）の異同がある。　③秋の夕風《（くれ）》―底本

「風」に「くれ」と傍記。「夕風」とする本文は他本に見えない。　④沈む舟人―諸本によってふまえる物語内容が異なる。底本と同様に、区分五十（211頁）で狭衣の扇に書かれた「渡る舟人楫緒絶え」を見て泣いた飛鳥井女君をふまえるのは、為相本・蓮空本・大島本・四季本・宝玲本・文禄本・宮内庁三冊本・松井三冊本・吉田本・鎌倉本・京大五冊本・竹田本・武田本・東大本。竜谷本・中田本・押小路本・黒川本・前田本。一方、深川本・内閣文庫本・平出本・為家本・鈴鹿本・雅章本・宮内庁四冊本・松浦本・黒川本・元和古活字本・承応版本は区分四十五（190頁）の飛鳥井女君の「変はらじと」詠の下句「常磐の森に秋や見ゆると」を引き、「いかにはやき瀬に沈み出でん」などと区分五十四（224頁）「はやき瀬の」詠に先んじた表現で入水を暗示する。

五十四　飛鳥井女君、入水しようとする

【校訂本文】

かの舟には日数の積もるままに、心地もまことにあるかなきかになりゆくを（飛鳥井女君）「かうて死なば、むなしき骸《から》をこれが見扱はんも、いみじう口惜しうねたうて、なほいかでか海に疾く入らん」と思ひて、さるべき隙《ひま》をみるに、さすがに人目しげうて日ごろにのみなりゆくに、この大夫よろづにうらみつつ、[1]衣の関をうらみわぶれど、①同じつまをのみなびやかに言へば、さすがに情だつ人にて、いと弱げなるさまを心苦しう思ひつつ近うも寄らざりけり。

かかるほどに、大弐の舟に、やむごとなき人のなべての女房には似ぬがまじりたる、心かけて語らひありきけり。宵過ぐるまで見えぬほどを（飛鳥井女君）「嬉し」と思ふほどに、かかることを乳母はいとやすからず腹立たしき

にも、（乳母）「君のかく臥し入りたまへればぞかし。例のやうにておはせましかば、かかることなからまし」と思ふにも、いと心憂くつらうさへおぼえたまへば、

（乳母）「おのが身をも、とざまかうざまに責《せた》めたまふよ。かかる人の、ものいたう思ふは忌みはべるなり。平らかにて命あらば、忘れがたう思すらん人にも逢ひ見させたまひてん。いとかう心幼く言ふかひなき御心は、いかなる人かある」

といみじきことを言ひきかすれど、ただこの大夫が見えぬ折々のいできたるを（飛鳥井女君）「我が思ふことの叶ひぬべきなめり」と②嬉しきよりほかのことなし。（飛鳥井女君）「いであはれ。あるに任せてはみで、あながちに身をもてなして、かく憂き目を見すればぞかし。いかなる有様にてながらへんずらん」とさすがにあはれに悲しくおぼえたまへば、いとど音をのみ泣きて、③つくづくと沖の方を見れば、空はいささかなる浮雲もなくて月影さやかに澄みわたりたるに、海の面《おもて》は来し方行く先とも見えずはるばると見わたされたるに、寄せかくる波ばかり見えて、舟のはるかに漕ぎゆくが④心細き心地して、

（舟人）「[2]虫明《むしあけ》の瀬戸へ来よ」

と謡ふも、いとあはれに聞こゆ。

（飛鳥井女君）流れても逢ふ瀬ありやと身を投げて虫明の瀬戸に待ちこころみん　百 102

（飛鳥井女君）⑤寄せ返る沖の白波たよりあらば逢ふ瀬はそこと告げもしてまし

とて袖を顔にあてて、とみにも動かれぬほどに（飛鳥井女君）「人や見つけん」と静心《しづごころ》なければ、わななくわななく[3]単袴《ひとへばかま》ばかりを着て⑥髪掻いこしなどするに、ありし御扇のまだ枕上にありけるが、手に触りたるも心さはぎせられて、まづ取りて見れば、涙にくもりてはかばかしうも見えず、墨ばかりぞつやつやとしてただいま書きたまへ

るさまなるに、さし向かひたりし面影さへふと思ひ出でらるるに（飛鳥井女君）「この世にてまた見たてまつるまじきぞかし。ただ今かくなりぬとも知りたまはで、いづこにいかにしておはすらむ。寝やしたまひぬらん。さりとも、寝覚めには思し出づらんかし」など、ひとつことよりほかにまたなき心惑ひなり。硯を船枻《せがい》に取り出でて、この御扇にもの書かんとするが、目も霧りふたがり、手わななきてとみにも書かれず。

（飛鳥井女君）[4]はやき瀬の底の水屑《みくづ》となりにきと扇の風よ吹きも伝へよ　百182＊・風1046＊

えも書きはてず、人の気配のすれば（飛鳥井女君）「疾う落ち入りなん」とて⑦海を覗く心地、いみじうおそろしうとぞ。

（大系一一二－一一五　新全集①一四九－一五三　全書上二七六－二七八　集成上一一九－一二三）

梗概

飛鳥井女君の頑なさに、道成は他に口説く相手を見つけたようだ。女君のもとに姿を見せない折ができたことを乳母は悔しがるが、女君は幸運とばかりに入水してしまおうと考える。狭衣の形見の扇に和歌を書きつけようとするが、終わらぬうちに人の気配がする。早く入水せねばと、飛鳥井女君は海を覗きこむ——。

【注】

1　衣の関—直路ともたのまざらなん身に近き衣の関もありといふなり（『後撰集』1160）、もろともにたたましものを陸奥の衣の関をよそに聞くかな（『詩花集』173・和泉式部）、何にかは君にむつれて年を経ば衣の関を思ひたえまし（『実方集』191）　2　虫明の瀬戸—虫明の瀬戸は現在の岡山県瀬戸内市邑久町虫明、片上湾の南口にある港。その東南に位置する長島の水道を指す。　3　単袴—裏地をつけない袴。　4　「はやき瀬の」詠—百番歌合（182）、『風葉集』（1046）では第四句

「あふぎの風に」。

【本文考】

①同じつまをのみなびやかに言へば―「つま」には「さま」「事」の異同があり、「つまをのみ」とあるのは底本のほかに四季本・宝玲本・文禄本・蓮空本・大島本・為相本。「なびやかに」には「なこやかに」「なきつゝ」の異同があり、「なひやかに」とあるのは底本のほかに四季本・宝玲本・文禄本・竹田本。「衣の関」からの縁語的発想で「つま（褄）」が導かれたか。衣の関（＝衣服の隔て）を恨む道成に対して、現状と同じ「褄」のままでいたい（＝共寝したくない）と、なよなよとした様子で言った、と解した。②嬉しきよりほかのことなし―四季本・宝玲本・文禄本・深川本・内閣文庫本・平出本・為秀本・鈴鹿本・雅章本・宮内庁四冊本は底本と同じ。古活字本「思よりほかの事もなければ」など、他本には飛鳥井女君の心中を示す「嬉し」という語がない。③つくづくと沖の方を見れば―四季本・宝玲本・文禄本・宮内庁三冊本・松井三冊本・吉田本・鎌倉本・京大五冊本は底本と同じ。他本はこの前に、返事をしない飛鳥井女君を不快に思って乳母が立ち去る描写がある。④心細き心地して―古活字本「心ほそき声して」など、他本では「心細き」なのは舟人の歌う声となっている。底本同様、飛鳥井女君の「心地」を「心細き」とするのは四季本・宝玲本（結句「つげてもしてまし」）・文禄本・吉田本・鎌倉本・京大五冊本。⑤「寄せ返る」詠―この和歌があるのは底本のほかに四季本・宝玲本・文禄本・大島本・鈴鹿本・雅章本・為家本と、「又ある本に」として載せる深川本・宮内庁三冊本・松井三冊本。内閣文庫本は「はやき瀬の」詠の前にある。⑥髪掻いこし―底本「かみかひこし」。「髪掻きこし」のイ音便を「ひ」と表記したと解し、「髪掻いこし」とした。⑦海を覗く心地、いみじうおそろしうとぞ―深川本・鈴鹿本・雅章本・宮内庁四冊本・為秀本・為家本には飛鳥井女君が身を伏せる描写がある。また、内閣文庫本・平出本では兄僧に救出される展開が続く。

参考資料

①『和漢朗詠集』巻上・春・春夜（『千載佳句』四時部・春夜にも所収）

燭を背けては共に憐れむ深夜の月　花を踏んでは同じく惜しむ少年の春　白

背燭共憐深夜月　踏花同惜少年春　白

『白氏文集』巻十三「春中与盧四周諒華陽観同居」

性情懶慢好相親　性情懶慢《らんまん》にして好く相親しみ
門巷蕭條称作鄰　門巷蕭条《もんかうせうでう》として鄰《となり》を作《な》すに称《かな》ふ
背燭共憐深夜月　燭を背けては共に憐れむ 深夜の月
踏花同惜少年春　花を踏んでは同じく惜しむ 少年の春
杏壇住僻雖宜病　杏壇住僻《きやうだんちうへき》にして病に宜しと雖《いへど》も
芸閣官微不救貧　芸閣官微《うんかくかんび》にして貧を救はず
文行如君尚憔悴　文行《ぶんかう》君の如くにして尚ほ憔悴す
不知霄漢待何人　知らず 霄漢何人《せうかんなんびと》をか待つ

惜しめどもとどまらなくに春霞帰る道にしたちぬとおもへば

（『古今集』巻二・春下・在原元方）

惜しむにもとまらぬものと知りながら心砕くは春の暮かな

（『天喜四年閏三月六条斎院禖子内親王歌合』宣旨）

②『源氏物語』胡蝶巻（③一六五～一六七）

三月の二十日あまりのころほひ、春の御前のありさま、常よりことに尽くしてにほふ花の色、鳥の声、他の里には、まだ古りぬにやとめづらしう見え聞こゆ。山の木立、中島のわたり、色まさる苔のけしきなど、若き人々のはつかに心もとなく思ふべかめるに、唐めいたる舟造らせたまひける、急ぎさうぞかせたまひて、おろし始めさせたまふ日は、雅楽寮の人召して、船の楽せらる。親王たち、上達部などあまた参りたまへり。

（中略）

竜頭鷁首を、唐の装ひにことごとしうしつらひて、楫とりの棹さす童べ、みな角髪結ひて、唐土だたせて、さる大きなる池の中にさし出でたれば、まことの知らぬ国に来たらむ心地して、あはれにおもしろく、見ならはぬ女房などは思ふ。中島の入江の岩蔭にさし寄せて見れば、はかなき石のたたずまひも、ただ絵に描いたらむやうなり。こなたかなた霞みあひたる梢ども、錦を引きわたせるに、御前の方ははるばると見やられて、色を増したる柳枝を垂れたる、花もえもいはぬ匂ひを散らしたり。他所には盛り過ぎたる桜も、今盛りにほほ笑み、廊を繞れる藤の色もこまやかにひらけゆきにけり。まして池の水に影をうつしたる山吹、岸よりこぼれていみじき盛りなり。水鳥どもの、つがひを離れず遊びつつ、細き枝どもをくひて飛びちがふ、鴛鴦の波の綾に文をまじへたるなど、物の絵様にも描き取らまほしきに、まことに斧の柄も朽いつべう思ひつつ日を暮らす。

③『法華経』序品第一

又見諸如来　自然成仏道　身色如金山　端厳甚微妙　如浄瑠璃中　内現真金像

又諸ノ如来ノ、自然ニ仏道ヲ成ジテ、身ノ色金山ノ如ク、端厳ニシテ甚ダ微妙ナルコト、浄瑠璃ノ中、内ニ真金ノ像ヲ現ズルガ如クナルヲ見ル。

④『仏説尸迦羅越《しからおつ》六方礼教』

謂弟子事師。当有五事。一者当敬歎之。二者当念其恩。三者所教随之。四者思念不厭。五者当従後称誉之。

⑤『和漢朗詠集』巻上・夏・蟬（『千載佳句』四時部・早秋にも所収）

鳥緑蕪に下りて秦苑寂かなり　蟬黄葉に鳴いて漢宮秋なり　許渾

鳥下緑蕪秦苑寂　蟬鳴黄葉漢宮秋　許渾

『丁卯集』巻上「咸陽城東楼」

一上高城万里愁　一たび高城に上れば万里愁ひ
蒹葭楊柳似汀洲　蒹《けん》葭《か》楊柳《ようりう》汀洲に似る
溪雲初起日沈閣　溪雲《けいうん》初めて起こり日閣に沈み
山雨欲来風満楼　山雨《さんう》来たらんと欲して風楼に満つ
鳥下緑蕪秦苑夕　鳥緑蕪に下る秦苑の夕
蟬鳴黄葉漢宮秋　蟬黄葉に鳴く漢宮の秋
行人莫問当年事　行人問ふ莫かれ当年の事を
故国東来渭水流　故国東来《とうらい》渭水流る

⑥『源氏物語』橋姫巻（⑤一三六）

人やりならずいたく濡れたまひぬ。かかる歩きなども、をさをさならひたまはぬ心地に、心細くをかしく思されけり。（中略）なほ、忍びてと用意したまへるに、隠れなき御匂ひぞ、風に従ひて、主知らぬ香とおどろく寝覚めの家々ありける。

⑦『和漢朗詠集』巻上・秋・紅葉（『千載佳句』四時部・暮秋にも所収）

堪へず紅葉青苔の地　又是れ涼風暮雨の天　白

不堪紅葉青苔地　又是涼風暮雨天　白

『白氏文集』巻十三「秋雨中贈元九」

不堪紅葉青苔地　堪《た》へず紅葉青苔《せいたい》の地
又是涼風暮雨天　又是れ涼風《りやうふう》暮雨《ぼう》の天
莫怪独吟秋思苦　怪しむ莫かれ独吟に秋思の苦しきを
比君校近二毛年　君に比してやや近し二毛の年

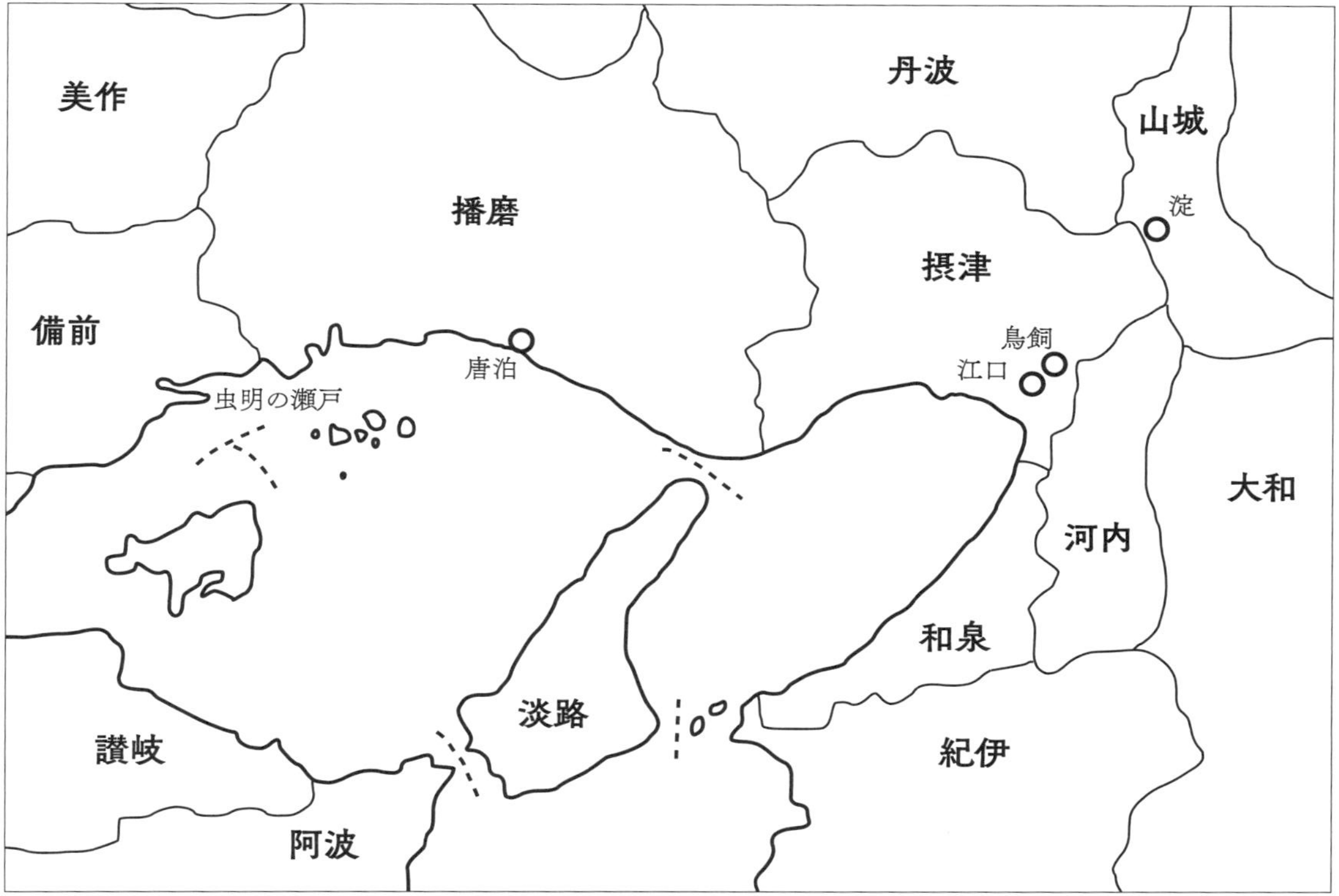

飛鳥井女君関連地図

略系図

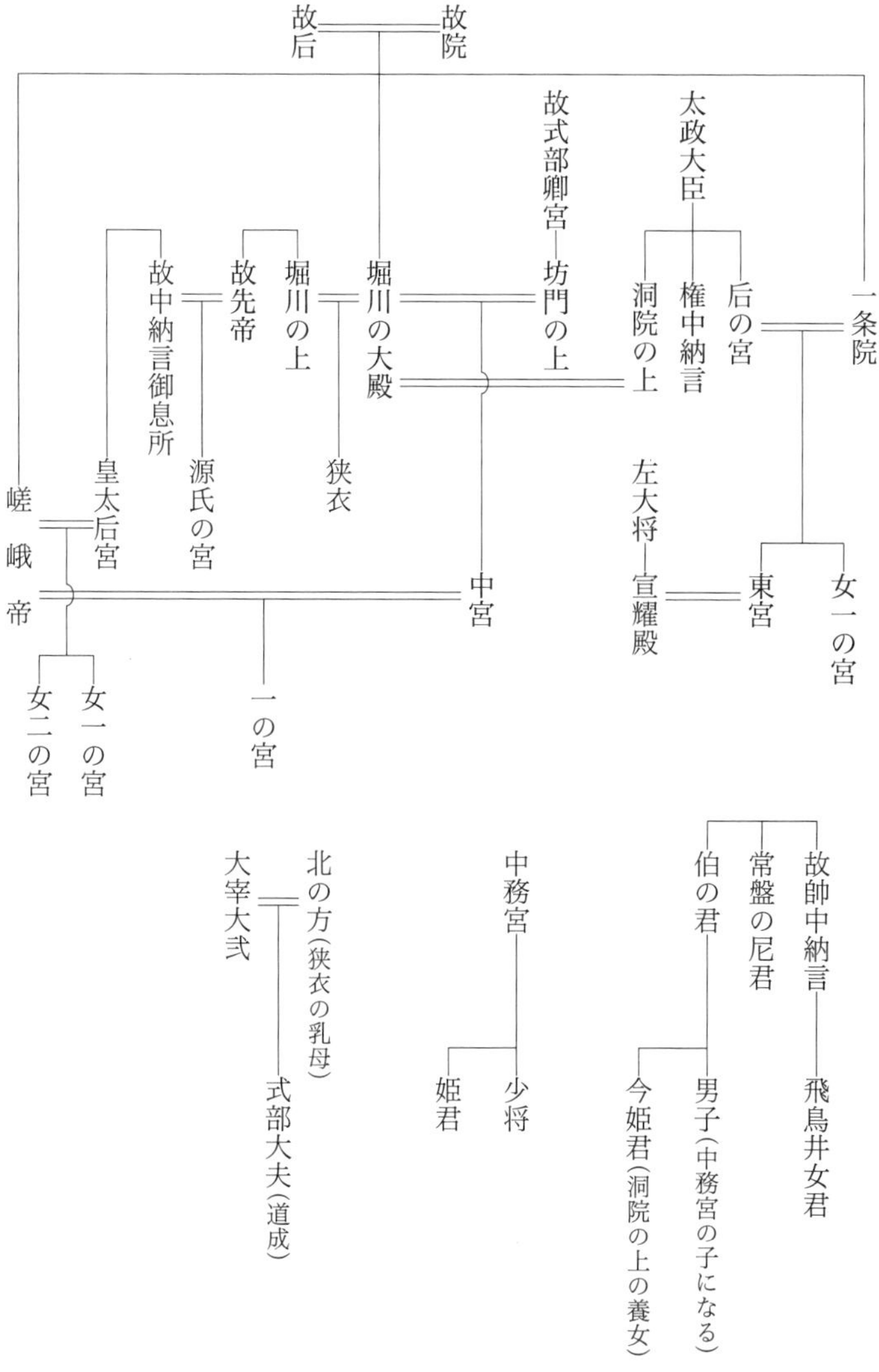

*巻一に登場する人物を中心に作成したが、巻二以降に明らかになる関係性も図示した箇所がある。

翻刻本文

三条西家本『狭衣物語』書誌情報

【巻冊】一巻一冊。

【体裁】列帖装。一一・八センチ×一二・八センチ。

【表紙】藍色。三条西家の家紋（八ツ丁字車）が型押されている。外題、内題ナシ。

【料紙】鳥の子。

【表紙以外の紙数】全一〇一丁。墨付は二丁表から九九丁表まで。

【本文】一面一一行、一行およそ一五～一八字。字高二二センチ。和歌二字下げの二行書で地の文に続く。

【奥書】ナシ。

【書写者】三条西公条（一四八七～一五六三年）か。

【印記】墨付最初の丁の前の遊紙裏中央下部に「学習院図書館」の角形蔵書印（朱印）、墨付最後の丁の裏中央下部に「学習院図書館」の楕円型蔵書印（昭和二十四年四月一日付、朱印）。

【その他】表表紙の裏に一八丁と一九丁の間に相当する一丁が付されている。一部の和歌、及び四九丁裏一〇行目の上に約二センチ×〇・五センチの付箋が付されている。付箋は白色と茶褐色の二種類（和歌に付された付箋の色については校訂本文に記載。右記四九丁裏一〇行めの付箋は白色）。

凡例

一、改行は／で示し、半丁ごとに【 】で丁数および表（「オ」）・裏（「ウ」）の別を示した。

一、小見出しは校訂本文と対応するよう付した。

一、補入記号がある場合、補入される文字の右隣に○を付した。

　例　すくれ○たる

一、補入記号を用いずに補入される文字がある場合、その文字を（ ）で記した。

　例　ありさま（に）も

一、傍記がある場合、その文字の右隣に●を付し、傍記は例のように（ ）で記した。

　例　あやしき●（さ）は

一、ミセケチがある場合、その文字の右隣に×を付した。ミセケチのある文字に傍記がある場合は、例のように（ ）で記した。

　例　おもへは×（と）

一　物語の冒頭――狭衣、源氏の宮のもとを訪れる

少年の春をゝしめとゝまらぬもの／なりけれはやよひの廿日あまりにも／なりぬ御まへのこたちなにとなく／あをみわたりてこくらきなかしまの／ふちはまつにとのみもおもはすさき／かゝりてやまほとゝきすまちかほなりい／けのみきはのやえやまふきはゐての／わたりにことならすみわたさるゝをひかる／源しのみもなけつへきとの給けん／もかくやなとひ

とりみ給もあかねはさふら／ひわらはのをかしけなるして一ゐた【2オ】つゝをらせ給て源しの宮の御方に／もてまいり給へれは中納言中将なと／やうの人〳〵さふらひて宮は御てならひゐ／なとかきすさみてそひふさせ給へる／このはなのゆふはへこそつねよりも／をかしうみゐてとう宮のさかりには／かならすみせよとの給はするものをと／ていかて御らむせさせてしかなとてうち／をかせ給に宮すこしおきあかり給／てみやらせ給へるまみかしらつきうつ／くしさははなのにほひふちのしなにも【2ウ】こよなくまさりてみえ給へれはれいの／むねうちさはきてはなにはめもとまら／すつく〳〵とまもられ給へるとりわきは／なこそ春のとの給やまふきをてま／さくりにし給御てつきいとゝもてはや／されていひしらすうつくしけなるを人／めもしらすわかみにひきそへまほしう／おほさるさまそいみしきやくちなしに／しもさきそめけんちきりこそくち／をしき心のうちいかにくるしからむと／の給へは中納言のきみ（は）さるはことのはゝ【3オ】おほくはんへるものをといふ／

いかにせむいはぬ色なる花なれは／こゝろのうちをしる人もなしと思ひつゝ／けられ給へとけに人もしらさりけりた／つおたまきのとうちなけかれてもやの／はしらによりゐ給へる御かたちそ猶たくひ／なくみえ給によしなき事によりさは／かりめてたき御ありさまをむろのやし／まのとのみおもひこかれ給さまそいと心／くるしきやさるはこのけふりのたゝす／まゐしらせたてまつらんこともおよひな【3ウ】くいかならむたよりにてもなとおほしわつ／らふにはあらすたゝふたはより露はかり／へたてなくおいたち給ておやたちをは／しめよその人〻みかとゝう宮ひとついも／せとおほしたるにわれはわれとかゝる心の／つきそめておもひわひほのめかしても／かひなかるへきものからあはれに思ひかはし給／へるにおもはすなる心のありけるよとお／ほしうとまれこそはせめ大殿宮なともたく／ゐなき御心さしといひなからこの御事／をはさらはさてもあれなともよもまかせ給【4オ】はしよの人のきゝおもはん事にゆかし／けなくけしからすもあるへきかなとゝさま／かうさまによのもときとなりぬへけれはある／ましき事にふかくおほしつるにいともあや／にくに心はくたけまさりつゝついにいかにか／みなしてんと心ほそきおりかちなり／いまはしめたる事にはあらねとなをよの／なかにさらてもありぬへかりける事よあま／りよろつ（に）すくれ給つらん女の御あたり／にまことの御せうとならさらんをとこは／いみしうともむつましうおほしたて【4ウ】給ましきわさなり

二　登場人物の紹介――堀川の大殿

このころほりかはの／みことききこへて関白し給は一条の院／のたうたいほとのひとつきさきはらの／二のみこそかしはゝきさききもうちつゝ／き御かとの御すちにていつかたにもをしなへ／ておなし大臣とききこへさすれはいとかたし／けなき御みのほとなれとなにのつみにか／たゝ人になり給にけれと●（は）こ院の御ゆい／こんのまゝにうちかはり御かとはたゝこの／御まゝにまかせきこへ給ていとあらまほし／き御ありさまなり二条ほりかはのわたりに【5オ】四丁つきこめてみかたにつくりみかゝせ／給てきたのかた三人をそすませたて／まつり給ほりかは二丁にはやかて御ゆかり／はなれぬこせんたいの御いもうとさいくう／おはしますとうゐんにはたゝいまおほ／きおとゝときこゑさする御むすめ一条／の院のききさいの宮の御おとゝとう宮の／御をはよゝのおほえうち〳〵の御ありさま／はなやかにたのもしけなりいま一と／ころはしきふ卿ときこへし御むすめな／かに心ほそき御ありさまなりぬへけれとも【5ウ】女君のよにしらすめてたき一人うみた／てまつり給へりけるをうちにまいらせたて／まつりたまひて寂●（さい）上一宮いて（キ）させおはし／ましたる御いきほひなか〳〵いちのみこ／をはすくれてゆくすへたのもしき御／ありさまなめりかゝるなかにもさい宮はをや／さまにあつかりきこへさせ給てしかはやむ／事なくかたしけなき御かたにも御かたち／心さまもなへてならすかくすくれてこのよ／のものともみへ給はぬおとこきみたゝ一人／ものし給千人のなかにもいとかしこからむ【6オ】はをやの御めにもいかゝはすくれておほ／しかしつかさらむ

三　登場人物の紹介――狭衣

このころ御とし廿に／いま二はかりそたり給はさらむ二ゐの中将／とそきこへさするなへての人にてたにかは／かりにては中納言になり給へきそかしされと／この御ありさまのこのよのものともみへす／めてたきによろつおほしおちたるなめり／これをたにはゝ宮はちこのやうなるもの／をとあへかにいま〳〵しきまておほしめし／たれとをしなへての殿上人に

てましら／ひ給はんか猶いと心くるしさにうちのせち【6ウ】なさせ給へるなるへし御かとをはしめたて／まつりてよの
中の人たかきもくたれ／るもこの御かほかたちみのさゑ御としの／ほとにもすきてましてさかりにねひとゝ／のほり給は
んゆくする（も）ゆかしなとあまり／なるわさかなとおとろきあさみこのよのひ／かりのためにあみたほとけのかりにけ
ふの／事をなしてかりそめにいてたまへる／にそとあめのしたのめてくさになり給／へるいひしらぬしつのをなともみた
てまつりて／はわかみのうれへもみなわすれて思ふ事【7オ】なき心ちしつゝあさましけなるかほの／ゆくゑもしらするゑ
みひろこりあるはをか／みたてまつりなみたをなかせはまして／（故）宮なとはあめ風のあらきにも月日のひ／かりにあ
たり給もいま〱しうおほふはかりの／そてのいとまなくあまりこちたき御もて／なしをうきはたのまれぬへくくるしき
／をいかてかはさのみもしたかひきこゑた／まはんよるなともいつくともなくまきれた／まふよる〱はふたところなか
らうちもまと／ろますうしろめたかりきこへさせ給ふ【7ウ】されともむかひきこへさせ給ぬれは御心の／まゝにもえい
さめきこへさせ給はてたゝう／ちゑみてみたてまつり給へるけしきとも／いひしらすあはれけなりみくるしくあるま／し
き事をしいて給へりともこの御心／にすこしもくるしうおほしぬへからむこと／はたかへせいしきこゑ給へきにもあらす
ゆ／めはかりもあはれをかけ給はん人をはしつ／のめなりともたまのうてなにはくゝ／まんとおほしおきつれといかなる
にか御／みのほとよりもいといたうしつまりてこ【8オ】のよはかりそめにあちきなきものとお／ほしてありてふ人はし
らまほしけにも／おほしたゝすおほろけならぬ事に／御めもみゝもとゝめ給へくもあらねはすこし／ものすさましうこゝ
ろやましきを／くちをしう心もとなきものに思きこ／ゆる人〻もあるへしまれ〱一くたりもか／きなかし給みつくきの
なかれをはめつら／しうおきかたきものにかはかりのゆく／ての一ことはをもみにしみてをかしう／いみしと心にしみて
ましてちかきほとの御【8ウ】けはひなとはちよを一よにもなさまほしう／とりのねつらきあかつきのわかれきへかへり
／いりぬるいそのなけきいかてかはなからむそれに／つけてもうらみところなくすさましき事／のみまさり給へれともい
とゝなへてならぬわた／りにはなたらかになさけをみせ給てをりに／つけたる花もみちともゆきあめか／せのあらきまき
れもしはあはれまさりぬへ／きゆふくれあか月のしきのは風につけて／思ひかけすをとつれ給をり〱もなか〱いなふ
／ちのたきさはきまさりつゝいたのいそ【9オ】心をつくし給なめりさこそまめたち給へ／ともなをこのあくせにむまれ

給へはにや／たゝすき給みちのたよりにもすこし／ゆゑつきたるやまかつのかきねのな／てしこはおのつからめとまらぬにしもあら／ぬほとにおのつからのをなつかしうたひね／し給をりもあるとかやいかなるおりにか／ほんまう経にや一見お女人との給へる事／をおほしいてつれと●（は）くるまのすたれ／うちをろしつれとそはのひろらかにあ／きたるをはへたて給はぬにこそあんめれ【9ウ】

四　〈落丁〉登場人物の紹介——源氏の宮

（4丁分の落丁）

五　登場人物の紹介——狭衣と源氏の宮

なる人さりともありなんとたのまれ給し／によしかたかくれみのをそへたまはねと／おのつからたかきもくたれるもたつね／よりつゝいたらのはしはくつるれといとけち／かきほとそあらねとたちきゝかいまみなとは／かしこく御心にいりたるまゝにおほつかなきは／すくなけれとこの御かたちありさまにならふは／ありかたけにそとおほさるゝに人しれす心の／うちは思ひこかれたまふさまいとをしうた／まとやついになりはてんとみゆるをさす／かにしのひまきらはし給にはれ〳〵し【10オ】からすむすほゝれ給御けしきもおとなひ／たまふまゝに人の御くせしのふもちすり／たれもえしり給はぬなるへしおゝき／おとゝの御かたにそいかにも〳〵かやうの人おは／せていとつれ〳〵におほさるゝまゝにさるへ／からん人のむすめをかなあつかりかしつかん／とあけくれうらやみたまふめる源しの宮／の御かたちかくてなたかくとう宮いとゆか／しう思きこへさせ給へるをけにそれこそは／ついの事とおほしたりうちのうへもむ／かしの御ゆいこんをおほしわすれすあはれ【10ウ】にきこへさせ給にさやうにてうちすみもし／給へかしとおとゝにもきこへさせおとろかさせ／たまへりされといとゝしき御ありさまをい／ますこしねひとゝのほり給てこそなとおほ／ろけならすおほしおきつる御いそ

きなるへ／し

六　五月四日、あやめ売りを見る狭衣

かくいふほとにうつきもすきて五月／四日にもなりにけりゆふつかた中将のき／みうちよりまかて給みちすからみ給へは／あやめひきさけぬしつのをなくいきちか／ゐもてあつかふさまなともけにいかはかり／ふかゝりけるとおちのさとのこひちならん【11オ】とみゆるあしもとゝものいみしけなるもいか／にくるしからんとめとまり給て／

うきしつみねのみなかるゝあやめく／さかゝる恋ちと人もしらぬにとそいはれ／給たまのうてなののきはにかけてみ給／はおかしうのみおほさるゝを御くるまのさき／なるをおとろ〳〵しき御すいしんのこへにおい／とゝめられてみのならんやうもしらすかゝま／りたるを御らんしてさはかりくるしけなる／をかくいふとせいせさせたまへとならひにて／かくはかりのものはなにかくるしと思ひさふらはん【11ウ】と申すをこひのもちふはわか御みになら／ひ給へは心うくもいふものかなとき〳〵給おほ／きなるもちゐさきもつまことにふき／さわくもくるまよりのそきつゝすき給に／いひしらすちいさくあやしきいゑともに／たゝひとすちつゝおきわたすをあはれの／さまともやなにの人まねともすらんとみ／つゝすき給まゝにふえをふき給つゝほ／のみ給ゆふはえまことにひかるやうなるを／はしとみにあつまりたちてみたてまつりける／人〳〵ありけり御くるまなといまはおとな【12オ】しうなり給へれと御とものさうしき／すいしんなとはいとわかくおかしけになへて／ならすみゆるをあれらかみにてたにあらは／や思ひ事なけなるわかき人〳〵めてまと／ひてすき給ぬるかあかねはのきのあやめ／ひとすちひきおとしてものいさゝかかきつけ／てはしたものゝおかしけなるしておいたて／まつるをくれてはしるすいしんにとらせて／かへるをいつくよりそやかてまいらせ給へと／てとらゑてまいらせたるをみ給へは／

しらぬまのあやめはそれとみへすとも【12ウ】よもきかかとはすきすもあらなんとそかき／たるいかなるすきものならんとほおゑみ／給てつかひにとはせ給へは心ときすいしんそ／のわたりにふてもとめてまいりたるして／ふところかみにかたかなに／

みもわかてすきにけるかなおし／なへてのきのあやめのひましなけれはいま／わさとまいらむといはせ給てわらはのいらん／所たしかにみよとの給へははしとみなとあ／けわたしてすきかけあまたみゐさふらひ／つれと申せはなに人なりとみしつるにやと【13オ】はかりおほせとさやうのうちつけゝさうなとは／わさと御心にいらてあるましき事をそいかなる／事も御こゝろとめ給ふめる

七　五月五日、宣耀殿や一条院女一の宮への消息

又のひはさるへき／ところ〳〵に御ふみたてまつり給いろ〳〵のかみの／したゐなとえならぬにとりちらしてすこしこ／まやかにおしすりつゝかき給御て（は）なとかは／すこしもの思ひしらん人のいたつらにかゐさん／とみゆるてうたなとそなへての人のくちつ／きにまさりてをかしともみゐぬはまねひた／まへるにやさ大将のむすめせんようてんと／きこへてとうくうにいみしうときめき給【13ウ】をいかなる風のたよりにかほのみたまひ／てけりされといかてかはたれも思ひさまにあ／らんおほろけならては御せうそくなとたに／かよふ事かたくそありけるあまりまちとほに／なりけるもこひしうおもひてきこへ給て／

こひわたるたもとはいつもかはかぬに／けふはあやめのねさへなかれて一条院のひめ／宮の御けはひほのかなりしかはにやなへてなら／ぬ御心ちせしをいかて御かたちなとよくみ／たてまつらんとこゝろにかゝりて少将のみやう／ふのもとにれいのこまやかにてなかに【14オ】

おもひつゝいはかきぬまのあやめくさ／みこもりなからくちはてねとやなとやうに／そあまたあめれとおなしすちならねはみな／とゝめつかやうにおりにつけたることの／はなとはちらし給へと心のうちにはいつまて／かはとのみこのよはかりそめにもすさましう／おほさる丁子にくろむまてそゝきたる御／ひとへにくれなゐのはかまをき給てつら／つへつきていけのさうふの心ちよけにし／けりたるをなかめ給て一定佛三すとすん／し給御こゑはたくひなくありつる御かへりは【14ウ】いつれもおかしき中にせんようてんの御て／はまことにおかしけにて／

うきにのみしつむみくつとなりは／てゝけふはあやめのねたになかれすとあるけ／しきなとは●（も）なひき給へる心ちしてらう／たけにあはれあさからねはすこしなみたく／まれ給ぬ

八　五月五日夜、狭衣と両親の会話

そのよさりはひまもやとうちわた／りにいてたちたまふにいとゝめしさへあれは／まいりたまふまつ殿の御まへにまいり給へ／れはけふみへたまはさりけれはにやめつらしき／にほひそひ給へる御心ちしてうちへみてそ【15オ】つく〳〵とまもられさせ給うちよりめしあれは／まいりさふらふに宮の御かたに御せうそこやと／申給へれ（は）けされいならぬ御さまになんきゝ／まいらせつれはまいらんとしつるを風にや心ち／もなやましうてくらしはんへりぬるいまつ／とめてのほとにためらひてまいらんあつき／ほとはしはしいてゝやすみ給へかしとおもふを／れいの御いとまやありかたからむなとそかたら／ひきこへさせ給へは御いらへしてたち給ぬま／たしきにあつさところせきとしかなに／しにつねにめすらんとつふやき給はゝ宮【15ウ】くるしうおほえ給はゝなにかはまいり給ふう／ちはなとしてものしたまへかしなと心くるしう／みやりきこへさせ給さうかのくれなゐの御ひとへ／御なをしのいとこきにからなてしこのふせん／れうの御さしぬきのすそまてたを〳〵といと／あてになまめかしうきなし給へりものゝいろ／なとなへてきるおなしいろともみへぬをなとかく／あまりゆゝしうおいなるらんとなみたをうけて／せちにみをくらせ給を御まへなる人〳〵ことはり／そかしとあはれにみたてまつる

九　宮中での管絃――嵯峨帝、若上達部に演奏を求める

うちにはわさと／せちゑもなくつれ〳〵におほしめさるゝにあま雲【16オ】さへたちわたりものむつかしきなくさめにと／う宮わたらせたまひて御ものかたりなとある／なりけり御まへのひろひさしにおほきお／とゝの権中納言兵衛のかみさ

い相中将なと／やうのわかゝんたちめあまたさふらひ給に源中／将のまいり給はぬはいとゝしきさみたれのそら／のひかりなき心ちしてめすなりけりこよ／ひのはんにはさふらふかきり一のさへともをての／かきりをゝしまて一つゝこゝろみんとおもふを／とう宮もけにある事との給てさま〳〵の／御事ともたてまつりわたす中納言にはひ【16ウ】わ兵衛かみにはさうのこと右大将のさい相中／将にわこんなかつかさの宮の少将さうのふゑ／源中将よこふへたまはすたゝいまのいみ／しき物の上すともなるへしおの〳〵こよひ／のものゝねはてをつくしてきかせよと／おほせらるゝをたれもひとつにかきませてこそ／あやしさもまきらはしてつかうまつらめと／いとわりなきわさなとうけたまはりにくゝわ／ひ給に中将はさらによろつよりもたはふれ／にたにまねひさふらはぬものなりとそうし／給をたゝそのしらさらん事をこよひ（は）はし【17オ】むへきなりとのたまはするをおしふる人／たにさふらはゝたとる〳〵もつかうまつるへき／にこそをの〳〵てをつくしさふらはんなかに／たと〳〵しうはしめ候はんはけにれいなき／よのためしにやなり候はむとてことのほかに／てもふれ給はねはかはかりの御心はへとは思ひ／はすこそありつれ事のほかにこそありけれ／としころおとゝの思ひたるにもおとらすそおもへ／とかはかりの事をたにいふまゝにあらさりけ／れはましておしはかられぬよし〳〵いはしと／まめたゝせ給にいとわひしうてかしこまりて【17ウ】とりよせ給てもしものにませはおのつから／かたのやうにもまねひさふらひなんひしりは／いとわりなきわさかなとなやめるけしきにそ／うらみはてさせ給ましく御らんしけること／人もなか〳〵心ことなるよの御あそひかなとこゝろ／つくろひしてゝもふれ給はす中将の四五／のさゑはかりたにあらはしさふらはぬものゝね／をかきりなくひきあらはしさふらはんおもし／ろからむよろつの人のかはりにことをかへてつ／かうまつらせはやと権中納言そうし給へは／ひとつをたにさはかり心こはからんにまして人【18オ】のかはりにむすへくもあらさんめりとせめ／させ給へはおの〳〵心つかひしてひきいて給も／のゝねともおもしろし

十　宮中での管絃——狭衣、笛を吹く

中将のふえになりて／さていかにつかうまつるましきにやとまめや／かになりてせめさせたまへはわひしうかく／しらま

せはまいらさらましものをとくやし／けれとのかるへきかたなくてふへをうゐ〳〵し／けにとりなしてことに人のきゝしらぬてう／しひとつはかりふきならし給へるをうゐお／とにはきゝつれといとかくまてはおほしめさ／さりつるをいまゝてみゝならさせ給はさりける【18ウ】ける事さへひきかへしおほせられてめてお／ほせらるゝさまともいとこちたくきくかきりの／人〳〵さらにこのよのものゝねともきこへぬ／になみたもとゝめかたけれはなか〳〵なるほとに／てやみ給ぬるをいとくちをしうこそとせめて／のたまへはたゝかはかりなんおとゝのたは／ふれにおしゐさふらひしこれよりほかにはすへ／ておほえ候はすと申給をいとうたてそら／事をさへつき〳〵しくもいふかなとおとゝの／ふえのねにもあらさめりすへてかゝらはくるしと／おもはすともさらにおもはしこよひはなを【表紙付オ】うらみとてはかりとあなかちなる御けし／きにかたしけなうおほさるれはいとわひ／しうてくわうたいこ宮のひめ宮たち／なとうへの御つほねにおはしますころな／れは心にくき御あたりにはなに事ものこり／なくはきかれたてまつらしとおもふにかくさへ／いとゝしきなるへし月もとくいりて御まへ／のとうろのひともひるのやうなるにほかけ／に御かたちはひかりまさりてはしらかくれに／よりゐてまめやかにわふ〳〵ふきいて給へる／ふえのねくもゐをひゝかし給へるにみか【表紙付ウ】とをはしめたてまつりてこゝのへのうちの／しつのをまておとろきなみたをなかさぬは／なしさみたれのそらのむつかしけなるにも／のやみいれんとまつゆゝしうあはれにたれ／も御らんするにおとゝまいりてみたまはま／しかはいかにせきかね給はんとわか御心にも／おとらせ給はす御そてもしほるはかりにならせ／給ぬ

十一　宮中での管絃——天稚御子降臨

よひすくるまゝに雲のはたてまてひゝ／きのほる心ちするにいなつまのたひ〳〵して／雲のたゝすまひれいならぬをかみのなるへき／にやとみるにそらいたうはれてほしいとあ【19オ】かくなりぬほしのひかりとも月にことならす／この御ふへのねのおなしこゑをさま〳〵のこと／ふえひきあはせていひしらすおもし／ろきかくのこゑちかくきこゆるにいかなる／事そと御かととう宮をはしめあさみ／あはせ給中将の君ももの心ほそけにて／天人もいかてかめてさらんとあまりあさ

／ましきにたれ〳〵もあきれたるやうなり／かくのこへちかくなりてむらさきの雲に／のりてあそふもいとちかくみゆるをみさわ／きたるに中将の君のみやり給ても【19ウ】の心ほそうなりていたくおしみたまふねを／やゝのこすくまなくふきすまして／

いなつまのひかりにゆかんあまの／はらはるかにわたせ雲のかけはしとね／のかきりふきたて給へるにえしのひ／あへ給はぬにやむらさきの雲たなひき／てひんつらゆいいひしらすおかしけなる／わらはのさうそくうるはしくしたるかふと／おりくたるまゝにいとゆふになにそとみ／ゆるいとうすきころもを中将にうちき／せ給てそてをとりてひき給にわれも【20オ】いみしう物心ほそうてたちとまるへき心／ちもせすめてたくいみしき御さまのひき／はなれにくゝてふえをふく〳〵さそはれぬ／へきけしきに御かと御心さはかせ給てよの／人のことくさにこのよのものにはあらす／天人のあまくたれるにこそとのみいひあ／いたるはけにこそありけれとおとゝのかやう／事をもたえ〳〵せさせす月日のひかり／にもあてしとあやうくいま〳〵しき物に／思ひたるをこの人をかくてめにみす〳〵／雲のはてにまよはしてはわか御みもこのよ【20ウ】にすこさせ給ふへき御心ちもせさせ給は／ねはいといみしき御けしきにてひきとゝ／めさせ給をかなしうみたてまつらせ給に御／かとの御まへにさしよりてまいらせ給／

こゝのへの雲のうへまてのほりなは／あまつ空をやかたみとはみんまいておとゝ／はゝ宮なとのきゝ給はん事もおほしい／つるにいとはしうおほさるゝこのよなれとも／ふりすてかたきにとかゝる御むかへのかたしけ／なきにひとへに思ひたへ御門の御袖をひかへ／ておしみかなしみおやたちのかつみるを【21オ】たにうしろめたくおもひたるをゆくゑなく／きゝ給てむなしきそらをかたみとなかめ／給はんかなしさにいひしらすかなしうおもし／ろうつくりてふえをもちなからなみたくみ／給へる御かほかたち（は）天人ならひ給へるあめ／わかみこ涙をなかしてなに事もこのよに／すくれ給へるによりてさそひつれとかく十／せんの君のなく〳〵おしみかなしみ給へは／ひたすらにこよひいてのほらすなりぬるよし／をことはりにめてたくかなしきふえの心はへ／くちをしさをつくりかはしてくものこし【21ウ】よせてのり給ぬるなこりのにほひはかりと／まりてそらのけしきもかはりぬるをあさまし／なともよのつねのことをこそいへめつらかなりと／みるきはの人ゆめの心ちし給けり

十二　宮中での管絃――嵯峨帝、女二の宮降嫁を考える

中将の／きみはみこの御ありさまのおもかけにこひし／うものあはれと思ひたるけしきにてそらを／つく〳〵となかめ給へるさまいと〻この世には心／と〻めすやなり給なんとあやうくうしろめたく／おほしめされてなに事にて心をすこしま／きらはさんとおほしまはすに大臣になす／ともさらにうけひかしとかいなくおほしめす【22オ】にくわうたいこ宮の御はらの女二の宮こ／とはりもすきて御かたち心はへもめてたくお／はしますをかしつきものにしたてまつらせ／給て一宮はこのころのさい院にておはします／この宮はたくひなくおもひかしつき〻こへ／させ給てよのつねの御ことなとおほしめしかく／へくもあらねと中将のこよひのふへのこゑ／に天人たにき〻すくさておりくたり給／てあひたまふにた〻にてやませ給はん事／はあるましき事なるに二の宮のこのころ／さかりにと〻のほり給へる御ありさまみたてま【22ウ】つりてはこの世にはえあくかれしと思ひなり給／ぬ

十三　動転する堀川の大殿、内裏へ

おほい殿には中将の君こよひはいて給まし／きにやとたつねき〻給にくら人ところの／人〳〵こゑたかにものをいふなに事かときか／せ給ほとにいよのかみなにかしのあそんまいりて／うちにか〻ることなんさふらひけると申をきか／せ給御心ちともいか〻はありけんさらにうつ〻の／事ともおほされぬにのほり給へるあとをた／にみんとの給よりほかにものいはれ給はぬ御心／ちなから御さうそくなとかたのやうにし給て／いて給ぬるをみたまふは〻宮は御そひきかつ【23オ】きてそふし給ぬるよの中はいかになりぬる／そとみゆるまてとの〻うちさわきなりこ／せん御くるまそゐなともまいりあへすみたり／かはしきよの御ありきなりかしみちのほとおほ／しつ〻くるもいみし御くるまのうちよりなか／れいつる御なみたもちくまのかはになりぬへく／みへたりみちのほともれいよりもとおくお／ほされて人にひかされていり給にこ〻のへの／うちはものさはかしきけもなしひたきやの／人もつねよりもあかくみへわたりてこ〻かし／このはさま人のつち

〳〵のほとにものいふこ【23ウ】ゑ〳〵この事なるへしいかなるそとおほさるゝ／に心もいとゝまとひてたふれ給ぬへし

十四　嵯峨帝、女二の宮降嫁を提案

との／まいらせ給と人〳〵たちさはくに中将きゝ給て／この事によりてならんかしいかさまにもまとひ／たまひ給つらんといとをしうて殿上くち／にさしいて給へるをおはしけるはとみ給にそ／なか〳〵いみしきやいかなる事そおのれをすてゝ／はいつくへおはせんとおもひやり給はすおほ／れまとひ給をけにとまらすなりなましかは／かきりあらん御いのちもいかゝなり給はましと／あはれにみたてまつらせ給ためらひて御まへ【24オ】にまいり給へれはありつる事ともかたらせ給／すへてうつゝともおほえすなに事もいひ／しらせおしふる事も侍らすおほやけにつ／かうまつれわたくしのみのためをとこの／むけにむさいなるはいとくちをしう侍れは／そのかたはかりはかたのやうにみあかすはか／りも侍れかしとやいひしらせ侍けむこと／にふえのかたはたはふれにもまねふらん／とこそ思ひかけさりつれいかにしてかくよ／のためしになりぬへきねをさへはふきつたへ／侍けるにかとめつらかにも思ひ給へるかないかにも【24ウ】たくひもさふらはねは心におとろく事なくて／み給はんのみそこのよのよろこひにてはさふら／はめあまりなるみのさへなとはすへてうれしく／も思ひたまへられすかきみたり心ちをまと／はせ給へきかとかへりてはいとつらうなと思ひつる／ことゝていとあやうくうしろめたしとみやり給／へることはりにこよひよりはみへ給へは人〳〵みな／なき給ぬ中将の君はかくこちたき御あそひ／のなこりものはつかしうあやまちしたる心／ちしてさふらひ給をうへめしよせてさか月た／まはするに【25オ】

みのしろもわれぬきゝせんかへし／つと思ひなわひそあまのはころもとおほせ／らるゝ御ありさまさにやと心うる事もあれ／ともいてやむさしのゝわたりの夜のころ／もならましかはけにかへまさりにやおほ／えましと思ひくまなき心ちすれとうちかしこ／まりて／

むらさきのみのしろ衣それなら／はおとめのそてにまさりこそせめとそいわれ／ぬるもなにとかはきかせ給はんいつれも／むかひのをかははなれぬ御事なれはつね【25ウ】よりものあはれけなる御けしきにてし／つまりてさふらひ給ふ

ようゐかたちなとお／ほろけのおんな御門の御むすめなりとも／ならへにくきを二宮はけしうはおはせしと／おほしめすをならひにこゑにあくる心ち／すれはいて給ぬ

十五　独詠「夜半の狭衣」

はゝ宮のまちたてまつり／給へるけしき思ひやるへしいかにこうし給／ぬらむ御てつからまかなひすゑ給てそゝ／のかしきこゑ給へとまことにくるしうなや／ましうさへおほされてこよひはいかにも〳〵／ふようにさふらふとてやすみ候はんとてわか【26オ】御かたにわたり給ぬるをいとゝこよひよりは／かた時たちはなれ給はんもうしろめたく／わりなしとおほしたるけしきにてこ／よひはこなたにものし給へとせちにきこゑ／たまへはおましなとしかせてねたまひぬ／るやうなれともめつらかなりつる事ともの／みまとろまれ給はすなにとなく心もまこと／にあくかれてありつるみこの御かたちをもか／けこひしうおほえ給へはとみにもねたま／はすとのもこよひの事ともかたり給つゝ／いとものゆゝしうおほしてあすよりはし【26ウ】まるへき御いのりの事ともの給はすさるへき／けいしともめしあつめてやむことなくしるしある／人〳〵めしあつめてはしめをかせ給へき御いのり／のさまいとこちたけにおほしおきつるを／きゝふしてもなとかくしもおほすらんかゝる御／心をしらすかほにあちきなくさるましき事／によりみをいかゝしなさむすらんとおほすに／ひとやりならぬまくらもうきぬへしあるま／しき事と返〳〵おもひかへせとあけくれさし／むかひきこへたれはにやわきかへる心のうち／のくるしさなけかしさはさらに思ひかはるへき【27オ】心ちもせすうへのいみしき御心さしとおほしめ／してたまはせつるみのしろ衣はいとかた／しけなくおもたゝしけれとかつかへしうく／きかへまほしくもおほされぬむらさきの／ならましかはと思ひつゝけても／

いろ〳〵にかさねてはきし人しれす／おもひそめてしよはのさころもとそ返〳〵も／いはれ給ぬる

十六　翌朝、狭衣を案じる両親

ねぬにあけぬといひけん／人もうらやましにからうしてあけぬる心ち／すれはひんかしのわたとの丶つまとおしあ／け給へれはあめすこしふりけるなこりあや【27ウ】めのしつくところせけれとあま雲はれわたり／てほの〱とあけゆく山きわははるのあけほ／のならねと心ほそくおかしきにはなたちは／なにやとるにやほと丶きすのなきわたるにねあら／はれにけりとき丶給／

よもすからなけきあかしつほと丶きす／なくねをたにもきく人もなしとひとりこち／た丶すみ給ま丶に身色如金山端嚴甚微妙／とゆるら（る）かにうちあけてよみたまへる心ほ／そくたうときをは丶宮おと丶なとき丶給て／なをさま〱にあまりなる御ありさまかなとかく【28オ】しもゐい丶てけんまたこそ天のむかへや／え給はむとゆ丶しうおほされてゐさりいて／給てなとかくよふかくいて給へるさ月のそらは／おそろしきものあんなるものをとの給ま丶に／すこしはなこゑになり給ぬなりとのもおき／給てなをこのころはかりうちにもなまいりた／まひそけふより七日はかりとはしめたるいの／りのほとはおなし心にほとけもねんし給ても／のし給へなときこへ給たはふれのくちすさ／みもこちたうむつかしうおほさるれはいつ／ちかまかりいてむと申給てたいへわたり給【28ウ】そのころの事にはた丶あめのしたにはた丶／この事をいひの丶しりけりおほやけにも／日記の御からひつあけさせ給てあめわかみこと／つくりかはさせ給つるふみともはかきおかせ給／にけりその夜さふらはれける道のはかせとも／たかきもいやしきもめてまとふをはこのころ／のやくにはしたり

十七　源氏の宮への告白――在五中将の日記

あつさのわりなきころは水／こひともにもおとらす心ひとつにはこかれまさり／給へとしる人もなしひるつかたけんしの宮に／まいり給へれはしろきうすもの丶ひとへをき給て／いろは御ひとへよりもしろくすき給へるにひたい【29オ】かみ

のゆら〳〵こほれかゝりてすそはこちたく／たゝなはれそきたるすそのそきすへいくら／をかきりとおいゆかん所せけなるものからなま／めかしうみゑ給かくれなき御ひとへに御くしの／ひま〳〵よりみゑたる御こしつきかひなとの／うつくしさの人にもにたまはぬはあまり思ひ／しみにたるわかめからにやとまほられてむねは／つふ〳〵となりさはけとよくしのひかくしてつ／れなくそもてかくし給へるいとあつきほといか／なる御ふみ御らんするそときこへ給へはさいゐん／よりゑともたまはせたるとてくまもなきひ【29ウ】のけしきにはな〳〵とにほひみち給へる御か／ほつきまはゆけにおほしてすこしうちあ／かみてこの文にまききらはし給へるようゐけし／きまみなといひつくすへくもあらすめてたく／みへ給になみたさへおちぬへきまききらはしに／このゑともをみ給へはさいこ中将の日記をかき／てめとゝまる所もあるにこれはいかゝ御らんするとて／さしよせたまへるまゝに／

よしさらはむかしのあとをたつねみよ／われのみまとふこひのみちかはいひもやらすな／みたのほろ〳〵とこほるゝをたにあやしとおほ【30オ】さるゝに御てをとらゑて袖のしからみせきもやら／ぬけしきなるを宮いとあさましうおそろしう／なり給てやかてとらゑたるかいなにうつふしふし／給ぬるけしきのいひしらぬものなとにとらへ／られたるやうにおほしたるにいとゝ心さはきして／思つる心のうちをかたはしたにうちいつへく／もなくなみたにをほれ給へり

十八　源氏の宮への告白――室の八島

いはけなく侍し／より心さしことにおもひそめまいらせてこゝらの／としころつもりぬる心のうちはあまりしらせ／給はてやみなんもたれものちのよのためうし／ろめたかるへけれはもらし侍ぬるこそなか〳〵あさましうものおもふ人の／ためしむかしもいまもはんへらむやと思ふをあ／まりかくうとましけにおほしめしたるこそ／

かくはかりおもひこかれてとしふともむろ／のやしまのけふりにもとへかたはしたにも／らしそめつれはと思ひて思ひこかれすくしつる／としころの心のうちをきこへしらせ給におそろ／しきゆめをみつる心ちしてわなゝかせ給をむ／けに御らんししらぬやうにかはかりをたにう／とましうおそろしとおほしたる事となく〳〵／うらみきこへ給ほとに人ち

かくまいるけしき【31オ】なれはすこしのきぬいまよりはかくにくませ／給はんすらんなにはかなる御心かはり人めあや／しうはむへるにうとませ給なよいはきりとをし／はんへりともくるしき心のほとは御らんしあ／まり思ひわひ侍りなはかよはぬさとにゆきか／くれ侍りなんさやうならんをりさそかしとも／おほしいてさせ給へかしとてなんなときこへしらせ／給事とも思ひやるへしされといとちかくさふら／はぬ人はいつもけちかきはならひにめたゝ／ぬなめりかしゐみさふらはむとて人〳〵いますこし／ちかくまいりてさふらへは心ちのれいならぬに【31ウ】まきらはしてちゐさきき丁ひきよせて／ふさせ給ぬれはきみもかほにやしるからんと／おほせはゐにまきらはしてたち給ぬるに宮／はおほしつゝくるにかゝる心のおはしける人を／つゆしらてなつかしうたれよりも思ひてあけ／くれさしむかひてすくしけるよとうとましう／おそろしきにもさるへき人〳〵の御あたりならて／おいゝてけるをあはれにおほししられてやか／てふしくらし給へるを御めのとたちなとれい／ならぬ御けしきなるはいかなる事そとあやし／かるをたれもかゝる心をみもしらぬにかやう【32オ】にてつねにあらははつかしうもあるへきかなと／おほすにありてうき世はとけふそおほしし／られにける

十九　堀川の大殿、狭衣と源氏の宮入内について語る

中将のきみもことといてそめ給／てのちはいとゝしのひかたき心ちのみみたれ／まさり給てつく〳〵となかめふし給へりとのゝ／御まへよりまいらせ給へとあれはなにとなく心ち／のなやましけれとさきこゐ給はゝをとろ〳〵／しうさはき給はんもきゝにくけれはさうそ／くしとけなけにしてまいり給ひんのわたり／うちとけてないかしろなるうちとけすかた／のうるはしきよりもなか〳〵かくてこそみたて【32ウ】まつるへかりけれとみえてみまほしうなつかしき／御ありさまのし給へるをれいのくちもあはせ／すゐみひろこりてよさり宮のいてさせ給に／まいり給へうゐもあまりひさしうとりこめ／たりきとおほせられきなとの給てけんし／の宮の御事もとう宮もかく心もとなからせ／たまふにいたくわひさせたてまつるとうらみ／させたまふにすゝしうなりてさもやと思ふを／右大将のたゝ一人かしつかるゝむすめを十に／たにならはと心もとなかられけるからうしてこ／の八月にまいらせんと御けしきとらるゝを【33オ】せいすへきにもあらす又きしろひ

給はんも／ひんなけれはふゆつかたさらすはとしかへりて／とおもふはいかゝすへからんとそ宮もいそかせ給／うちにもさこそあらめと御けしきあれとなに／とかは人のいつしか思ひいそかれん事をとゝ／めむもいとをしかるへき事そときこへあはせ／給をたにはついのことさこそはあらめとは思ひなから／むねはいとゝふたかりてけしきやかはるらんとお／もふをつれなくもてなして人の事をのへ／させ給はんもいとをしくや侍らんいつも〳〵こ／の御事は心のとかにあへ侍りなん権中納言み【33ウ】にそうかけにてさはくなれはわつらはしくて／いそかるゝとそうけ給しなと申給へはこゝにも／さ思ふなり右をとゝのひすらんむすめこの／御かたにやきら〳〵しきさまにやあらんとおし／はからるゝはゝめのとよりほかにあたりにも／よせすきわなくこそかしつくなれみつから／くゆる宮はらのやうにやあらんとてわらい給／へはこのおもかけさりしよひのほかけにはさ／またまのきすにはみへさりしかとはな／たかはいとよくいひあて給へりとほゝゑまれ／給をみしり給てわかゝりし時はかいまみ【34オ】つねにせしかはさもさま〳〵なる人をあまたみ／しかな人はありかたき物そかし思さまなる／人にあふ事はいとかたきわさなりやこ院／のこと〳〵はいみしうおほしめしなからこの／かたはあやにくにせいせさせ給てさいなみ／こゝのへのうちよりもたへ〳〵あるかせ給は／さりしかともかしこくぬすまはれていた／らぬくまもなかりしかはかくさま〳〵にへさら／ぬ人あまたものし給しにおしけたれわ／すれしと思しもおのつからありしかともかい／なくてこそやみにしかなとむかしの事ともお【34ウ】ほしいてたり

二十　堀川の大殿の訓戒と堀川の上の心配

わかくよりやことなきさまに／さたまりぬるはおもらかによきことなり／ひとりあるはおのつからさもあらぬ心もあく〳〵／かれてかる〳〵しうわろきことそなとの給ておの／つからかの御けしきありしふちのそては／いとかたしけなき御事にこそそのゝちうち〳〵／にあんないきこへさせぬはひんなき事なり／よからん日してしゝうのないしにほのめかし／給へなとの給へはあなむつかしやありはつま／しきよのなかにさることさへひきかつかんよ／ときくにつけてそあつかはしきよるのころも【35オ】なりける御こゝろはかたしけなからさはかり／の事をうけとりきこへなんやなか〳〵なめけ／に侍ら

んとてすさましけなる御けしき／なれは心にいるましき事なめりとしかるへき／わさかなとものしけなる御けしきなれは／わつらはしくてたち給ぬるに／

ほかさまにしほやくけふりなひかめ／やうら風あらくなみはよるともとたゝくち／すさみつゝはゝ宮の御まへにまいり給へれは／あつけにやこのころはいたくやせて見え給と／て心くるしけにおほしたるけしきあく【35ウ】まてらうたけにみえ給をとのゝさはかり／のこるくまなくみ給けむにをやと申なからも／すくれたる御おほえことはりそかしとみへたまふ／なつやせとはゑせ人のことくさとかなとかくし／もいひをきけんわたしもりにやとはましと／ゐみ給へるけしきのさとこほれかゝるやうに／し給へる人めてたしとみたてまつるなかに中／つかさといふ人みちのはてなるとなけきし／人のありしこそにくからねとひとりこつにしり／めにみをこせ給ていかにそやのこりゆかし／きひとりことかな（と）の給をあなわひしきこへ【36オ】けるにやとわふるさまもにくからすみわたし／たまふとのゝ二の宮に御文まいらせよとの／給つるこそなをさりことにてたに大宮のき／き給てあさましうめさましき事とむ／つかりの給なるものをさやうにほのめかし／たてまつりてはしたなめられたてまつり／たらんこそたゝならんよりは心やましけれたゝ／さはかりの御けしきにてそのよのめいほく／はかきりなかりきかしなか〳〵なることはいひ／いてしうへもあはれなりとそおほされん／かすならぬ人はすき〳〵しうあるましき事こ【36ウ】のまてさりぬへからむかけのこくさのつゆ／よりちか〳〵のしる人なきたつねいてゝよす／かともなれかしさらすは又いくよもあるましき／にほたしなきもいとよき事そかしとて／なみたくみ給へるをはゝ宮いろもたかひ／てたはふれにもゆゝしきことなの給そゝいみし／き事なりともわか御心にこそものうくおほ／されん事はなにしにかましてはゝ宮のさ／の給はん事あなかちにさの給はせんを一日／ゐんのうへのの給はせしさまとてかたりし／をかたしけなくきゝすくしてやとそあむ【37オ】なりしなとその給し

二十一　参内の途中、蓬が門の女を気にかける

うちにまいり給へるつ／いてにかのよもきの人はいつくそとゝはせ給へはみ／をきしすいしんこゝもとにさふらふと申せ

は／又の日みたまへしかはおろしこめて人あり／けもなくて候しかはかたはらの人にとひしか／はなかとのかみのめなる人のいゑに候ける／めのはらはともの宮つかへ人にてあまたさふらひ／けるなかつかさの宮のひめ宮の御めのとにて／もさふらひけるなと申せはさやうのもの〻き／あつまりたるをりのしわさにや少将の／めのともやいひて大納言のこせちにいてたりし【37ウ】されものにやとおほしやる

二十二　中宮の里下がり

中宮いてさせ給／ぬれはみこさへうちつ〻かせ給て三条との〻／御かたにいとおほやけしうきら〱しき御あ／りさまなりうちの御つかひ日ことにまいりなと／してとのもか〻るほとはこなたにそおはします／宮の御かたのありさまなとあらまほしうてけ／たかうおかしけにてそものし給おほき／おと〻のかたなかのこのかみにてもとかしはにてお／はすれとか〻るあつかひくさもち給はねは御あり／さまひとつをいまめかしうもてなし給ておほし／たちほこりかなる御心をきてにそおはし【38オ】ける人よりけにもていてたる御ものこの／みなとし給ていとわら〻かに〻くからぬ御心を／きてなるへしかくさま〱にもてかしつき給／へる御ありさまともをそあけくれうらやましう／おほしける

二十三　東宮との睦び

中将はありしむろのやしま／の〻ちはいとつらう心うきにいかにせましと／のみなけきまさらる〻をわか心にもなくさめそ／い給ておのつからまきる〻としのひありき／に心をいれ給へとおはすて山にのみそおほ／さる〻とう宮にまいりたまへれはいりぬるい／そなるか心うき事とた〻うらみにうらみさせ【38ウ】たまへはみたり心ちのれいならすのみ侍て／あつきほとはいと〻宮つかへのをこたり侍る／なりとけいし給へはなに事のつねにはあし／からんそ思給事そあらむわれにはへたてなく／の給へとてちかうむつれか〻らせ給へは心ちの／あしかるはかりはなに事をかは思ひ侍らん御らん／せよ

かくやせさふらふはしぬへきなめりとてさし／いてたまへるかひなしろううつくしけなる／さまをんなもゑかゝらしかしとみへ給源し／の宮はかくやおはすらんとあちきなくよそ／へられてせちにひきよせさせ給にあなむつ【39オ】かしあつくさふらふにとてひこしろひ給御け／はひいとをかしかくやせそこなはるはかり思ふ／事こそ心へたれなかすみのしゝうのまねし／給なめりな人もさこそかたりしかおとゝもさて／つれなきなめりとまめやかにの給を人の／とふまてなりにけるよとくるしけれとつれな／きさまにてさらぬすき〳〵しき事をたに／このみ侍らぬになとさありかたきこひの山／にしもまとひ侍らんとなをことすくなゝる／けしきやしるからんあなうたてあるやうある／へしとわつらはしけれはまめやかに（〳〵）まか〳〵しき【39ウ】事をもおほせらるゝかな御心ならひに候めりとて／うちわらひ給さまも／

わか心しとろもとろになりにけりそてよ／りつゝむなみたもるまてとそ思ひつゝけら／るゝこゝろならひはけにさもやあらむまこと／ならぬいもせをもたらねはといひたはふれさ／せ給てせむえうてんにわたらせ給ぬれはこ／よひはかひあるましきなめりとすさましうて／まかて給ぬ

二十四　飛鳥井女君との出会い――不審な女車

たそかれ時のほとに二条大宮の／ほとにあひたる女くるまうしのひきかへなとして／とをきほとへとみゆるにものみのすこしあ【40オ】きたるよりまろかしらのふとすきたる／にこの御くるまをみるなるへしはやうやり／すくしつれはあやしひかめかとおほすほとに／ともなるわらはへなとのもたるものやしるからん／この御ともの人みつけてはや〳〵とおひとゝむ／るにえにけてひきとゝめられぬわかき御す／いしんとものいたうとかめかゝりてしたすたれ／かけたまへるはやむことなきそうにこそおは／すらめさはあれともしはしをしとゝめてあやに／くにやりちかふるはたそ〳〵とあららかにと／へはにわしのなにかしあさりの御くるまにて【40ウ】はゝうゑのものへわたり給なりとわなゝきい／へるわらはのあれはいてさはけにあま君かみむ／とてすたれをひきあくるにほうしをりは／しりてかほゝかくしてにくるをこのあま／君はなとにくるそとおいてはしりのゝしる／を御くるまとゝめさせ給てかうなせそとせ／いせさせ給へはうしかいわらはを

とらへてなに／ものそ〳〵とゝへはにわしになにかしゐき／しと申人なりとしころけさうし給／つる人のうつまさにひころこもり給へりつる／かいて給つるをぬすみていてたてまつり給【41オ】なりほうしたてらかくあなかちなるわさ／をしたまへはほとけのにくみたまいてかゝる／めもみせたまふなりおしとゝめてしめやか／にやらせ給はてとしころのおもひかなひて／いそきたまふほとにをんなくるまとそみる／らむたゝとうやれ〳〵とせめ給へはしにはした／かへといふほうもんをそうの御わたりにをしへ／侍ぬるしるしにはきゝさふらひてはしらせ／はんへり候つるなりいまよりはさらに〳〵このし／にはしたかひつかはれ侍らしとていとおそろ／しかなしと思ひたるにいとをしうなりて【41ウ】ゆるしてけり

二十五　飛鳥井女君との出会い——随身の報告を聞く狭衣

しか〳〵なん申つるくるまに／はまことに女のおはするなめり人はみなにけ／さふらひぬかうてうちすてはさすかにいとを／しうこそさふらへと申せはなにしにかはかゝる／わさはしつるつねにせいする事をきかて／いくへからんところいつこにかあらんいかてかさて／はすてんそのわらはにとひておくれとのた／まへとわらはのまかりつらんかたもしりさふらは／すいまさりとくるまともにありつる法師／まてきなんこのわたりにこそかくれてさふら／ふらん御たいまつもてまいらてくらうなり【42オ】候ぬ御車つかうまつれといへとかのぬすま／れたらんはいかやうなる人ならん心ならぬ／事ならはいかはかりわひしからむくらきみ／ちのそらにさへさすらふるよかくてみすてゝは／ありつる法師まことにもとのさためのまゝにや／ゐていかむすらんさらぬにてもこよひかくて／あらはいかなる心ちかせんなとおほすにいと／をしけれとをくるへき所はしらすとのにこ／よひはかりやゐていかましとおほすにも／けさすかにかつきてはしりつるあしもと／おほしいつるもをかしうみちのほともてやふ【42ウ】れつらんと心つきなくゆゝしきにあすか／ゐにやとりとらせん事もかたらひにくゝ／おほさるれと猶いかなる人のかゝるめはみるそ／とゆかしけれは御くるまひきかへしかのくるま／にのりうつりてみ給へはいとたと〳〵しきほと／なれときぬひきかつきてなきふしたる人／ありけり

二十六　飛鳥井女君との出会い――女君を送り届ける

あないとをしいかなる人のかゝるみ／ちのそらにはたゝよひ給ふそいかなる事／ありともひとりうちすてゝ心うくにけぬる／人はつらうはおほされぬやよしのやまにも／とおもはさりけるにこそみすてゝまかりなは【43オ】いますこしおそろしき事もありなむま／たありつるかしらつきもよろいぬとみ／はきもこそすれまことに御心ならてかゝる事／ものしたまふならはをはしところをしへ給へ／をくりきこへんなを御ほいもありあの人と／わたらむとおほさはまかりなんなとの給こは／けはひきゝもならはすあてにめてたきは／かほりもたれにかとおほえなくはつかしけれ／とかくの給にきこえすはけにすてゝこそは／をはせめさらはありつるゆゝしきものゝき／てゐていかん事と思ふにいとかなしけれは【43ウ】ほの〳〵おほゆるまゝにきこへんとおもへと／たゝわなゝかれてとみにもいひいてられす／たゝなきまさるけはひなとよそにて思ひ／つるよりはあてにらうたけなれはいます／こし心くるしうなり給てさらはまかりぬへ／きなめりな御心ならぬ事をきゝたれはさ／もやといとをしさになんなにかなき給ふ／このわたりにそまたものすらむよもみすて／きこへしとけしきをみむとての給へは／をはしぬへきなめりとわひしくていひいてん／ところのはつかしさまたはか〳〵しうもおほえ【44オ】ねとなきこゑはいとわりなけれとほりかは／といつことかや大納言ときこゆるむかひ／にたけおほかるところとそおほゆるさ／てはいかにといふけはひらうたけにをかし／きにもしみまさりしぬへき人にやこ／よなう心とまりていき所をとひきゝて／おくらんとおほしつれと心やすけなるさと／のわたりときゝ給もやうかはりてなか〳〵ゆ／かしけれはみをかまほしくやおほすらんを／り給はてやかてをしあてにをはしぬ

二十七　飛鳥井女君との出会い――女君の家に着く

ほりかは／をもてにはしとみなか〳〵としているかと【44ウ】いふせうあつけなるところなりけりかと／をしのひやかにたゝけは人いてきてとふな／りさていかゝいふへき〳〵とゝひたまへとなく／よりほかの事ならてものもいはねはをしは

／かりにうつまさよりいてさせたまへるとい／はせたれはいまゝていてさせ給はすとておほつ／かなからせ給へるにとてあけたれはかやりひ／さへけふりてわりなけなり／

わか心かねてそらにやみちにけむゆ／くかたしらぬやとのかやりひとの給ふけは／ひものおほえゆくまゝにめてたうはつかしけ【45オ】なるにそおほえなくあさましきありさ／まとみたまふにもたれにかあらんいかに／してもありつる物とみへしと思ひつるにも／のはちもしられてかゝるふせやのしたを／さへをしへたてまつるもいかにおほすらんと／いまそあさましうはつかしきつまとなるへし／をしあけてこゝにと人のいへはくるまさし／よせたるに五十はかりなるをもとのしなく〳〵／しからぬさまつきしたるひをいとあかく／ともしてやなといまゝてをそうおはしまし／つる御くるまのをそかりつるたいふのきみ【45ウ】やまいり給へるとてよりくるほかけすかた／のみしらすあやしきもうとましうてお／ほえなき人きたりとてうちもこそすれと／うをりたまへとてをこしたまへとひさへあ／かくてかたはらいたうてわりなきにとみにも／うこかれぬをひきをこし給れはきぬなと／いとあさやかにもなきにかみはつや〳〵と／かゝりていとはりなくはつかしと思ひたるけ／しきなとなへてのさまにはあらすたゝいとら／うたけにをかしき人さまにてありける

二十八　狭衣、飛鳥井女君と契る

あ／やしう思ひのほかなるわさかなたれならんとみ【46オ】てやみなましかはいかにくちをしからましと／おもふからさるへきにやかゝるうちつけ心なと／はなかりつるものをいてうとましかりつる／かしらつきしてなれつらんかしと思ふは猶／心つきなけれとかゝるみちゆき人をおろか／にはえおほしすてし（な）ありつる人に思ひ／おとし給なとの給もいとはつかしうてをり／なんとするをひかへてなといらへをたにしたま／はぬかゝるみちのしるへうれしとおほさまし／かはとまれとはのたまうてましあな心うと／てゆるし給はねは【46ウ】

とまれともえこそいはれねあすかゐ／にやとりはつへきかけしみへねはといふさ／まなをそのみつかけみてはやむましう／おほされけり／

あすかゐにかけみまほしきやと／りしてみまくさかくれ人やとかめむくる／まゝつほと人にみせておひ給たれよとてお／り給ぬるをあなみくるしひなきものをと／くるしけに思ひたれとまことに御車のをく／れにけるまち給とてやかてそのはしつかた／にひきとゝめ給へるに月はなやかにさしいて【47オ】たり女いとはつかしと思ひたるものからいたう／きへいりたるものはちなとにはあらすたゝ／いとなつかしうおかしきさまにもてなしなと／あやしきまてらうたけなりいゐの人〳〵／はいかなる事そとたちさはきあやしかるへ／し御車ゐてまいりたるにやときゝ給／へとかはかりにてたちいつへき心ちもせねは／ありつるいのりのしやいりこんとおそろしな／からとかくかたらひ給女たれとたにしらぬを／わりなしと思ひたり君はあさからすあはれに／おほさるゝ事かきりなしものきたなくう【47ウ】たかはしかりつるいのりのしの心きよさも／みあらはしてはさるわかすくせのありてさる／心もつきけるにやとまてあさからすおほ／さるかねていみしう心をつくし給やむこと／なきわたりよりはなか〳〵ならはぬくさのまくら／もめつらしくてそのゝちはよひあか月のつ／ゆけさもしらすかほにまきれ給よな〳〵／つもりにけり

二十九　飛鳥井女君の素性

この女は帥中納言といひけ／る人のむすめなりけりおやたちみなう／せにけれはめのとのかすゐのかみなといふ／ものゝめにてなまとくありけるかまた【48オ】なきものに思ひかしつきてとしころあり／けるをそのおとこもうせしのちはいとはり／なきありさまにてすこしけれはこのにわ／しののりのしをかたらひてこの（これに）君の事／をもしりあつかはせけれはおほけなきこゝろ／ありけるものにて人しれ（す）思ふ心つきてかゝ／るわさをしたるなりけりありつるうしかい／こゝにきてもかたりけれはいとあさましかり／ける事かなたれといふ人のさるわさを／し給つらん我君いかになり給ぬらんいき／てみよなといひさはきけるほとにかくてをは【48ウ】したるなりけりそのゝちゐきしはお／ともせねはことはりにいとをしくて人やり／たれとかへり事をたにせねは思ひなけく事／かきりなしこの人かうてやみ侍なは御まへの／御あつかひもいかてかつかうまつらんいみしき／わさかなはや〳〵源氏の宮のうちにまいり／たまふとてやむ事なき人〳〵

いとゝまいりこ／み給ふなるにまいり給ねおのれはいつちも〳〵／まかり侍なんこのおはする人はたれそとよ／あやしういたうしのひたまふはいかなるにかを／まへはしらせ給へりやといへとしらすよろつたゝ【49オ】心よりほかにあさましきありさまなれはとて／うちなき給をさすかにあはれとみてわれも／なきぬまたある人一夜もみかとにむこわた／らせ給しにあくる人もなかりしかはへたう／とのゝ御子とはしらぬかいたうあなつりたてま／つらはかとのおさなとゐてきてこのかとあ／けさせんとこそいひけれ少将とのにこそ／おはすなれといへはされはまれ〳〵ある女ともも／おちてこのころはまうてこすいとわりなき／やあてにやむ事なき事めてたしとて／もこのちやうにてはいかゝせんとしをひて【49ウ】侍れはゆくすゑの事も思ひ侍らすあつま／のかたへ人のさそひ侍にやまかりなましと／思ふにもたれにみゆつりまいらせてかはとよろ／つのほたしにそをはしますやなといへはいつ／こなりともをはせん所へこそさらてはいかゝとの／たまふもけにといみしう心くるしけれはまこと／にしる人もなくたよりなきに思ひわひて／みちのくにのさうくといふものゝめになり／てやいなましとおもふなりけり

三十　狭衣、飛鳥井女君のもとに通う

君はみなれた／まふまゝにあはれまさりつなをさり事に／はあらすちきりかたらひ給へしさるはこれ【50オ】にをとる人もみたまはすわか御心にもすくれ／てこの事のめてたきなとわさと御心とまり／給へきゆへもなけれともこれやけにすくれ／せといふものならんかくのみおほえはすくせ／くちをしくもあるへきかなと思ひしらるゝ物／からまたるゝよな〳〵なくまきれありきたまふ／を御ともの人〳〵はかゝる事（は）なかりつるものを／いかはかりなるきち上天女ならんさるはいとも／のけなきけしきなるおとゝのけはひそ／するなとおの〳〵いひあはすへし

三十一　飛鳥井女君の乳母、陸奥下向を決める

かくいふほと／にこのめのとのいてたちいとすかやかなるけ【50ウ】しきにてみをきたてまつるへきにはあらす／さりとてまたかゝる人さへをはしますめれはいか／てかはくしたてまつらんとするいかにして／すこし給はむすらんなといひつゝけつゝうち／ひそみてなくをしはしのほとたにおはせさらむ／よにはあるへき心ちもせぬをまいていつをかき／りにてかとゝめをかんと思ひたまふらむかくよ／ろつにところせきみをうしなひ給てこそ／いつこへもなといひもやらす心くるしけなる／けしきなれはさらはいてたゝせたまふへき／にこそはあなれ御心さしありけなる人を【51オ】みすてたてまつりてあさましきありさ／まにひきくせさせ給はんかいとあるましき／事とおもひ給へらるれとかくのたまはす／れはなとさすかにことはりを返〳〵いひき／かせつゝたゝいてたちにいてたつをみるに／さらはいまいくかにこそはなと人しれすか／そへられて心ほそけれとたれとたにしらせ給は／ぬけしきもさすかにたのみおくへうもあ／らぬにかうこそなとほのめかさむも人の御心／のうちをしらねはつゝましうてたゝなにと／なく思ひみたれたるけしきをかうおほつかな【51ウ】きありさまのたのみかたくつらきにや／と心くるしけれとまた我ゆくへもあまのこと／たになのらねは心くらへにてたゝあはれにおほ／え給まゝにいひなくさめつゝこのよならぬち／きりをそしたまひける

三十二　源氏の宮と堀川の上の碁

源氏の宮はふるき／あとたつねいて給へりしひのゝちはさやかにも／みあはせ給はすことのほかなる御けしきをされ／はよとつらう心うきにいまはたをなしなには／なるとひたふる心いてきてさるへきひまをみ／たまへと人めこそかはる事なけれあさましう／なりける御心はへのうとましうおほされて【52オ】またいかてさるみゝをたにきかしとよう／いし給へれはいはまの水のつふ〳〵ときこへ／しらせたまふへきひとまのほとたにそさすか／にかたかりけるひるつかたまいり給へれは／大宮もこなたにおはしましてもろともに御／こうたせ給ふなりけりとくまいりてけそ／をこそつかうまつるへか

りけれとてちかやかに／ゐたまふにちいさき御き丁なともをし／やられてつねよりははれ〳〵しけれは宮い／と〻はした
なしとおほして御かほはいとあかう／なりてこもうちさしてこはむにすこし【52ウ】かたふきかゝりて御あふきをわさと
ならす／まきらはし給へるかたわらめまみひたいのか／みのかゝりなといまはしめたる事にはあら／ねといと〻しきなみ
たはこほれ給ぬへけれ／はまきらはしになとさてはたれかせむかは／なときこへ給へとみつけたてまつり給てはれ／いの
まつこと〳〵おほしたらねは大宮もな／をともきこへ給はてよくうちよりたかく／たつねさせ給しはいつこにものし給し
そ／なをかの侍従のないしのもとにせうそこも／のし給はぬあまりひか〳〵しき事とむ【53オ】つかりたまふめりきみに
はた〻なに事も／思にまかせてとおもふをいさやいかなるへき／ことにかとうちなけかせ給へるも人のおほ／むことやけ
なくわかうおかしけなる御さま／なりその御いらへはいかにも申給はてとの〻れ／いならぬ御けしきなりつるはこのかむ
たう／にこそありけれとう院のにしのたいの御／しつらひはなに事にかときこへ給へはこきさ／いの宮にありけるはくの
きみのむすめは／かこつへきゆへやありけんは〻うせてのち／いとあはれにてなんとき〻給けるをかのうゐ【53ウ】のむ
かへてつれ〳〵のなくさめにせむとなん／ありしかはさやうのれうにやあらんをのこ〻／のいとあやしきもあなれと宮の
少将なん／わたるとてかのなかつかさのみやなんこにし／たまふとき〻しそれもさるへきにやあらん／とのたまはすれは
そもとの〻御子にてあれ／ななにかしにはにぬにやあらんはらからあまた／もたる人こそうらやましけれともしのふへ／
き人たになきにとてものあはれとおほし／たるけしきのけにた〻みる人たにあは／れに心くるしけなる御さまなれは大宮
れ【54オ】いのゆ〻しき事にくちなれ給へるこそ心／うけれとていといま〳〵しとおほしたるを／かはかりおほしたるに
ゆくすへはか〳〵しかる／ましき心のうちを御らんせさせたらはまいて／いかにと思ひつ〻けらるはなみたもこほれぬへ
し／ちいさき木丁に宮まきれいらせ給ぬれは／すさましくてはしつかたに人〳〵とものかたり／したまふにをまへのこた
ちこくらうあつ／かはしけなるなかにせみのあやにくになき／いてたるをみいたし給て／こゐたて〻なかぬはかりそもの
おもふ【54ウ】みはうつせみにおとりやはするなとくちす／さみにいひまきらはしてせみ黄ようにない／て漢きう秋なり
としのひやかにすし給御／こゑめつらしき事ならねとわかき人〳〵めて／たしと思ひたるもことはりなりさはかりあたり
／まてにほひみちてむかひ給へる人はもの／おもひわする〻やうなる御あい行なとをひと／へにほこりかにもてなし給は

ていたうしつまり／てつねに心ちよけならす思ふ事ありけに／のこりおほかる御けしきにてをり〳〵もの／をもはしけに心ほそけなるくちすさみ【55オ】なとし給へはあるゝえひすもなきぬへき御／ありさまなり

三十三　飛鳥井女君との逢瀬

ひのくれゆくまゝにひもとき／わたすはなの色〳〵をかしうみわたさるゝ／にそてよりほかにをきわたすつゆもけに／たまらぬにやとなかめいたしてとみにも／たち給はすむしのこゑ〳〵のもせの心ち／してかしかましきまてみたれあひたるを／われたにともとかしうおほされけり月い／てゝふけゆくけしきにかのほとなきのき／のなかむらむありさまもふと思ひいてられた／まへはおほろけならぬおほえなるへしをはして【55ウ】み給へはおほしつるもしるくしとみなとも／またおろさてはしつかたにそなかめふしたる／こさらましかはとあはれにて袖うちかはし／てこまやかにかたらひたまふにもひるの御あ／りさま思ひいてらるゝにもよろつこよなき／めうつしなとはなに事のなくさむへきそと／思ひいてられなからわさとけたかうまことし／きよりはなか〳〵さまかはりたるうちとけな／とよりはしめものはかなけにたゝしからぬ／もてなしなとのあやしきまてらうたく／みてはえあるましうおほゆるにおもふ事なから【56オ】ましかはありはてしとおもふよにほたしと／まてやならんと思ひつゝくるにもれいのも／ろきなみたはまつしるをいかゝ心うらんつ／ねより物なけかしけなるけしきのあはれ／なれはひさしうよにはあるましき心ちの／すれはよの人のやうなる心はへなともことに／なくてすくしつるをいかなりけるちきり／にかはかなくみそめきこへてのちみすてん／事のあはれに侍るそとよになくなりな／はいかゝおほさるへきそをたにのちのとた／れいひけんあふにかへまほしかりけるも【56ウ】のをとておしのこひたまへるまみすこし／ぬれたるなとさやかならぬ月かけにこれは／なをおときゝわたりつる人にこそをはすめれ／わかみのほとを思ふにもなをたのむへき御／ありさまかはかやうにおほしすてさらんほとにか／りのはかせにまよひなむこそ心にくからめと／思ふからにはけにそなみたはとりあへすこほれぬ／るはしたなくてかほゝふところにひきいるゝ／まゝに／

はなかつみかつみるたにもある物をあさ／かのぬまにみつやたえなんはかなけにいひな【57オ】したるけはひなとわかひたるいとらうたし／

としふともおもふ心しふかけれはあ／さかのぬまにみつはたえせしかくいとうき／たる事と思ひたまふらんなからへてはいま／こゝろのほともみたまひてん心よりほかに／おのつからなる事もありともわたくしの心／はかはらしとなんおもふなと心ふかけにたの／めかたらひたまふまゝにいとかなしうなりまさり／てなをかくなんとやほのめかして御けしきを／もみましと思へとおもひたつかたの事とても／すこしはか〳〵しきかたにもあらす中〳〵【57ウ】おほしやらむあつましたひのはつかしう／あさましけれはたゝゆくゑなくてをやみなん／とさすかに思ひとらるゝかたはつよきものから／あさましかりける心のほとかなとしはしはいかに／おほしいてむ（と）すらんとおもふにせきやるかた／なきそてのしからみをきみはたゝひとへに／わかひたる人さまにてさすかにゆくゑなき／もてなしなとをつらきかたに思たると／思ひ給てとかへるやまのしるしはとのみちき／りたまひけり

三十四　今姫君、洞院の上に引き取られる

まことやかのおほきおとゝの／御かたにははくのひめ君むかへとり給てにし【58オ】のたいのたまをみかけるにしつらひす／へてみたまふにあてやかにさてもありぬへき／さまなれはとしころの御ほひかなひては／な〳〵ともてかしつきたまふさまありつか／ぬまてみゆとのゝうちにもよの人もいみ／しかりけるさいわい人かなといひめてけり／としは廿になり給けれといたうおほとき／すきてあまりいはけなくものはかなきさ／まにてけにおほろけに思ひうしろむる人／のはか〳〵しきなくはうしろめたけにてを／はしける心に思ひあまる事ありともいろに【58ウ】いたし給事なくことのほかにあるましき／事なりとも人たにもてなさはおのつから／しのひすくしつへくなとおほするをよき／女のかしつかれ給へるはかうこそおはすへけれと／みゆる物からあまりいとむもれ給へる×御けしき／なとそはな〳〵ともてなし給へる御けしきに／はたかひてゆくすゑいかにみなされ給はむと／心くるしかりけるまたなきものにおもひ／かしつきたりしをやの御も

とにてたにかう／いとはるけ所なかりし御心はへのまいてにはかに／はゝにもをくれかなしうせしめのともうち【59オ】つゝきなくなりにしを心のうちにはいとかなし／かりつるにまめやかに思人たにそはてかう／しらぬ所にむかへられてありつかすはれ〳〵／しうもてなされ給ていとゝわれにもあらぬ／心ちしてほれまとひ給へりうせ給にしはゝ／のしそくのたかきましらひしてさすか／にゆへものみしりかほしてかたはらいたきも／のこのみしてさしすきらうたつありけり／おはのあま君かゝる事なんとてよひとりて／そへたるいとゆへ〳〵しきけしきにてはゝ／しろしたるうへとき〳〵みたまふにいてや【59ウ】とものしうみたまへとこまやかなる御心には／あらてさすかにおほとかにて人のありさ／まなといたうみしらぬやうにてそおはし／けれはうちのありさまなとはいたくみし／り給はす心をやりてうはへはかりはかしつ／き給ふにこのはゝしろあしうせはかたわら／いたきところもありぬへかりける心にまかせ／たるつくりをやともしたてたるわか／人のおもひやりすくなきかきりをあつ／めさふらはせてよるとなれは殿上人そたい／ふまていたしあはせてさはくけしきとも【60オ】いといまめかしけなりきみはたゝあかこの／むつきにくゝまれたる心ちしてあれはに／もあらすまかせられ給へりしつらひありさま／なとのめてたうおなしわかみともおほえ／ぬなとを人しれぬ心のうちはなとはゝやめ／のとにこれをみせたてまつらましかはいかて／人なみ〳〵になさんとあけくれいひ思ひたり／しものをよしなき人にまかせられて心／におもふ事もつゝましうはつかしくてやみに／むかひたることゝ思ひつゝけてはしのひてう／ちなき給けりされとみるにはたゝうつし【60ウ】心もなきやうにてそおはしける

三十五　中納言に昇進した狭衣、今姫君のもとへ

九月つい／たちころなをしものに中将君は／中納言になり給ぬ大殿これをもいま〳〵し／けにおほしたれとさのみやはとてしたいの／まゝにあかり給なるへしよろこひ申に／うち春宮の御かたなとまいり給ふとてつ／くろひたてゝまつとのゝ御まへにまいり／給へるにかたちありさまなとつかさくらゐ／にそへつゝゆゝしうのみひかりまし給ふを／こといみもあへ給はぬけしきにてたちゐ／つくろひいたしたてゝまいり給ふ御けしき【61オ】そことはりもすきてかたしけなくあはれ

／けなるおほゐとの〻御かたにまいり給へる／ついてにこのいまひめ君のすみたまふに／しのたいのまへをすき給ま〻に
いかや／うにかとけしきもゆかしけれはわたとの／よりすこしのそきたまへはみすところ〳〵／をしはりて人〳〵いとあ
またけはひして／こほれいてたりかのきさいの宮の人〳〵も／あまたなんわたりまいりたると人のかたり申／しも心はつ
かしうまたみへ給はぬあたり／なれはようゐしてあゆみいて給へるを【61ウ】人〳〵みつけていりさはくけはひとものも
のさ／はかしきをあやしとみ給ふにき丁ともを／くよりとりいて〻かは〳〵そよ〳〵とたてわたし／てすそうちいて〻ひ
もとものよらはれたるを／とひきかうひき廿人はかりたちさまよ／ひてつくろひさはく〳〵きぬのをとき丁の／をとなとにも
のもきこへすあはた〻しう／みつかぬ心ちしたまへはいまやそ〻きやむ〳〵／とものもいはてつく〳〵とゐ給へれはから
う／してき丁たて〻のちはほの〳〵きぬの／すそてくちわらはのかさみのすそなと【62オ】のみたれかはしうなりたる
をつくろひて／こ〻かしこよりをしいてわたしてやう〳〵の／とまるにやと思ふほとにき丁のほころひ／をはら〳〵と〻
きさはくをとしるくてひとつ／ほころひより四五人か〻ほならへてまつわ／れも〳〵とあらそふけはひともしのふるから
／にいとかしかましからうしてみえぬるにやあ／らんまことにめてたかりけりあなものくる／はしやひころみへつる殿上
人なとはた〻／つちなりけり〳〵とさ〻めきあはするいとを／かしうおほえてこのみすのまへのいま〻て【62ウ】うゐ
〳〵しう侍つるもとかめさせ給へうや／とうらみまいらするなとのたまふ御けはひ／なとけにおほろけの人なといとい
へにく／けにはつかしけなれはにやそこらいし〳〵と／きこゆる人〳〵御いらへきこゆるはなくて／そ〻や〳〵まろはふ
よう君のたまへ〳〵とさ〻／めきつきしろひつ〻たちてにくるとも〻／あるへしあなわりなものにくるふかまろは／まい
ていとうせたり〳〵とそらはしるなれは／きぬのすそをひきと〻むるにたふれ／ぬるにやきう〳〵とことさ〻めきわらひ
つ〻【63オ】しはふきにしいりぬるもありあるはまた／あなかまや〳〵さはかりはつかしき御ありさ／まになへての人と
おもふかなともせいすなり／さま〳〵いとあやしき心ちし給てしり／めははつかしけにみいれつ〻なけしにより／ゐたま
へるけしきこのみすのまへには／あはすそありけるなを〳〵た〻きえいり〳〵／あふきともをうちならしそおる〻けはひ
／いとものくるをしけれはこはいかにとようる／まのしまのともおほえ侍かなとてすこし／ほ〻えみ給へる君のけしきな
とみすの【63ウ】うちはつかしけなり

三十六　今姫君の母代登場

おくより人よりき／てこのき丁のつらなる人にたゝうらみ／うたをはくとよみかけよとさゝめくなれは／わきみそなかめこゑはよきまろはさらに〳〵／とわらひいれはあなつゆの色このみやとて／かたのわたりをいといたうゝつなれはたうに／はきみなしとてつむなるへしあしうして／けり〳〵そこははなて〳〵としのひあへぬこゑ／いつこならんとをかしきかしぬへけれはたち／のきなんとするほとにおとなしきこへのた／かやかにしたりかほなるいてきていさやさ【64オ】ふらふ人からこそよき人はをかしきなもたゝ／せ給へかはかりにてはわかうとたちさふらひた／まはてありぬへしとさすかにしのひて／にくみわたしてさしよりていふめつらしき／御こゑこそおほしたかへたるにやとて／

よしのかはなにかはわたるいもせ山人た／のめなるなのみなかれてとけには〳〵とよみ／かくるこゑしたとにのとかはきたるを／わかひやさしたちていひなすこのはゝしろ／なるへしときゝ給ふ／

うらむるにあさゝそみゆるよしのかは【64ウ】ふかき心はくみてしらなんおほつかなき心ち／し侍りつるにうれしき御けはひとおもふた／まふにものをこそあしさまに申なし給つ／へけれとのたまへはさはやかにうちはらひてさら／はいまよりのけさんをまめやかにつとめさ／せ給へかしわかき人〳〵の思ひむせたまふめ／れはいぬもとき（て）とかやといふいとあやしき／たとひなり

三十七　狭衣、今姫君の姿を垣間見る

まめやかにはおもてふせにやおほ／さるゝとていまゝてまいらさりつるをけふはか／はるしるしも御らんせられになんをまへわたり／にもかくときこへさせ給へこのみすのまへも【65オ】ならひ侍らねははしたなく思ひ侍れとかく／らんのうすさにけふはかりはなくさめ侍る／をいまよりのちそうらみまいらすへきとて／たち給ふにをきのうはかせあらかにふ／きこしたるにはかにみすをたかくふき／あけてき丁もたふれぬれとゝみに／ひきなをす人もなしあなわひしあれみ／

給へ〳〵といひつゝわれはきぬをひきかつき／つゝひとへにまろかれあひたるほとにのと〳〵／とみいれたまへはかうそめにゝひ色の（ひとへ）くれ／なゐのはかまのきはみたるをきてひる【65ウ】ねしたる人〳〵のさはくにおとろきてあふな／くおきあかりたるにいとようみあはせてあ／さましきにやとみにうちそむきなんともせ／すあきれたるけはひかほはいとをかしけな／めり心ちなのさまやとはみえなから女房の／けはひよりはこよなくみつへかりけりと／思まし給つゝかのせうとのかうちけるゆへ／にや少将にそいとようにたりけるとの／ゝ御／子とはいふへくもあらさりけりとみるにたゝなら／ならすや思ひ給ふらんやうのものとあやしの／心はへやとわれなから心つきなしはゝしろ【66オ】からうしてき丁をゝしたつれはたち／のき給ぬ

三十八　狭衣、今姫君について堀川の大殿と語る

又の日殿をまへにて昨日の事／ともなと申給ふついてにかのとうゐんには／ものしたりきやにしのたいにすむなる／人をこそまたとふらはねいかやうなるけ／しきにかみゆるとのたまふうち〳〵のあり／さまのいとあやしきをこなからもいかにみ／たまふらんとはつかしくおほすなるへし／き丁のほころひあらそひしすきかけと／もおもひいてられていとをかしきをねんす／るけしきやしるうみ給らんうちわらひ【66ウ】たまひてよしなきものあつかひこの／み給ふほとにたかためも中〳〵なる事／やとこそみゆめれとしころもかういふもの／ありとはきゝしかともおほえぬ事なれは／かやうの人すくなきくさはふにもとりい／てぬものをなにのたよりにかかうも／ありそめけるにかとありつかすやとうめき／たまふもけにこそきけとあさましとあ／きれたりつるかほはさすかににくむへうも／あらさりつれはつれ〳〵におほしめされん／にことひとよりはなとてはあしうも侍らん【67オ】たしかなるなさしりてとかうさすらへた／まはむもいとをしう侍へしとその給ふ／いさやかういひそめけんもおほえなくそある／やよめにみしかは宮の少将にこそいとよう／にたりしかせうとのしれものあなりそれ／もかの宮の御ことそいふなるはこれもさる／へしなとのたまふ

三十九　飛鳥井女君をめぐる乳母の対応

まことのあすかゐにはめの／とみないてたちて君をもまことにとゝむへき／やうもなきに人しれぬねをのみなきてお／もひなけきたるけしきのけにいとをし／きをみるにさらはなにかはくたらせたまふきや【67ウ】うにもたよりなくひともとまらせ給はむこ／そうしろめたくも侍らめまたそれもいかに／ともおほさめ女は千人のをやめのとやくなし／御をとこのおはせぬほとなりまいてかくやむ／ことなくものたのもしき人にもおはす也／御心さしいとねんころなめるをひきはなれ／てかゝるあやまちにたちそひ給はむ事／いとあるましうかたしけなしとさすかにある／へき事をもいひなからいかにおもひかまふる／ことかあらんこの人のおはするあか月の／ほとも心やすからすかきうしなひかちに【68オ】もてなしつふやくけはひ御ともの人〳〵／きゝてめさましうあさましきにふみを／ちていらまほしきをり〳〵ありけりとの／にもしのひてたれとおもふにかかくなんと／申せは女のけしきのあやしくのみあるは／このみしほかけのをんなのありしいのり／のしにとらせんとするなりさやうの事を／えいひはいてゝ思ひむすほゝれたるなりけり／と心へ給ふにいと心つきなくゆゝしけれと／女君のありさまのいてやさらはとてやむ／へうもおほされねはいかやうにせましとのに【68ウ】さふらふ人〳〵のつらにてやつほねなとして／やあらせましとおもへと人しれす思ふあ／たりのきゝ給はんにたはふれにも心をとゝ／むる人ありとはいかてきかれまいらせしと思ふ／心しふかけれはさもえあるましさらはさすか／にこゝかしことあつかひ給はんもいかにそやお／ほされつゝいまをのつからわれとしりなは／えいとはしかくろえぬへきところもありぬへ／くはありさまにしたかひてとおほすなるへし／をんな君にもおい人のにくむなるへしな／ことはりなりやたのもしけなりしのりの【69オ】しをひきかへてかくものはかなきみ／のほとはをとなしのさとたつねいてたらは／いさたまへよわつらはしき人のさすかなる／かあれはしはし人にしらせしと思ふほとに／かくおほつかなくあたなるものとおほし／たるもことはりなりわれはなに事にてか／あなかちにてもしられしとおもひたまふへ／きいひしらぬしつのをなりともこれより／かはる心はあるましきをなをたのむ心は／あるましきなめりとうらみ給へとなを／このへたうの少将とおもはせたるなめり【69ウ】せいすへき人ありなとのたまふはと思ふ／にもかりそめにもうちたのみてゆくかた／をおもひとまらん事は

あるましうおほえ／なからいとかうめてたきありさまにて／なつかしうあはれにかたらひ給ふをゆくかた／のめやすからんにてたにいかてかはあはれなら／さらむもりのうつせみと（て）なみたこほれぬへ／きをまきらはしたるけしきいと心くるしう／らうたけなり

四十　飛鳥井女君、懐妊する

かくいふほとにこの君たゝに／もあらすなりにけりうちはへてものを／のみ思ひてありしさまにもあらぬけしき【70オ】なとをたれもたゝこの御いてたちを思ひ／なけき給へるをみるにしるき事とも／やう〳〵ありてめのともしりていてあな／いとをしやかくさへなりにたるものをいかゝ／せさせ給はむするきみになをきこへあ／はせ給て御けしきにこそしたかひたま／はめたれなりともかくなり給へりときゝては／よにあた〳〵しう思ひたまはしといへと／いかなりともたのむへきありさまならは／こそあらめさらはともみへぬ山ちのみこ／そよからめといふものからけにかくさへ【70ウ】なりにけるをつゆしらせてやみなんこそなと／いみしうおほゆれとかけてもまいてい／ひいつへきにあらねはひをかそへつゝ／なきなけくよりほかのことなし

四十一　狭衣の乳母子道成、飛鳥井女君の乳母と謀る

このとのゝ／御めのと大にのきたのかたにてあるなり／けりこともあまたあるなかに式部大輔／にてらいねんつかせうへきかかやうの人の／なかにはこゝろはへかたちなとめやすくてす／き〳〵しういろこのむありけりいかなり／ともかたちすくれたらむ人をみんとてめも／なくてすくすにこの女君うつまさにこ【71オ】もりたりけるをのそきてみておもふ／さまなりけれはせうそこなとしけれと／みつからはきゝいれぬにこのめのといとみゝ／つきにおほえけれとたゝいまかくたの／そうのいひちきりたれはえいなむま／しうてたちまちのことうけはせねと／つかさなとえてくたり給らんほとにさも

や／なとちきりけるにかくことゝもたかひて／みをいとたよりなしなまきむたちの／いたくかくろへてよな〳〵とき〳〵おはするは／いとふさはしからねはあつま其をとこにや【71ウ】ついていなましとおとすなりけりされと／このしきふの大輔をやのともにつくしへ／くたるに思ふさまならん人をなんゐて／いかんとするをいひをこするにいと思ふさま／なる心ちしてへたうの御この少将なんかよ／ひたまふといへはてゝにてえあるましき／さまをきこへしをまことさもおほさはかく／とはきかせたてまつらてくたり給はんほとに／むかへたてまつり給へといひけれはいみしう／よろこひてさやうのほそきんたちにかけ／めにてをはせんよりはたゝ心みたまへおと【72オ】とのさいはいにこそをはせめなとことよくか／たらふいてたちのものなとけによけにを／こすれは心ゆきたちてかみしも人も／とめあつめなとしけるをかけて人しらさ／りけり式部大輔のもとよりはくたりも／ちかくなりにけるをさらはたかへたまふな／と（ひに）ちたひいひおこすれはあなまか〳〵し／よにたかへ侍らしそのあか月にたゝ御くる／まをたまへさりけなくてふとわたした／てまつらんといひやりて心のうちにみ／ないてたちたりさて君にはいてたちは【72ウ】とまりぬたゝならすさへをはしますにいと／心くるしうてこのたひはいひはなちてやり／つるなりいまはとかうおはしまさんをみてのち／そいつちもまかるへきなめりと心ゆきたる／さまにていへは女君まことゝ思ふにこゝろす／こしをちいぬうちはへ心ちさへあしかり／つるもおしからぬみはとういかにもなりな／はやといそかれつるをかうなりけりときゝあら／はしてのちはあはれなりけるちきりの／ほとさへ思ひしられてうきみとのみおもひ／いられつるをすこしいたはて思ひなるも【73オ】あはれなり

四十二　狭衣、野分のなか飛鳥井女君のもとに通う

のわきたちてかせのをとあら／らかにまとうつ雨もものおそろしうき／こゆるよひのまきれにれいのいとしのひ／てまきれ入給へりいつもなよ〳〵とやつれな／し給へるに雨にさへいたうそをちて／にほひはかりはいと所せきまてくゆり／みちたるをとなりのやまかつとも、あやし／かりけりかやうのありさまはいまたならは／さりつるを人やりならぬわさかなとてぬれ／たる御そときちらしてひまなくうち／かさねても心よりほかにへたてつるよな〳〵【73ウ】のわりなきをさは

思ひたまふやかはかり／人に心をとゝむるものとこそならはさりつれ／なとつきせすかたらひ給て／

あひみてはそてぬれまさるさよころもひとよはかりもへたてすもかなわりな／き心いられなとはいつならひける

そとよ／とのたまへは／

へたつれはそてほしわふるさよころも／ついにはみさへくちやはてなんなといふも／ものはかなけなりよしみたま

へよものさ／ためなさとこそけにうしろめたけれ【74オ】となこりなき心なとはいかなる人のつかふ／わさにかなとのた

まふをもさしもあらし／なとかと〳〵しきさまにもあらす心のうちや／いかならむめのまへはたゝおなし心なるさまに／

もてなしてかうたしかにいひしらせ給はぬ／をもとやかくやとあなかちにもたつねしら／すまた我みのゆくゑもさりとて

うちとけ／いはぬ物からなよ〳〵とらうたけになひき／きこへたるさまなとあやしうまことに／らうたけなるをみつくる

まゝにかきり／なき人ひとりの御ありさまならすはわするゝ【74ウ】へきものともおほされさりけり

四十三　飛鳥井女君、狭衣の夢に現れる

れいのよふ／かくかへり給てわかゝたにふし給てすこし／まとろみたまへるゆめにこの女のわかゝた／はらにあると思ふ

にはらのれいならすふくらか／なるをこはいかなるそかゝる事のありけるを／なといまゝてしらせ給はさりけるかゝるち

きり／もありけれはなにゆくすゑをもうたかひた／まふとてゆめのうちにもいとゝあはれとおもふに／この女／

このよをはいつかみるへきうきしつみ／あとなきみつをたつねわふともといふほとに【75オ】とのゝ御かたよりけ

ふあすはかたき御もの／いみなりけるをわすれさせ給へりけるあ／なかしことより御ふみなとゝりいれさせ給ふ／なとの

たまはせたるにふとさめてむ／ねのさはけはおさへてうけ給はりぬとは／きこへ給へと心さはきせられてあやしいか／に

みつるそまことにれいならぬことやあらん／といまそ思ひあはする事ありける心／ほそけなりつるはいかなるにかおほつ

かなく／ゆかしきによさりはおはすましかなれは／ふみをそかきたまふつねよりもいま【75ウ】もみゝよりになむよさり

ものいみなれは／えものすましきにや／

あすかゝはあすわたらんとおもふにも／けふのひるまはなをそこひしきまことゝ／とうかたりあはせまほしきゆめをこそ／みつれは心もとなくなとこまかなれとかへり事／にはたゝ／

わたらんなんみつまさりなはあすかゝは／あすはふちせになりもこそすれふてつかひ／もしやうなとわさとよしとけれとなつか／しうをかしきさまにみゆるは思ひなしにや【76オ】

四十四　乳母、言葉巧みに飛鳥井女君を説得

かしこにはつくしの人あか月に（なん）ゆめ〳〵／たかへたまふなといひけれはたゝあか月／にさりけなくてくるまをふとよせ給へ／たかふといふ事はあなゆゝしといひに／やりて女きみのひとりなかめふしたまへると／ころにきてあすのまたつとめてこの／にしにゐほるとていゑあるしもほかへ／わたりにけりいかゝせさせ給はむするくる／まの事をたれにかいはましあはれかやう／のをりこそゐきしはおもひいてらるれ／かくのみよのなかたよりなきにこそはおも【76ウ】はぬやま〳〵なくはりなけれいみしう思ふ／ともやもめはおもふ事のかなはぬかくちを／しきそやかゝれはこそ宮つかひ人はし／のひのかたらひはまうくるそかしまこと〳〵／このとなりのするかゝめきみこそものゝな／さけありていはむ事きかむといへいひ／にやりて心みんさてこのくら人の少将と／のゝ御めのとのいゑかりてしはしわたしたて／まつらんなてう事かは侍らんなとしころ／のいみしきしりうとなりこの御事の／のちつゝましうてをとつれぬをかくとや【77オ】きゝたまふらんさるにてもあしかるへきこと／かはといひちらしてたちぬるをあなみくる／しありきもこりにしかはつちいまても／ありなんまいてそのしらぬ人のもとには／いかてかとのたまへはあなまか〳〵しやたゝ／なる人たにつちいまぬや侍まいてかく／おはしまさむ人はあなをそろし〳〵といふ／よろつよりはかの少将とおもひていかなる／ひか事をいはんするならんとき〳〵の御／まへわたりなと思ひあはすれはそれにやと／おもふ月かけもまきれたまふへうもあら【77ウ】ぬものをと思ひてとやかくやとこの事を／いはむにもよきことゝ思たらぬけしきなる／にいとつゝましけれはいかなるひか事もをし／いてんするならんとおもひつゝくるにももと／よりものはかなくあやしかりけるみのあり／さま思ひしられ

てかうまてもさすかに／みえたてまつるちきりはあさからす我な／から思ひしらるゝをこの事まことにさも／あらはさりとも思ひかすまへ給やうもあり／なんかしの給ちきるありさまもそら事／にしもあらすやなとおもふにわかみもす【78オ】こしいたはしくなりにたるをこのたの／もし人やいかゝもてなしはてんとすらん源／氏の宮にいたしたてゝもかやうの人にみ／えたてまつらんかはつかしさに心こはきや／うにてやみにしをけにかくおもはすなる／さまにてもみへたてまつりけりいまは／まいていつこにも〳〵さやうのすちなと／思ひかくへきにもあらすかしなといひ〳〵の／はて〳〵はうしろめたう心ほそう思ひつゝ／くるにまくらもうきぬはかりになりぬ

四十五　乳母、さらに飛鳥井女君を説得

め／のとはまたきてよろつものとりしたゝめ【78ウ】さるへきものはぬりこめにをきなとしつゝ／京のうちは一夜はかりもとおもふましきも／のそやまいてこのゐは五六日にもなり／ぬへかなりつゝなとたてんほとまてこそをはし／まさめくるまもありかたけにたま〳〵／ありかせたまふかくうるさけにかゝせたまふ／めるになといふめれはきみこのゝ給つる所／かさらはなをいましとこそおもへしらぬところ／にいかてかさまてはあらんとの給へはさおほし／めさはときはとのにわたらせたまへといふは／こ中納言のりやうせしにしやまのわたり【79オ】なりけりいさまたそれもひんなしたゝ／つちをいましとおほしめさは御こゝろ女の／申さん事はか〳〵しからしとておはせん／をりのありさまもさすかにそれまてい／きて侍らはあやしのみこそはみたてまつら／めと思ひ侍にいま〳〵しきそやさらぬたに／こそこうむにはとく（う）といふものはかならす／いて候かし御いみのかたにさへあるよこのた／のもし人の御心さへさやうのほとゝてもかひ〳〵しうもてあつかひたまふへきにこそみへ／さめれいひとめては女のくにてそ侍らんか【79ウ】やうのきんたちはをやなとたにゐてたの／もしきあたりをたにすこしくらへやめはうち／すてたまひついてやまいりてなにのかすとか／おもひ給らんあなをこかましやまた御心さし／あらはところかはるともおはせさるへき事かは／こひこそみちのとさすかにうちわらひていふ／はかくほかへいきにくゝするもこの人により／いふとおもふなるへしと思ひ給てその事に／はあらすあやしき

ありさまなれはありき／もゝのうくおほえしをいさやいとゝものこり／してとの給へはさてそれはあやしう侍【80オ】けるされはこそかゝる御さいはも御らんす／れかしこはなか〱わかき人のをはしか／よはむにをかしき所なれはうちしのひ／て二三日ゐたまへるやうもありなんなに／かしそれかしとゝめて侍れは御つかひにも／そこ〱とをしへ侍なんおはしましたらん／にもよく〱あないまうさせよといひをき／侍ぬなとゝめむするすさともよひたてゝ／いふもかたはらいたけれはさまてたつぬる人／もあらしとはかりはいへといとゝおほつかなき／ものにのたまふもけにゆくえなくは【80ウ】むかしものかたりなとのやうにことさらめ／きてやおほさんまことにかうとはきこへは／やとはおもふに／

かはらしといひししいしはまちみはや／ときはのもりに秋やみゆるとかへるやまのと／ありし月かけはこのよのほかになりぬとも／わすれ給ふへうもなきをいかにしなしつるそ／とよあやしうもの心ほそうてひをつく〱と／なかめつゝなみたくみ給へるまみのけしき／のいとらうたけなるをめのとさすかに／うちみをこせつゝ心もしらぬ人にうちまか／【81オ】せきこへてはるかなるほとにいてたち給ふ／はくちをしき御さまかなとさすかになみた／くまれけり

四十六　飛鳥井女君、連れ出される

あか月にくるまのおとしてかとた／たくなれはいてあはれ人のためま心なりける／するかとのゝこゑかなあまりとうさへくるまを／たまへるよとてひきいれさするをきくにも／むねうちさはきてあすかゝはを心もとなけに／の給はせたりつれはよさりなとはれいのもの／し給はんにはいかやうにいひてかへり給はん／なとなをものうきもけにうたてある心かな／とめのとの（もの）いひも心はつかしなからおほつか【81ウ】なうてものし給はんと心よりほかなるみの／あやしさまつ思ひつゝけられてうこかれ／ぬをつまとをしあけてさらはとうわたらせ／たまひね人のいそき給はんにひさしく／ならんもいとをしといひてあさやかなるきぬ／もてきてうちきせくしのはこやうの物／くるまにとりいれなとたゝいそきにいそきて／おそし〱とをしいつるやうにすれは我にも／あらすゐさりいつるもなにとはなけれと心さは／きしてむねつとふたかりたる心ちすとり／もいまそなくなる【82オ】

あまのとをやすらひにこそいてしかと／ゆふつけとりにとはゝこたへよなをたゝ／いまなとはきこへまほしきにとみにもの／りやらすなみたせきやらぬけしきをま／いていかになとみちのほと（り）のありさまなと／思ひやらるめのとまた人ひとりはかりしり／にのりぬる

四十七　飛鳥井女君、船に乗せられる

かとひきいつるよりやなくひ／なとをいてみもしらぬおそろしけなるす／かたしたるものともかすしらすおほく／て火はひるのやうにともしてあけはてぬ／さきにとく〳〵なといふけはいともあやし【82ウ】うものおそろしきにこはいかなる事そ／たゝかきくらす心ちすれはきぬをひき／かつきてふしたるにかのゆくかたしらぬと／ありしをきゝはしめしよりうちはしめ／月ころいひちきり給つることのはけはひ／ありさま思ひいてられてわかみはいかになり／ぬるにかとおもふにいみしきによとゝいふ所／にいきつきぬれはふねにのせんとの／しりあひたるにされはこそときはには／あらさりけりとおもふにものもおほえね／とめはみゆるにやきしにふねともよせて【83オ】のせうつさむとて廿よはかりのおとこの／きたなけなしとやいふへからんつき〳〵しう／そゝろかなるかたちなるいといみしう思ふ／事なけに心ゆきたるけしきにもて／なして大にとのはいまはとりかひといふわたり／におはしましぬらんな中納言とのゝ御ものいみ／かたかりつれはとみにえいてゝおくれたて／まつりつるなり御きそくよろしからさり／つれはいとまもえ申いつましきなめりと／思ひつるにかうみやうのむまをさへこそ給は／せたれなといひておくりの人〳〵なとなる【83ウ】へしおなしほとのものとも×は（え）くちの／わたりのせうえうこのたひはふような／めりたいにとのいそき給なりなといふすかた／のつき〳〵しきをたになにものならん行／かうかものまつりなとにへたうのしりにか／やうのおそろしけなるものさけつゝ／あるものこそかゝるかたちはしけれとみる／たにうとましけなるにくるまによりきて／御ふねにたてまつりねとてかきいたきての／せうつすほとの心ちいかゝはありけんめのと／心ゆきたるけしきにてものいひわらひ【84オ】なとするをきくもかなしともよのつねなり／

四十八　飛鳥井女君を口説く道成

いかなるものゝいかなるせかいにてゆくにか／あらんとすへていひやるへきかたのなきに／たゝやかてをきはしりてかはにをちいり／なはやとおもへとたゝいまおとしいれてもみる／人もあるましけれは（たゝ）かしらをたにもさし／いてすおとこそひふしてえもいはぬ事／ともをなくさむれはいとゝなきまさりて／あやにくけなるけしきなれはさのた／まふともたけき事よにおはせしとお／もへはおこかましやなにかしの少将のかけ【84ウ】めにてみちゆく人ことには心をつくし／むねをこかし給はんやはあやしうともまた／なくかしつきたてまつらんをとりところに／おほせかしなまきんたちはなか〳〵いとこゝ／たらしきものそとよとのゝおはしま／さんかきりはなにかしをそのきんたちはえ／こそあなつり給はさらめさはかりの少将には／ならむとおもはゝなりぬへしよしみたまへ／よらいねんはかりかへり殿上して五位の／くら人になりてそのぬしといつれかまさり／けるとなりいてゝみせたてまつらんくちを【85オ】しうほんいなしとおほすともいふかひな／けれはたゝおいらかにもてなしていとしな〳〵／しからぬちやうにても御心にあはぬ事なく／やすらかにてすくさせ給へききむたちなら／すとておのこをはわろきものにひとにも／おほえたらすかやうに女にまたこそにく／みならはかされねをまへよりはまさりて／やむ事なき女たちわれも〳〵との給つ／れとうつまさにてみたてまつりそめてし／よりおもひそめてし心のなをりかたくてかく／めむほくなきめをみ侍こそおとゝこそこれ【85ウ】申なをし給へなといひあたえてかつきたる／きぬをせちにひきやりつゝかほゝみるに／ほのかなりしよりもちかまさりしていとゝら／うたけにをかしうなれはおもふさまにうれ／しくていかてとうおもひなくさめさせて／あかぬ事なくかしつきてみんと思ひけり／おとゝつれ〳〵なりしなこりなくそのわたり／のものともゝてあつかひたる心ちいとうれ／しう思ふさまなるに女君の御ありさまの／いとあきたうあやにくけなるをいかにみた／まふらんさはかりわれも〳〵とむこにほしかりし【86オ】人をすてゝかゝる御けしきはさいはいとこそ／おほすへけれものゝさまたけのしたてまつる／なめりあらみさきをはなたぬ人はかくよか／るへきことはあしうなんおほゆると人〳〵と／いひあはせてそなけくおとゝたにさしいて／たまへやかてまて心うき御心ならんとこそ／おもはさりしかほいなきやうにはいかてかお／ほさゝらんさりともあまりいとあやしや／とて

ものしけなり

四十九　飛鳥井女君、狭衣からの餞別に道成の正体を知る

かはこといふものあけ／させて人〳〵のえさせたりけるあふきた／きものなとやうのものともとりいてゝは【86ウ】か
〳〵しからねとある人〳〵にものし給へとて／かゝる人をはすへしともしらせさりしに／いかてかきゝけんしのひて人ゐ
てゝいく／なりとてそれかしかれかしなといひてとりちら／すなかに女のさうそくの心ことなるあるを／これはまろ中納
言とのゝたれとしらねとゐ／ていくなる人にかならすきせよとて給はせ／たりつるそ御心さしのまゝにたてまつり給へ／
御なみたにいたうしほれぬめりなといふを／なになへてならぬいろあひにこそ侍れなと／めてゐたりまたこの御あふきは
もたまへり【87オ】つるをあたらしきよりはとて申とりたる／をはつかしき人にもこそあれいたうてなれ／たりとおしま
せ給へれとかたみにみよと／のたまはせつるそはかなうゝちもたせ給へ／るかやうのものともさへそなへての人にはに／
させ給はぬやといふをきくにもこれはさは／このうつまさにてきゝしものにこそあり／けれとこと人にたにあらてあな心
うのみのあり／さまやとおもふいとかなしけれはなきいりたるに／この御あふきをさしよせてこれ御らんせよや／いかに
してひともみはや〳〵と女のたかきも【87ウ】みしかきもいはす心をつくしさはく御てよ／これみ給へまろかにくさもな
くさみ給なんと／いふはまことにわかみしおなしにやとゆかし／きに人しれすをきあかりてみつへうお／ほゆれとかほな
とのあきらかにみえぬへけ／れはなをなきふしたるをわかきみをこそ／かやうにいのちにかへてこひかなしめそのあを／
ひれおとこによりていのちたへぬへくみえた／まふこそかへりては心つきなけれなに事をい／とさまては思ひ給ふそよま
ろかゝほはこよ／なうよきそみたまへ〳〵とあたへてき【88オ】ぬをせちにひきあけむとするにかみ／ほとけかゝるめみ
せ給はてとうゝしなひた／まひてよとなきこかるゝさまあまりうたて／あれはむつかりてたちぬるまゝにこのあふき／を
とりてみ給へは一夜もたまへりしなりけり／

五十　飛鳥井女君、狭衣の扇を見る

うつりかのなつかしさうちかはし給へりしに／ほひにもかはらてまなかなとかきませ給へるを／なく〳〵みれはわたるふな人かちをたへとかへす〳〵／かゝれたるはそのをりはわれとしりてかき／たまへるにもあらしをされとたゝいまわか／みつけたるはことしもこそあれいかてかは【88ウ】いみしくおほさゝらんかほにあてゝとはかり／なくさまゐもおちぬへし／

かちをたえいのちたえぬとしらせ／はやなみたのうみにしつむふな人／

そへてけるあふきのかせをしるへ／にてかへるなみにやみをたくへましなと思ひ／つゝけらるゝものゝおほゆるにやと／われなから心うしけさは御ふみありつらん／かしいかにいひてかへしつらんまたいかにま／ちきゝ給ておほしつゝくらんあすかゝは／とありしをりかゝらんものと思はさりき【89オ】かし／

うみまてはおもひやいりしあすか／かはひるまをまつとたのめしものを心へぬ／ゆめとありしはいかになりけるにかときゝ／たにあはせてやみぬるいふせさよたゝならぬ／事をいかてしらせたてまつらしとなとて／思ひけんさりともいますこしあはれと／おほしいてゝましとおもふにまたうちかへし／もしいのちおもふにかなはてなからへはゆく／すへにきゝあはせたまふやうもありて／さてこそあれときかれたてまつらんもい【89ウ】ますこし心うかりなんかしなとてこのを／にのしらぬわたりの人にたにあらてかくした／しうよろつきゝあはせ給へかりけるゆ／かりにしもありけんとをきほとまていき／つきてこのありさまをみあつかはれぬさ／きにいかにしてもしぬるわさもかな〳〵と／おもへは五六日なれとみつなとをたにも／とりよせす

五十一　飛鳥井女君、死を決意する

めのときつゝよろつにいへと／いとかう心うかりける心をしらてとしころ／をやのおなし心にたのみすくしける／さへ心うくおほゆれはかしらもたけみあ【90オ】はせんもつらうかなしうてきゝもいれ／すたゝひきかつきてふしたりおとこも

／しはしいかてか心ならぬ事なれはひなしと／おほさんさのみもあらしとのみ思ふほとに／かくいとあさましくていのちたえぬへき／さまなれはかくまておもふへき事かはと／いとあやしう心つきなうさへおほへて／あやにく心もつきまさりてとかうひき／うこかしうらむれは思ひわひておし／はかり給めるやうにいとかう思ふへきみ／のほとありさまならねはひなしなとには【90ウ】あらて心ちのれいならすのみもとよりあり／しかいとゝまさりてきのふけふなとは／なからふへき心ちもせぬなりいまはいかなり／とも御心にこそはあらめいとかうおほゆる／ほとをすくし給へ人のちかきもいとくるしう／おほゆるかいかなるへきにかとなくけはい／なとけにいとたのみすくなけにきえいり／ぬへきさまなれはたゝならぬ人は心ちなん／つねにあしうするとかやさやうにてか、／るにやといとゝかうものなとはくはしくは／さやうの事もあしかなるものいとをそ【91オ】ろしきわさかなとさすかにいとをし／くていたうもあやにくからすくたるそう／ともにいのりせさせなとよろつにもてあ／つかひつゝはいよりてはとさまかうさまに／いひうらむるをきくたひことにいかにせ／ましとかうゝきをしらぬいのちなかさにて／ついにいかならむすらんとすへきかたなけ／れはこのうみにやをちいりなましと思ひ／なりぬ

五十二　狭衣、飛鳥井女君の失踪を知る

きやうには夜もすからおほつかなう／おもひあかし給てまたのひいつしか文／つかはしたるにかとさして人のおともせね【91ウ】はあやしうなをたゝけはいみしけなる／けすのいてきたるにとへはしらすよへこ／のとのにやとり侍しなりつくしの小に／といふ人のこのたちぬる月にこのとのを／かひたまひてしなりいまあすやわたり／たまふおはしところやしり給つらんをの／れはたゝ人たち給ぬるなりこよひい／けとありしかはまうてこしといへはかく／すなめりないまさてそやまんとおとしを／きてとなりの人〳〵にとへとたしかに／いふ人もなけれはまいりてしか〳〵なんと申【92オ】せはいとあさましくあへなしともよのつ／ねなりいかにもめのとのしつることにこそはあら／めみつからの心にはなに事のつらさにか／たちまちにゆきかくれんともおもはんいみ／しき事ありともわか心とさやうにはあらし／とみえし心さまをたのみ

ていまゝて／かくておきたりつるそかしたゝありし／ほうしのとりかへしつるならむいかはかり／ねたしとおもふらんとしらぬにはあらさり／つれはとかくもてさはかむもさすかにいかに／そやおほへてかくしなしつるもあまりなる【92ウ】わか心のゆゝしさそかしあすはふちせにと／ありしもかゝるけしきみてやいひたり／けんなと思ひつゝけらるゝにいみしうくち／をしなに事もたくひありかたうめてた／かりしにはあらてたゝなつかしうあわれと／おほえつるはたちまちにみるましきもの／とはおほえさりつるをかくゆくへなくしなし／つるよとおほすにむねふたかりてつく〳〵と／なかめあかしくらしたまふまことしう／やむことなきかたにこそあらさらめさるかた／なるしたくさの露のかこともなくさめ【93オ】つへかりつるをさまことにおそろしけなり／しものゝなれよらんありさまいかはかり／思ひまとふらんなとねたうもさま〳〵（に）おほし／やるにこひしう思ひいてられ給てよるも／まとろまれ給はす／

しきたえのまくらそうきてなか／れぬる君なきとこの秋のねさめに

五十三　狭衣、飛鳥井女君を偲ぶ

なに／事よりもかのゆめのおほつかなさをいか／なる事そともきゝあきらめてやみぬる／いふせさおほつかなさなともよのつねなり／いつれもはか〳〵しきにはあらしまことに【93ウ】さる事もあらはなれかほにもてなさんに／そ心くるしうかたしけなけれまいてとし／月へてかゝみのかけもかはらぬさまつきにて／いひしらぬものゝなかにおひいてたらんよ／いてやかゝれはこそよからぬふるまひはす／ましきものなれすこしきものなれす／こし人かすなるものゝかくあとはかなきやう／やはあるなにしにかはあなかちにおもひかす／まへ給へきさる事もあらしとしゐて／あさきかたさまに思ひなせとよろつより／もこのおほつかなきかたの事むねふた【94オ】かりてあつまのかたへなときゝしもさも／あらはふせやにはおひいてんなとなを心に／かゝりてわか御すくせのほとくちをしう／おほししらる／

そのはらと人もこそきけはゝきゝの／なとかふせやにをひはしめけんつねも心／ちよけならぬ御ことくさにめなれたるな／かにもこの秋はむしのねしけきあさちか／はらにことならすなきくらし給てもひるは／おのつからまきれ給御×

こゝろのつまとかいひ／ふるしたる夕くれのそらきりふたかりて【94ウ】ありかさためたる雲のたゝすまひうらや／ましくなかめやり給へるにしのやまもとはけ／におもふ事なき人たにものあはれなりぬへ／きにかりさへ雲ゐはるかになきわたりて／なみたの露もさかりすきたるはきのうゑ／にたまをきわたしつゝなきよはりたるむ／しのこゑ〳〵さへつねよりもあはれなるに／をまへちかきすいかひのつらなるくれたけを／ふきなひかしたるこからしのをとさへみに／しみて心ほそうきこゆれはすたれすこし／まきあけ給へるにきゝのこすへもいろ【95オ】つきわたりてさとふきいれたり／

　せくそてにもりてなみたやそめ／つらむこすゑ色ます秋のゆふ風●（くれ）／

　ゆふくれの露ふきむすふこからしや／みにしむ秋のこひのつまなるなとさま〳〵／こひわひ給てなみたをしのこひたまへる／てつきのうつくしさはたゝかはかりをさ／いわいにてこのよの思ひいてにしつへし／とそみへけるあめさへすこしふりてい／とゝきりふかうみえわたるそらのけしき／はまことにものみしらん人にみせまほしけ【95ウ】なりまた是涼風そ暮雨天とくちす／さひ給へるなとかのしつむふな人となきこ／かるゝことはりなりかし

五十四　飛鳥井女君、入水しようとする

かのふねにはひかす／のつもるまゝに心ちもまことにあるかなき／かになりゆくをかうてしなはむなしきからを／これかみあつかはんもいみしうくちをしう／ねたうてなをいかてかうみにとくいらんと／おもひてさるへきひまをみるにさすかに人め／しけうて日ころにのみなりゆくにこの／たいふよろつにうらみつゝころものせきを／うらみわふれとおなしつまをのみなひ【96オ】やかにいへはさすかになさけたつ人にていと／よはけなるさまを心くるしう思ひつゝちかう／もよらさりけりかゝるほとにたいにのふね／にやむことなき人のなへての女房にはに／ぬかましりたる心かけてかたらひありきけり／よひすくるまてみえぬほとをうれしとおもふ／ほとにかゝる事をめのとはいとやすからすはら／たゝしきにも君のかくふしいりたまへれ／はそかしれいのやうにてをはせましかは／かゝる事なからましとおもふにもいと／こゝろうくつらうさへおほえたまへはをのか【96ウ】みをもとさまかうさまにせためたまふよ／かゝる人のものいたうおもふはいみ侍

なり／たいらかにていのちあらはわすれかたう／おほすらん人にもあひみさせ給てんいと／かう心をさなくいふかひなき御心はいかなる／人かあるといみしき事をいひきかすれ／とたゝこの大ふかみえぬをり〳〵のいてき／たるをわかおもふ事のかなひぬへきな／めりとうれしきよりほかの事なしいて／あはれあるにまかせてはみてあなかちに／みをもてなしてかくうきめをみすれ【97オ】はそかしいかなるありさまにてなから／へんすらんとさすかにあはれにかなしく／おほえたまへはいとゝねをのみなきて／つく〳〵とをきのかたをみれはそらはいさゝか／なるうき雲もなくて月かけさやかに／すみわたりたるにうみのおもては／きしかたゆくさきともみえすはる〳〵と／みわたされたるによせかくるなみはかり／みへてふねのはるかにこきゆくか心ほそ／き心ちしてむしあけのせとへこよとう／たうもいとあはれにきこゆ【97ウ】

　なかれてもあふせありやとみをなけ／てむしあけのせとにまち心みん／

よせかへるおきのしらなみたより／あらはあふせはそことつけもしてましとて／袖をかほにあてゝとみにもうこかれぬ／ほとに人やみつけんとしつ心なけれは／わなゝく〳〵ひとへはかまはかりをきて／かみかひこしなとするにありし御あふ／きのまたまくらかみにありけるか／てにさはりたるもこゝろさはきせられて／まつとりてみれはなみたにくもりて【98オ】はか〳〵しうもみえすゝみはかりそつ／や〳〵としてたゝいまかき給へるさま／なるにさしむかひたりしおもかけ／さへふと思ひいてらるゝにこのよにては×／またみたてまつるましきそかしたゝ／いまかくなりぬともしりたまはてい／つこにいかにしてをはすらむねやし／たまひぬらんさりともねさめには／おほしいつらんかしなとひとつ事より／ほかにまたなきこゝろまとひなり／すゝりをせかいにとりいてゝこの御あふ【98ウ】きにものかゝんとするかめもきりふた／かりてわなゝきてとみにもかゝれす／

　はやき瀬のそこのみくつと／なりにきとあふきのかせよふきもつた／へよえもかきはてす人のけはひ／のすれはとうおちいりなんとてう／みをのそくこゝちいみしうおそろしう／とそ【99オ】

あとがき

「はじめに」でも記したように本書は、三条西家旧蔵、学習院大学文学部日本語日本文学科現蔵の『狭衣物語』巻一の注釈である。多数の諸本とその内部に膨大な異文をかかえる『狭衣物語』という作品において、三条西家本がどのような本文をもち、そこにみえる特徴は何かを探ったものとなっている。

そもそも本書のきっかけは、鈴木泰恵先生がご担当くださった二〇一三年度・二〇一四年度の学習院大学大学院での授業「日本文学特殊研究」である。この授業を通して三条西家本の輪読が行われ、その成果をぜひ世に問いたいというところから始まった。そして、授業の成果を受け、二〇一四年度には神田龍身先生を中心に学習院大学平安文学研究会のメンバー有志が学習院大学人文科学研究所共同研究プロジェクトとして学術的な研究を深め、その結果、二〇一五～二〇一七年度に神田先生を研究代表者として、「狭衣物語諸本研究——三条西家本を軸にして——」の研究課題名で科学研究費の助成を受けた。本書はこうした段階的な研究成果の積み重ねによって成立したものである。関わってくださった受講生や研究会の皆さんの成果を五年越しでまとめることができた。授業から科研まで携わってくださった鈴木泰恵先生、研究全般をリードし見守ってくださった神田龍身先生、執筆者の皆さま、編集委員の皆さまに感謝申し上げたい。

三条西家本は室町時代、三条西公条によって書写されたと思われる写本である。三条西実隆の息子で、自身も多数の古典籍の書写や注釈をおこなっていた公条が、巻一だけとはいえなぜ『狭衣物語』を書写したのか。書誌情報にもある通り小さな写本であり、もとは仮綴じであったと思われる形状から、巻二以降がどこかのタイミングで散逸してしまった可能性もあろう。しかし、この一冊が残ったことが、『狭衣物語』の享受や諸本間の関係性を考えるにあたり、それなりの影響力を持っていることは本書によって明らかになったのではないだろうか。意味の通らなくなった平安時代の言葉を、現代（書写された室町時代）で使われている言葉に書き換えるといった書写の態度は、原典を尊重するという意識とは遠く離れている。しかし、一世代上の甘露寺親長（蓮空）が不審を抱きながらも『狭衣物語』を書写していたことと比較すると、自らにとって意味の通る、あるいは意味が理解出来る本文に改変しながらの書写であった可能性を考えたくなるのである。

三谷榮一氏はこの三条西家本をもってして巻一を四つの系統に分類された。その是非は改めて問い直されてしかるべきであるが、少なくとも三条西家という室町時代を代表する学問の家で書写され伝来してきた三条西家本は、室町時代の『狭衣物語』享受の一端を示すものである。諸本研究の成果をふまえつつも、本書はそうした時代における享受のあり方を考えながら出来上がった。膨大な写本、そして異文を持つ『狭衣物語』研究にとっては諸本研究こそその第一歩であり、その重要性もまた本書作成を通して強く実感した。しかしながら、享受された時代ごとに諸本を見直すという方法もあってよいのではないか。伝来が明確な三条西家本だからこそ、時代を見据えることで明らかになってきたものがあるように思う。とはいえ、私を含め本書作成に関わったメンバーは本格的な諸本研究とはほど遠い研究をしている者が多いのも事実である。ご批正を賜れば幸いである。

最後に、三条西家本の調査・閲覧、そして本書の出版にいたるまでご許可くださった学習院大学文学部日本語日本文学科、出版及び出版助成申請を後押ししてくださった日本語日本文学科の先生方、閲覧の度に快く対応してくださった事務室の皆さまの支援あって本書は完成した。加えて、本書刊行に平成三十年度学習院大学研究成果刊行助成金の支援をいただいた。深く御礼申し上げます。

また、出版をお引き受けくださった勉誠出版の吉田祐輔氏、福井幸氏には大変お世話になった。改めて御礼申し上げます。

※　本書は科学研究費助成事業「狭衣物語諸本研究――三条西家本を軸にして――」（基盤研究（C15K02224／研究代表者：神田龍身）による成果の一部である。

編集責任者　勝亦志織

執筆者一覧

執筆者（五十音順　◎は編集責任者　○は編集委員）

○青木祐子　学習院大学非常勤講師

今戸美絵　学習院女子中高等科教諭

遠藤葉子　学習院大学大学院人文科学研究科日本語日本文学専攻博士前期課程修了

◎勝亦志織　中京大学准教授

○神田龍身　学習院大学教授

○近藤さやか　中京大学非常勤講師

○鈴木幹生　芝中学校・芝高等学校教諭

○鈴木泰恵　東海大学教授

○陶山裕有子　学習院大学大学院人文科学研究科日本語日本文学専攻博士後期課程修了

瀬野瑛子　学習院大学大学院人文科学研究科日本語日本文学専攻博士前期課程修了

竹田由花子　学習院大学大学院人文科学研究科日本語日本文学専攻博士後期課程在学

田邊留美子　東京国立博物館学芸研究部アソシエイトフォロー

○千野裕子　川村学園女子大学専任講師

手塚智恵子　学習院大学大学院人文科学研究科日本語日本文学専攻博士前期課程修了

富澤萌未　学習院大学非常勤講師

武藤那賀子　鹿児島国際大学専任講師

毛利香奈子　学習院大学大学院人文科学研究科日本語日本文学専攻博士後期課程在学

執筆協力（平成二五・二六年度　学習院大学大学院「日本文学特殊研究」受講者）

橋本裕香子　学習院大学大学院人文科学研究科日本語日本文学専攻博士前期課程修了

服部知子　学習院大学大学院人文科学研究科日本語日本文学専攻博士後期課程在学

松田和明　学習院大学大学院人文科学研究科日本語日本文学専攻博士前期課程修了

村松蕗野　学習院大学大学院人文科学研究科日本語日本文学専攻博士前期課程修了

三《さん》条《じょう》西《にし》家《け》本《ぼん》狭《さ》衣《ごろも》物《もの》語《がたり》　注《ちゅう》釈《しゃく》

編　者　学習院大学平安文学研究会

発行者　池　嶋　洋　次

発行所　勉　誠　出　版㈱

〒101-0051　東京都千代田区神田神保町三―一〇―二

電話　〇三―五二一五―九〇二一㈹

二〇一九年二月一五日　初版発行

印刷製本　中央精版印刷

ISBN978-4-585-29177-0　C3095